KB167653

이 책을 나인티 나인스Ninety Nines*에게 바칩니다.

* 나인티 나인스Ninety Nines

1929년 설립된 국제 여성 조종사 단체. 여성 조종사들을 후원하고 멘토링하며 전세계에 총 155개의 지부가 있다. 1931년부터 1933년까지 아멜리아가 회장을 역임한다. 현재 나인티 나인스에서 아멜리아의 생가를 보존하여 박물관으로 관리하고 있다.

컬모어

웨일스

2

5.20 오클랜드, 미국

뉴펀들랜드

1

3

6.1 마이애미, 미국

6.10 다카르, 세네갈

6.3 카리피토, 베네수엘라

6.7 나타우, 브라질

아멜리아 에어하트
비행 경로

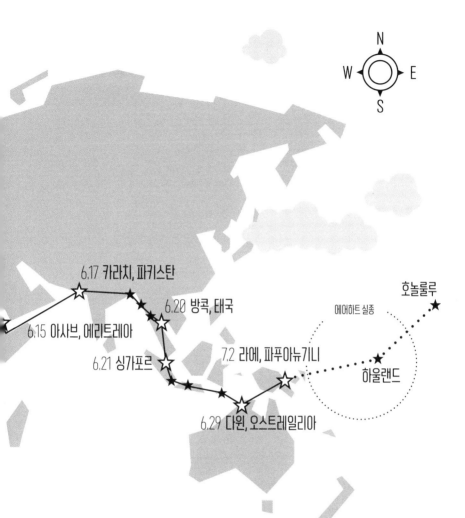

6.17 카라치, 파키스탄

6.20 방콕, 태국

6.15 아사브, 에리트레아

6.21 싱가포르

7.2 라에, 파푸아뉴기니

6.29 다윈, 오스트레일리아

호놀룰루

에어하트 실종

하울랜드

❶ 1928년 6월 첫 번째 대서양 횡단 비행 (with 빌 스툴츠, 루 고든)
뉴펀들랜드 트레퍼시 만을 출발, 웨일스 버리포트 도착

❷ 1932년 5월 단독 대서양 횡단 비행
뉴펀들랜드 하버그레이스를 출발, 데리 북쪽의 컬모어 도착

❸ 1937년 5월~7월 세계 일주 비행 (with 프레드 누난)
오클랜드를 출발, 하울랜드 도착 일정이었으나 뉴기니 출발 후 실종

일러두기

1. 이 책은 Amelia Earhart의 『The fun of it』(1932년)을 한국 현대어로 완역했다.
    번역에 참고한 버전은 Academy Chicago Publishers(초판본 1977년)에서 나온 것이다.

2. 인명, 지명 등의 표기는 외래어 표기를 따르고 있으나 일부는 영어 발음에 기초한
    관용적 표현을 따랐다.

3. 주석은 전부 옮긴이가 작성한 것으로 각주로 처리하였다. 주석 내용 중 비행 기술과
    관련한 것은 해군 파일럿 이송하 선생님께 도움을 받았다. 또한 본문 안의 몇몇 단어는
    이해를 돕기 위해 영어나 한자어를 병기하기도 하였다.

4. 책 제목은 『 』로, 신문과 잡지, 영화 제목은 〈 〉로 묶었다.

하늘을 나는 즐거움

The Fun Of It 편오브잇

아멜리아 에어하트 지음
서유진 옮김

호밀밭

1

여기 그리고
그곳에서의 성장

GROWING UP
HERE AND THERE

매번 누군가 내게 비행에 대해 물어볼 때마다, 나는 머지않아 다음 질문이 나올 줄 알고 있었다.

"어렸을 때 기계 다루는 데 꽤 재능이 있으셨을 것 같은데요? 그렇지 않나요?"

사실, 작은 면에서 그렇다고 볼 수 있다. 우리 집 마당에는 이리저리 방황하며 뒤뚱거리는 닭들이 있었고 나는 그들을 잡는 덫을 뚝딱뚝딱 만들어 내기도 했다. 어린 시절 나는 여느 미국 소녀가 그렇듯 행복하고 즐거운 시간을 잔뜩 보냈다.

나는 자연스럽게 기계를 다루는 일에 푹 빠져들었고 비행 역시 어느 순간 나도 모르게 이끌렸다. 내 삶이 비행으로 채워지기까지 특별한 연들이 엮이고 얽혀 있다. 우리 아버지는 철도 산업에 종사하셨고 아버지와 나는 많은 여행을 함께 다니곤 했다. 그래서였을까? 나는 어느새 새로운 사람을 사귀고 새로운 장소에 가는 매력에 푹 빠져 있었다. 또한 나는 스포츠와 게임이라면 어떤 종류든 가리지 않고 즐겼으며 심지어 당시 소년 스포츠로 여겨던 것들도 두려워 않고 도전했다. 방금 이야기한 것과 같이 내 속에는 실험을 좋아하고 항상 새로운 것에 도전하길 원하며 끓는 무언가가 있는데 그것이 나를 운명으로 이끌었다 보아도 무방하다. 내가 비행이라는 친구와 함께하기 위한 연의 끈이 안에서 밖으로, 여기서 저기로 이리저리 얽히고설켜 있는 것이다.

다시 한번 나의 어린 시절로 돌아가 보자.

나의 어머니가 자신의 어린 시절 이야기를 들려주실 때

면 어렸던 나는 그 어떤 이야기를 들을 때보다 즐거웠다. 내 여동생과 나는 항상 그 이야기의 배경이 멀고도 신비롭게 느껴져서 '몇천 년 전 우리 엄마가 어렸을 때'라고 부르곤 했다. 그때의 나는 그 유치한 인용구가 새롭고도 몹시 특별하게 느꼈다. 그래서 앞으로 나올 나의 옛날이야기는 어린 시절 내가 좋아하던 그 인용구를 빌려 시작하도록 하겠다.

자, 그러니까 몇천 년도 더 전에 말이다. 나는 캔자스의 애치슨에서 태어났다. 그곳은 우리 부모님이 아닌 조부모님이 살고 있던 곳이었다. 외할아버지께서는 지방 법원 판사셨는데 내가 태어나기 전에 이미 은퇴하셨고 이후 내가 세상에 존재하게 되었을 때는 심지어 할아버지가 데리고 있던 직원들까지 모두 은퇴한 뒤였다. 우리 외할머니께서는 필라델피아 사람이었다. 하지만 전쟁이 끝난 후 애치슨으로 이주하셨다. 할머니의 가족은 퀘이커교도였고 할머니가 살던 집에서는 오늘날까지도 건재하게 서 있는 오래된 대성당이 보인다. 나는 속으로 할머니가 단 한 번도 서부지방을 익숙하게 느끼신 적이 없으리라 생각하곤 했다. 그때나 지금이나 필라델피아 사람이 애치슨 사람보다 설명하기 어려운 뭔가가 더 우월하다고 느껴지곤 한다. (물론 이는 절대 증명된 사실이 아니다)

할머니가 이주한 당시 캔자스는 과도기를 거치고 있었다. 그때는 거대한 버펄로의 뼈 무덤이 새로 지어진 도로 위에 줄지어 서 있었고 담요를 지닌 인디언들이 마을 곳곳에서 항상 보였다고 한다. 할머니는 당시 어린 새댁의 몸으로 시장에 갔을 때 일어난 일을 내게 이야기해 주셨는데 그게 아직도 기억이 난다. 할머니 주위를 가득 메운 사람들은 할머니의 바구니 안을 들여다보거나 순수한 호기심으로 할머니가 입고 있던 드레스의 천을 매만지기도 했는데 그 호기심을 협박으로 오인해서 지레 겁을 먹었다고 했다.

내가 그곳에 갔을 때 인디언들은 찾아볼 수 없었지만 나는 수일 동안 그들이 나타나기를 기다렸다. 내가 가장 최근에 본 버펄로의 흔적은 헛간에서 썩어가는 낡은 털옷이었다. 내가 알던 캔자스만의 투박한 면모는 정말 사라지고 있었다.

다시 첫 이야기로 돌아가기 전에 내게 친 조부모님도 있었다는 것을 말해야겠다. 친할아버지는 루터교의 목사였다. 그리고 친할아버지와 친할머니 모두 펜실베니아 출신이었다. 기억을 좀 더 더듬어 보면 친할아버지께서는 키가 크고 호리호리하셨고 특히 손이 무척 앙상했던 것 같다. 친할머니께선 내가 태어났을 때 이미 돌아가신 뒤였다.

고등학교 입학 전 내가 애치슨에 있는 한 학교의 사립대 준비반에 있을 때였다. 나의 이름은 외할머니의 이름에서 따왔다. 할머니는 겨우내 나와 함께 지내셨는데, 나는 엄청난 말썽꾸러기 천방지축 소녀라 할머니가 나와 보낸 시간이 얼마 되지 않더라도 대체 나를 어떻게 견뎌내셨을지 지금도 상상이 잘 가지 않는다. 다른 말썽꾸러기들이 그랬듯 나는 학교를 사랑했지만 선생님 말씀을 잘 듣는 착한 강아지 같은 학생은 아니었다. 아마 내가 독서에 푹 빠질 수 있었기 때문에 그나마 얌전하게 지낸 것일지도 모른다. 처음 글을 배운 이후 나는 큰 도서관을 쭉 돌아보며 독서의 재미에 빠졌고 다른 사람을 성가시게 하지 않은 채 대부분의 시간을 보낼 수 있었다. 『닥터 신텍스Dr. Syntax』와 같이 과거에 잊힌 책뿐만 아니라 스콧, 디킨스, 조지 엘리엇, 새커리, 청소년을 위한 하퍼즈지[1], 과거 세대에 나온 유스 컴페니언지[2]를 무서운 속도로 읽어나갔다. 어느 책장에는 어린이를 위해 쓰인 책들이 잔뜩 채워져 나를 기다리고 있었고 그런 책에서는 항상 마음씨 좋은 꼬마 소녀와 소년이 못된 무리들과 싸워 의기양양하게 승리를 거두곤 했다.

　　나는 때 묻지 않은 어린 시절로 돌아가 그때 읽던 책 몇 권을 읽는다. 내가 느끼는 감정이 과연 책 속에 있는 것인지 아니면 어린 시절에 배어 있다 책을 열자 솟아나는 감정인지 알 수 없었다. 어린 시절 좋아하던 체리를 맛보러 외국에서 귀향한 나이 든 신사의 경험이 이와 같다고 생각한다. 물론 노신사

1　<하퍼즈 Harper's>: 미국의 대표적인 문예 평론지. 1850년 창간.

2　<유스 컴페니언 The Youth's Companion>: 미국 어린이 잡지.

는 알고 있었다. 고향에서 먹는 체리가 딱히 더 나을 것도 없다는 것을. 그리고 서른이 넘은 성인이라면 모두 이해하리라. (참고: 이 사실을 알기 위해 굳이 서른이 되는 것을 선택할 필요는 없다)

책은 내게 많은 의미가 있다. 나는 혼자서도 많은 책을 읽었는데 어머니께서도 일찍부터 늦게까지 나와 동생에게 소리 내 책을 읽어주시곤 했다. 그래서 종종 우리 자매가 집안일을 하게 되면 한 명은 집안일을 하고 다른 한 명은 소리 내 책을 읽는 것이 당연한 일이 되었다.

나는 한때 아버지께서 이 세상의 모든 책을 섭렵하셨기 때문에 당연히 모든 것을 알고 있다고 생각했다. 아버지는 가장 어려운 단어의 뜻도 사전만큼이나 잘 풀이해 주셨다. 우리는 종종 아빠를 당황하게 하려고 어려운 단어를 물어봤지만, 역으로 이렇게 어려울 수 있나 싶은 단어를 찾아오셔서 우리를 놀라게 했다. 나에게는 아직도 아버지가 내게 써 주신 편지가 있는데 그 편지는 '사랑하는 페럴렐러파입던parallelepipedon[3]에게'로 시작한다. 그 시절 나는 그 단어의 의미가 너무 궁금해서 당장이라도 뜻을 허둥지둥 찾으러 가고 싶어 몸이 근질근질했다.

아버지는 어려운 단어를 많이 알고 계셨고 그 외에 아버

---
3   평행사변형을 기반으로 한 프리즘.

지께서 가진 특별한 재능은『피크윅 클럽의 유문록遺文錄』[4]과
같은 책을 큰 목소리로 몹시 웃기게 낭독하는 것이었다. 아버
지는 일주일 동안이나 그 이어지는 이야기를 계속해서 즐겁게
이야기해 주셨다. 아버지가 대체로 읽는 것은 대부분 서부 스
릴러들이었다. 마치 이렇게 말이다!

19장......

낮은 언덕 뒤에서 총성이 들려왔다. 내 동료는 손에 총을 든 채
준비하고 서 있었다.

"우리는 지금 포위됐어."

그가 말했다.

"저길 봐 봐."

나는 소리쳤다.

"보안관 무리가 길을 따라서 오고 있어. 우리는 저들이 여기까
지 오기 전까지 버텨야 해."

바로 그때 또다시 다른 한 번의 총성이 울려 퍼졌고 나는 땅 위
로 쓰러졌다.

"맥, 저들이 나를 잡았어."

4　원문은 Pickwick Papers로 찰스 디킨스 Charles Dickens의 소설『피크윅 클럽의 유
문록 The Posthumous Papers of the Pickwick Club』을 말하는 또 다른 이름이다.

내가 신음했다.

청중들 사이에서 누군가 숨을 들이마셨다.

"그들이 정말 당신을 쐈나요? 에어하트 씨!"

"과연 그랬을까? 나는 결국 죽고 만단다."

아버지가 심각하게 대답하셨다.

"그래도 나는 그 보안관 무리가 다른 동료들을 살릴 수 있도록 제시간에 도착했는지 알 수 있을 만큼은 충분히 산단다. 하지만 그건 다음 장에 나와."

아버지가 가끔 죽음이나 팔, 다리 한쪽을 잃은 것을 연기하는 날에는 우연히 기웃거리며 듣고 있던 이웃 아이들조차 말 그대로 당황하곤 했다.

때때로 아버지는 토요일이면 인디언 놀이를 하면서 그 이야기를 그대로 몸소 연기하셨고, 참여하고 싶어 하는 이웃이라면 누구든 기꺼이 함께했다. 아버지는 인디언 추장이 되거나 스카우트 대장이 되셨는데 다음에 이어진 전투 놀이는 정말이지 끝없이 흥미진진했다. 몇 번의 추격전 이후나 전투의 열기가 계속되는 동안, 아버지는 마치 인디언 추장이 건초더미 사이로 얼굴을 쏙 내민 것처럼 미닫이문 사이에 살짝 얼굴을 내밀고 있었다. 놀이가 끝나고 아버지 코에는 갑작스러웠던 기습공격의 흔적을 보여주는 빨간 자국이 남았다.

17

디모인에 있는 헛간은 인도 전쟁의 현장이었고 우리 할머니의 소유였는데 내가 아는 유일한 헛간이었다. 도시 아이인 내가 헛간을 소유하고 있던 것은 꽤 행운이었다.

불행하게도 나는 소녀들이 소녀다워야만 하는 시기를 살았다. 독서에는 제약이 없었지만 운동은 그렇지 못했다. 나는 농구, 자전거, 테니스와 같은 운동에 빠져 있었고 온갖 격렬한 운동이란 운동은 모두 도전해 보았다. 누군가의 설명이나 도움 없이 독학으로 운동을 익혔기 때문에 뛰어난 운동선수가 되기엔 역부족이었다. 청소년들에게 올바른 자세로 운동을 가르치는 방식이 지금만큼이나 보편적이었으면 좋았을 텐데 말이다. 나는 운동을 할 때면 강렬한 기쁨으로 둘러싸이는 듯했고 운동으로부터 오는 기쁨과 즐거움 덕분에 내가 배울 수 있었던 것보다 더 많은 기술과 우아함을 터득할 수 있었던 것 같다. 나는 혼자 운동하는 것을 즐겼지만 동시에 온갖 나쁜 운동 자세가 몸에 배고 말았다.

말에 관한 나의 경험이 그중 한 가지로 꼽을 수 있겠다. 내 여동생과 나는 이웃이 키우는 말에게 설탕과 사탕을 챙겨주는 것을 매우 좋아했다. 우리는 말 위에 올라타고 싶었지만 그러기에는 말은 굉장히 매끄럽고 너무 높았다. 어느 날, 나는 정육점에서 배달 일을 하는 말 한 마리가 집 앞에 선 것을 보았다. 순간 기필코 말을 타겠다는 열망이 나를 사로잡았고 도저히 그 열망을 거부할 수 없었다. 말이 끌던 수레의 모서리와 이음새를 딛고 승마에 성공했지만 얼마 지나지 않아 다시 내려오는 수밖에 없었다. 하지만 나는 주인에게 말을 탈 기회를 약속받았다. 그 사건으로 나는 정육점을 운영하는 아버지를 둔 두 자매를 알게 되었다. 이따금 배달 일이 없을 때면 그 두 자매는 수레 끄는 말을 탈 수 있게 해 주었다. 말들은 약간 나이가 들었고 승마용으로 고를 만한 타입은 아니었다. 하지만 말 중 한 마리는 과거 한때 넘치는 기운으로 봄날 망아지 날뛰듯 힘찬 뒷발질을 뽐냈을 것이 분명한 적마赤馬였고 그 말은 내게 즐거움을 한 아름 안겨주곤 했다.

할머니께서는 어머니를 아름답고 열정적인 승마인으로 키우셨다. 그럼에도 불구하고 내가 말을 타는 것을 못마땅해 하셨는데 대체 왜 그러셨는지는 나도 잘 모르겠다. 할머니의 회색 머리카락에 드리운 걱정과 근심이 내게 다양한 기회를 주고자 하는 마음을 앗아가 버린 것일지도 모른다. 어쨌거나, 나는 헛간의 남은 공간이 말들을 위한 거처로 쓰이지 않는 것은 큰 낭비일 것이라 강하게 주장했음에도 아무 소용이 없었다. (사실 헛간에 사나운 얼룩소 한 마리를 키우고 있었기 때문에 낭비까지는 아니었다) 결국 나는 말 대신 철통 보안에 힘쓰며 우리 집 앞마당을 지키고 앉아 있는 인내심 깊은 두 마리의 개에게 만족할 수밖에 없었다.

대부분의 중서부 가정이 그렇듯, 우리 가족도 여름에는 호수를 향해 천천히 걸어 산책하곤 했다. (이때 우리는 미네소타에 있었다) 그곳에서 나와 인연이 된 또 다른 말 한 마리를 만났다. 그 친구는 인디언 조랑말이었고 대략 12살 정도 돼 보였는데 나이치고 여전히 활기찼다. 그 말은 쿠키를 얻어먹기 위해서 그 어떤 일도 마다하지 않았다. 우리에겐 안장이 없었기 때문에 여동생과의 승마 시간의 절반은 집으로 걸어가는 것으로 보냈다. 여동생에게는 승마 중 사과나무에 긁혀 생긴 흉터가 아직도 등에 남아 있다. 몇 년이 지나고 나서야 나는 정식으로 승마 교육을 받았는데, 그제야 나와 여동생은 정식 승마 교육과는 반대 방법으로 말을 탔다는 것을 깨달았다.

이제껏 소년 스포츠가 소녀 스포츠보다 훨씬 더 많은 관심을 받아 왔다. 사실 남자아이들은 트랙 경기뿐만 아니라 다양한 스포츠 분야에서 쉽게 전문적인 지도를 받을 수 있었지만, 여자아이들에게는 배우는 데도 장벽이 존재했다. 결국 여자아이가 운동선수가 되고자 했을 때 주어지는 포상과 기회는 몹시 적었다. 보통은 여자아이가 대학에 가기 전에는 남자아이에게 일반적으로 주어지는 어떠한 관심도 받지 못했다.

시설이나 교육방식 같은 작은 문제 외에 더 큰 문제도 있었다. 치마와 하이힐과 같은 여성복은 누가 봐도 자유로운 움직임을 제약할 수밖에 없도록 만들어졌다. 드레스도 남성의복보다 훨씬 망가지기 쉬운데, 드레스를 입은 사람은 옷이 찢어지지 않도록 조심해야 하기 때문에 움직일 때 신경이 쓰일 수밖에 없다.

전통이라는 것은 여성복만큼 방해가 된다. 여성에게 많은 제약이 따랐던 시기 즉 여성에게 거의 모든 활동이 불가능하다시피 했던 그때부터 여성이 무언가 새롭고 다른 것을 시도할 때면 사람들은 자연스럽게 의문을 가졌다. 사람들은 어떤 일이든 간에 남성이 주로 맡던 일을 여성이 시도하면 과연 그 일이 여성에게 적합할까 따졌다. 테니스, 승마, 골프와 같은 다른 스포츠들은 여성이 하기에는 너무 위험하다고 보편적으로 인식되고 있지만 내가 봤을 때는 전혀 그렇지 않았다.

나는 학교에서 집까지 항상 뛰어다녔고 할머니 댁을 둘러싼 울타리를 휙휙 넘어 다녔는데 그 때문에 할머니께서는 나를 매우 걱정하셨다.

"넌 아마 이해 못 할 게다."

어느 날 할머니께서 말씀하셨다.

"내가 어렸을 땐 광장에서 굴렁쇠 굴리며 노는 것보다 더 격렬한 놀이는 하지 않았단다."

나는 마치 내가 숙녀가 아닌 듯한 기분이 강하게 들어서 며칠을 연달아 문 주위를 서성이며 고민했다. 내가 만약 남자아이였다면 짧은 머리가 타고난 듯 자연스러웠겠지. 여자아이들이 당장 요람 같은 안전지대에서 뛰어 내려와 훈련을 시작해야 한다고 주장하는 건 아니다. 만약 어떤 일이든 어른들을 놀라게 하지 않고 부상 없이 정확하게 움직일 수 있다면 운동의 즐거움을 더 누릴 수 있을 텐데.

예나 지금이나 기성세대는 새로운 세대가 지향하는 새로운 방향을 보고 적잖은 충격을 받는다. 사실 나는 그런 충격을 주어야 하는 당사자에 속하는데 그 일이 때론 조금 버겁게 느껴진다. 나와 동생이 마을에서 여자아이 최초로 체육복을 입어본 날의 이야기이다. 그때는 토요일이었고 우리 자매는 더 자유롭고 편하게 놀기 위해 체육복을 찾아 입었다. 체육복을 입은 몸은 편안했지만 동시에 불쾌한 기분이 드는 것은 지울 수 없었다. 우리를 쳐다보는 시선을 느꼈기 때문이다. 치마 입은 동네 소녀들은 우리 주위를 정신없이 돌아다녔고 우리는 그 사이에서 마치 따돌림을 받는 듯한 기분이 들었다. 25년 전의 여자아이들 차림새를 모른다면 우리가 한 짓이 얼마나 대담한 짓이었는지 상상할 수 없을 것이다.

블루머[5]를 입고 납작 엎드린 채 썰매를 타는 것은 당시 기준으로 보았을 때 여자아이의 행동으로 보기엔 꽤 거친 일에

5   여성용 바지의 하나. 1850년경 뉴욕의 블루머 부인이 고안한 것으로, 짧은 스커트가 달리고 발목을 매게 되어 있어 한복 바지와 비슷하게 생겼다.

해당했다. 솔직히 그런 말도 안 되는 불합리한 일들을 경험한 것을 하나둘 되돌아보자면 내가 몹시 나이가 든 것처럼 느껴진다. 나는 마치 소년처럼 자유롭게 썰매를 탔는데 그 방식이 한 번은 내 목숨을 구하기도 했다.

　　나는 마을에서 가장 가파른 언덕을 빠른 속도로 미끄러져 내려가고 있었다. 그때 차안대遮眼帶[6]가 채워진 거대한 말 한 마리가 끄는 고물상 수레가 샛길에서 튀어나왔다. 언덕은 꽁꽁 얼어 있었고 나는 옆으로 꺾을 수가 없는 상황이었다. 끼익 하며 귀를 찢는 마찰음이 경고처럼 울려 퍼졌지만 고물상은 미처 듣지 못했고 이내 나는 말의 앞발과 뒷발 사이를 미끄러져 통과했다. 나와 고물상이 알아채기도 전에 말이다. 내가 만약 내가 만약 바른 자세로 얌전하게 썰매를 타고 있었다면 내 머리가 말의 갈비뼈에 부딪혔을 것이고 몹시 고통스러웠을 것이다.

　　이맘때쯤 겨울이면 아버지에게 크리스마스 편지를 썼는데 편지는 대개 다음 문구와 같이 시작했다.

=
6 　말의 좌우 시야를 차단해 앞만 보게 해주는 안대.

사랑하는 아버지에게

뮤리엘과 저는 올해 풋볼이 하고 싶어요. 그러니까 부탁드려요. 야구공이나 방망이 같은 것들은 많이 가지고 있으니 이번엔 특별히 풋볼공을 살 차례예요.

크리스마스에 우리는 결국 풋볼을 할 수 있었다. 그리고 여동생은 혼자 교묘하게 부모님을 설득해 의기양양하게 22구경의 작은 장난감 총을 만들어 냈다. 하지만 그런 놀이들은 우리가 가장 사랑하는 어른들의 눈살을 찌푸리게 했고, 그게 싫었던 우리는 항상 슬프게 놀이를 끝냈다.

뒤 담장 위에 세워둔 병을 총으로 한 발 한 발 깨뜨리고 논 이후로 며칠 지나지 않아서 가지고 놀던 총의 행방이 묘연해졌다. 훗날 어른들이 숨겨 놓은 비밀 공간에서 간신히 총을 찾았는데 여자아이들이 총을 쏘러 다니는 것이 어울리지 않는다는 이유만으로도 총을 뺏을 충분한 이유가 된다는 설명을 들었다.

동생은 그 총을 다시 손에 넣자마자 헛간에 다니던 쥐를 잡는 데 썼다. 그것은 지금껏 해왔던 사냥 가운데 가장 큰 건이었다.

나도 생각해 보니 대략 6살 때쯤 덫을 놓은 경험이 있다. 그 덫은 내가 직접 만든 나만의 발명품이었다. 덫은 뚜껑이 달린 빈 오렌지 상자로 만들어졌는데, 상자를 옆으로 세워서 땅과 상자 사이에 막대를 끼워 넣고 마치 차양처럼 상자를 떠받치게 두었다.

나는 긴 실을 그 막대에 엮어 두고는 반대편에 있는 나무 뒤에 숨었다. 실이 묶인 막대를 잡아당기면 뚜껑이 쾅 닫히게 되면서 그곳에 달린 굵은 고무줄의 압력 때문에 뚜껑이 계속 닫히게 되는 구조였다.

내 사냥감이 뭐였냐고? 나와 내 여동생이 '도미니크립스'라 불렀던 닭의 종류였다.

이웃의 암탉 몇 마리가 가끔 도망쳐 와서는 우리만의 특별한 화단을 침략하곤 했는데 부모님이 항의하시러 가는 것이 딱히 좋은 일이 아니라는 것을 알았기 때문에 나는 그 침략 닭들을 한 마리씩 잡는 것으로 문제를 해결할 수 있다고 생각했다. 빵가루를 상자 안과 주위에 조금씩 뿌려 두자 내가 준비한 사냥의 좋은 표적 닭 한 마리가 거의 잡힐 만큼 가깝게 유인됐다. 이내 내가 만든 덫이 닫히자 깜짝 놀란 닭은 상자 안에서 마구 날뛰었는데 얼마나 꽥꽥거리고 푸드덕거리던지 그 자리에서 깃털이 마구 흩날렸다! 나는 겁이 나긴 했지만, 한편으로는 즐거웠다. 큰 건수만 주로 맡는 거물 사냥꾼이 돌진하는 코끼리를 잡고 어떤 기분을 만끽하는지 알 것 같았다.

나는 이내 신이 나서 집으로 달려갔다.

"엄마, 엄마."

나는 숨을 헐떡이며 말했다.

"내가 화단을 침범한 닭을 잡았어요."

"왜 그랬니?"

용감한 나의 무용담을 들으시곤 어머니가 대답하셨다.

"돌려주고 오는 것이 좋겠구나. 그 닭을 네가 갖는다면 절도죄가 된다는 걸 이해할 수 있겠지?"

이렇게 기운 빠지는 말이 어딨을까! 덕분에 나의 모험은 그렇게 우울하게 끝나 버렸다. 단지 그렇게 빛나던 사냥 당시 기억만을 남겨 두고서.

애치슨에서 대부분의 초등학생 시절을 보냈는데 지금 돌이켜 보면 무척이나 즐거운 시간이었던 것 같다. 평범한 놀이, 학교생활, 진흙 공 싸움, 소풍, 미주리강 위에서 아래로 급류 타기까지! 그 지역에 있던 몇 안 되던 사암 동굴은 우리의 즐거운 탐험을 더욱 격앙시켰다.

작은 무리의 우리 탐험가들은 매력적인 동굴들을 어떻게 하면 독점할 수 있을지, 행여나 다른 사람이 눈독을 들일까 걱정하곤 했다.

"사람들이 무서워할 만한 팻말을 걸자."

누군가 제안했다.

"'주의하시오' 어때? 꽤 무섭게 들릴 것 같은데?"

또 다른 한 명이 말했다.

"그거 철자가 어떻게 되지?"

"주위야."

"아냐. 내 생각엔 주의가 맞는 것 같아."

"아니 주위가 위험하다 할 때 주위를 쓰잖아. 그러니까 주위가 맞아."

"우리 그러면 둘 다 여기저기 걸어 놓자."

탐험가 무리의 결정권자가 의견을 냈다.

그 팻말은 아이들에게는 정말 무시무시한 경고로 보였다!

미시시피강은 그 자체로 항상 활발했다. 그 누런 강물 깊은 곳에서 가끔 크고 위험해 보이는 소용돌이가 보였고 둑들은 끝없이 씻겨 내려갔다. 우리 중 아무것도 모르는 친구 몇 명이 그 둑 근처에 가끔 가기는 했다. 하지만 아이들은 흐릿하게라도 1903년에 덮친 홍수를 기억했다. 홍수로 물이 건물 지붕의 배수로까지 가득 차올랐고 다리와 저지대 너머 멀리 육안으로 보이는 곳은 모두 휩쓸었다.

나는 당시 직접 게임을 만들어서 하곤 했는데 그중에서도 버기Bogie라고 이름 붙인 자작 게임에 푹 빠져 있었다. 버기는 상상의 여행을 하는 게임이다. 주로 할머니의 헛간에 있는 낡고 버려진 마차에 올라타서 그길로 여행을 떠나는 상상을 했다. 운이 좋게도 우리 옆집에는 항상 아이디어가 넘쳐나는 이해심 많은 두 사촌이 살고 있었다. 그래서 우리가 만나는 날이면 집 밖으로 떠나지 않고도 머리를 쭈뼛쭈뼛하게 만드는 모험과 멀고도 광활한 여행을 함께할 수 있었다. 그것도 헛간에서 말이다.

말들은 종일 여행을 하고도 아직도 마차를 끌고 가고 있었다.

"이제 다음 마을에 도착할 때쯤 되지 않았소?"

승객이 차분하게 말했다.

"지금 가는 길이 맞다면 땅거미가 질 때까지는 가야 합니다."

마부가 험악하게 대꾸했다.

(그 자리에 있던 모두는 놀이 시작 전 상상의 그곳을 이미 미리 연구하고 관찰해 두었다)

"함께 지도를 보시지요. 여긴 내게 좀 낯설군요."

마차 뒷좌석 왼쪽에 앉은 사람이 친절히 말했다.

"나도 여기 이 늪지대는 한 번도 본 적이 없소. 심지어 집도 한 채 안 보이는군."

앞 좌석 오른쪽에 앉은 이가 맞장구쳤다.

"무슨 일이라도 곧 일어날 것만같이 심상치 않아."

"잠깐, 저기 저게 대체 뭔가?"

세상에, 그걸 대체 뭐라고 설명해야 할까? 실제로 내가 그 어떤 것을 만난다 해도 우리가 상상 속에서 만난 그것보다는 무섭지 않을 것이다. 건초 더미 속의 어두운 구석에 숨어 우리를 공격하려 하거나 낮은 판자 위로 삐걱삐걱 기어오르는 그림자 귀신같은 것들보다 말이다.

토요일에는 내가 가장 좋아하는 것을 하는 날이었다. 바로 직접 만든 벽돌 오븐으로 점심 식사를 준비하는 것이다. 계란을 구워내는 것이 주된 요리인데 우리는 부엌의 뒷문 밖에서 왔다 갔다 하며 음식 만드는 수고를 기쁘게 감내했다. 하지만 나는 학교에서 배우는 요리 수업에는 그다지 흥미를 느끼지 못했다. 단순한 요리보다 나만의 특별한 요리를 하는 것이 더 좋았다. 그래서였을까. 내가 조금 더 컸을 때는 특별한 한 음식 연구를 시작하게 되었다.

이제까지 없었던 새로운 요리를 만들어 내려는 욕심이 자연스럽게 들었다. 독창적인 데다 맛있기까지 한 음식을 만들기 위해서 완두콩 껍데기와 옥수수 껍질을 포함하여 여러 가지 다양하게 섞인 혼합물을 함께 끓여 보았는데 그걸 본 다른 요리사들은 당황했다.

내가 엄선한 많은 재료가 사실은 전혀 특별할 것이 없다는 것을 이내 깨달았다. 심지어 그보다 훨씬 더 많은 재료가 사람들의 식탁에 오르기 위해 매일같이 평범하게 사용된다는 것도.

나는 아무도 시도해 보지 않았을 것 같은 요리를 조사해서 찾아냈는데 이것만큼은 내가 만들어 내기만 한다면 최초가 될 것이라 확신한다. 나는 일반 교회와 성공회 교회의 주일 학교 학생이었다. 그래서 자연스럽게 이스라엘의 자손이 하늘에서 떨어진 만나manna[7]를 먹은 이야기를 알고 있었다. 그 이야기에 깊은 인상을 받았는데 만나에서 정확하게 어떤 맛이 날지 알 것 같았다. 나는 내가 상상하는 그 맛을 재현하기 위해 쏟아부은 노력만큼이나 엄청난 양의 밀가루와 설탕을 소비했다.

말할 필요도 없이 천국에서 내려온 그 맛을 표현하는 음식을 만드는 데 당연히 성공할 수 없었다. 내 상상 속에 떠오른 만나는 조그맣고, 희고 둥근 머핀 모양이었는데 팝오버[8]와 에인절 케이크[9] 사이의 식감과 맛이 났다. 언젠가 내가 비행을 관두는 날이 온다면, 그때 다시 한번 만들어 볼 요량이다. 그 느낌을 정확히 살려 만든다면 분명 너도나도 맛보고 싶어 안달이 날 것이다.

=

7 모세의 지도 아래 이집트를 탈출한 이스라엘 백성이 광야에 이르러 굶주릴 때 하느님이 내려준 신비로운 양식. 흰 서리같이 고왔고 진주 같은 모양이었으며, 밤이슬처럼 내려 이슬 속에서 채집된 것 같다고 기록되어 있다. '만나'는 히브리어로 '무엇'이냐고 묻는 의미이다.

8 달걀, 우유, 밀가루를 섞어 윗부분이 부풀어 오르게 구운 빵.

9 계란 흰자를 많이 써서 부드러운 맛이 나며 아몬드 향기를 곁들인 흰색의 스펀지 케이크.

학교는 꽤 즐거운 곳이었지만, 가끔 아버지가 장기 출장을 가실 때면 나도 함께 여행에 즐겁게 따라나서느라 결석하는 수밖에 없었다. 이 철도 저 철도로 옮겨 다니며 일하시던 우리 아버지는 그의 특별한 여행에 우리 가족들을 동반하시곤 했다. 캘리포니아나 다른 곳으로 향하는 짧은 여행이 학업에 딱히 방해가 되지는 않았다. 학교의 교과 과정보다 여행 속에서 얻는 것이 더 많았던 것 같다. 당시는 개인 자가용으로 친구와 함께 여행하거나 식사에 초대하는 것이 가능한 꽤 깔쌈한 시대의 초창기였다. 우리 가족이 항상 자가용을 타고 다닐 수 있었던 것은 아니지만 그래도 가끔은 자가용을 타고 여행을 떠나곤 했다. 나는 16살에 처음으로 기차표를 샀는데 그때를 생각하면 아직도 뭔가 이색적인 일을 했다는 느낌이 든다. 어쩌면 이런 다양한 경험들이 나를 비행으로 이끄는 데 일조한 연이 아닐까?

아버지가 철도업에 종사하시던 다년간 우리 가족은 캔자스시티에서부터 디모인, 세인트폴, 시카고에 이르기까지 다양한 지역으로 이사를 해야만 했다. 비록 친구들과 오랫동안 함께할 수 없다는 단점이 있었지만 그래도 새로운 환경에 빠르게 적응하는 법을 배울 수 있었다. 나는 4년 이상 한 지역에서 살아본 적이 없다. 그래서 누군가 내게 '저도 당신의 고향 출신이에요'라고 말할 때면 언제나 '제겐 고향이 너무 많아서요. 어디를 말씀하시는 걸까요?' 하고 되물어야 했다.

　내가 다닌 고등학교는 적어도 6개는 됐다. 하지만 다행히 남들과 마찬가지로 4년 만에 졸업할 수 있었다. 나는 시카고 하이드파크 고등학교를 마지막으로 다녔고 그곳에서 졸업장을 받았다.

　남자아이들은 딱히 내게 관심을 가지지 않았다. 그렇다고 해서 그다지 속상한 적도 없었다. 단지 댄스 파트너가 한둘 정도밖에 없었기 때문에 내가 하고 싶은 만큼 충분히 춤 연습을 할 수 없긴 했지만 말이다. 어쨌거나 춤이란 세상에서 가장 사랑스러운 취미 가운데 하나가 될 수 있다고 생각한다. 나는 할머니가 소녀일 적 모아 두신 세 종류의 음악을 소중하게 간직하고 있었다. 나는 가끔 그 음악들을 틀고 춤을 추는 것을 좋아했다. 그 속에는 감성적인 음악에서부터 당대의 인기 댄스 곡까지 있었다.

2

비행과 나는 하나

AVIATION AND
I GET TOGETHER

고등학교에서 나는 물리학과 화학에 큰 관심을 갖게 되었는데 졸업하고 약 1년 후에 필라델피아 근처의 오곤츠 학교[1]에 입학했다. 그곳에서 마지막 학년이 되어 맞이한 크리스마스 휴일에는 세인트 마거릿 대학에 다니던 여동생이 있는 토론토에 갔다. 나는 그곳에서 처음으로 세계 대전이 의미하는 바를 깨달았다. 새 유니폼을 깔끔하게 입은 군인들과 브라스 밴드[2] 대신 내게 눈에 들어온 것은 4년간 처절한 투쟁의 흔적으로 팔과 다리를 잃거나 몸이 마비되고 시력을 잃은 남자들이었다.

---

1 여성을 위한 교육기관.

2 금관 악기로 구성된 악단.

어느 날 나는 외발로 걷는 4명의 남자들을 보았는데 그들은 모두 할 수 있는 최선의 방법을 찾아 서로를 부축해서 거리를 걸어가고 있었다.

"어머니. 저 여기 남아 병원을 돕고 싶어요."

집으로 돌아와 말했다.

"그건 학교 졸업을 포기하겠다는 말이잖니."

어머니께서 말씀하셨다.

나는 졸업을 못 하더라도 상관없었다. 복학하겠다는 생각을 아예 접고 간호조무사가 되기 위한 절차를 밟았다. 미국 적십자사와 연계하여 일하고 싶었지만, 어찌 된 일인지 서류가 처리되지 않았기 때문에 결국 종전까지 몇 달간 토론토의 병원에서 일하는 수밖에 없었다.

간호조무사는 바닥을 닦는 일부터 시작해서 회복 중인 환자들과 테니스를 치는 일까지 거의 모든 일을 도맡았다. 환자들은 우리를 자매님이라 불렀고 우리는 발바닥에 불이 날 정도로 여기저기 뛰어다니며 그들을 수발했다.

"제 등 좀 닦아 주세요, 자매님. 침대에만 누워 있기 너무 지쳤어요."

"오늘은 죽 대신 아이스크림을 주시면 안 될까요?"

우리는 오후에 쉬는 시간 2시간을 제외하고 아침 7시부터 저녁 7시까지 일했다. 나는 식사 제한이 있는 환자를 위한 특별식 주방이나 약 조제실에서 많은 시간을 보냈는데 이는 내가 약간의 화학에 대한 지식이 있었기 때문이다. 사실 내가 그 일을 맡은 이유가 어쩌면 의료용으로 제공된 위스키를 마시지 않는 조무사라는 믿음을 주었기 때문일지도 모른다.

유행성 독감이 마을을 휩쓸었을 때, 나는 야간 근무를 지원한 몇 안 되는 사람 중 한 명이었다. 나는 폐렴 병동으로 옮겨졌고 그 과밀한 병동에서 양동이에 들어 있는 약을 국자로 퍼 주는 일을 도왔다.

내가 비행기에 관심을 가진 것은 아마 1918년 겨울이었을 것이다. 지금이야 도시 근처 다양한 비행장에서 장교들이 훈련을 하기 때문에 비행기들이 흔히 보이지만, 그때는 마을 축제에서 한두 번 비행기를 보는 것이 전부였다. 당연히 민간인은 비행기를 탈 기회조차 없었다. 하지만 나는 여유가 있을 때면 그 주위를 알짱거리며 보이는 족족 모든 것을 머릿속으로 흡수하려 했다. 훈련용 비행기가 썰매 다리[3]로 이륙하면 프로펠러 뒤로 부는 살을 에는 듯한 눈바람이 내 얼굴을 스치며 몰아친 것이 기억난다.

전쟁이 막 끝나고 내가 토론토에 있었을 때로 다시 시간을 거슬러 올라가 보자. 세상에 그날은 정말 말도 아니었다!

---

3   눈 또는 얼음 위에서 이착륙을 위해 비행기의 강착 장치에 부착된 썰매.

사람들은 종일 휘파람을 불어 재꼈다. 모든 교통수단은 이용이 불가능했고 누구든 시내로 가려면 걸어야 했다. 자가용은 황폐한 거리 위에서 정체될 위기를 무릅쓰고 나와 있었고 견인회사는 이미 작업을 포기한 채 견인차를 세워두기만 했다. 젊은 남자들은 엄청난 양의 밀가루가 들린 포대를 들고 달렸고 그것을 젊은 여자들에게 터트리고 뿌렸다.

　　"어이, 계집애들아! 전쟁이 끝났다고!"

　　펑! 밀가루에 의해 하얗게 된 희생양들은 마치 눈사람처럼 보였다. 품위 있어 보이던 시민들은 기쁨에 뒤엉켜서 춤을 추고 서로의 모자를 벗겨 발로 밟았다. 모두가 그 혼란 속에서 기쁘게 농담을 했고 즐거워했다!

　　병원에서 짧은 경력을 쌓고 머지않아 이번에는 내가 환자가 되고 말았다. 아마 온종일 일을 하고 나서도 밤을 새워 일한 탓일 것이다. 내 병에 대한 이야기로 돌아가 보자. 보통은 아무것도 들어갈 수 없는 뺨 뒤 뼈의 빈 공간[4]에 병이 자리를 잡았고 그 때문에 몇 회의 수술과 장기간의 회복 시간이 필요했다. 나는 회복 시간의 일부는 조지 호수와 여동생이 머물고 있던 노샘프턴의 스미스 가家에서 보냈다. 노샘프턴에 머물면서 자동차 엔진에 관한 강의를 들었는데 이때 배운 것은 훗날

4　부비동.

내가 얻은 비행기 엔진의 유용한 지식의 토대가 되었다.

나는 의료와 관련된 일을 하며 많은 것을 배웠고 이후에도 의료 경력을 쌓으려 계획하고 있었다. 그래서 결국 뉴욕의 컬럼비아대학에 입학했다. 내가 수강한 수업들은 프랑스 문학과 관련된 고급 교양과목부터 의학적 소명에 다가갈 수 있는 전문과목 등으로 다양하게 이루어져 있었다. 여느 때와 마찬가지로 나는 내가 하고 싶은 공부를 하고 있었고 당연히 많은 돈은 벌지 못하고 있었다. 하지만 뉴욕의 학생들은 원한다면 적은 돈으로도 많은 것을 얻을 수 있었다. 카네기 홀의 갤러리 계단을 오르내리는 것은 정말 조금도 불편하지 않았다. 마늘 냄새에 익숙해진 뒤로는 많은 지역 콘서트도 즐겼다. 강을 가로지르는 팰러세이즈 협곡을 하이킹하는 것과 그곳으로 향하는 페리에 타는 것도 좋아했는데 심지어 페리 운임 요금은 고작 몇 센트밖에 하지 않았다.

언젠가 팰러세이즈 협곡으로 향하는 안전한 길 중 하나를 찾고 있을 때였다. 그때 다른 등산객 3명과 나는 점심을 먹기 위해 어느 작은 가게에서 샌드위치를 샀다. 가게 주인은 우리를 보더니 말했다.

"가시나들 농장에서 온 거 같은디."

그때 우리 중 농장에서 온 사람은 아무도 없었다. 하지만 그 계산대 남자 점원은 도시 사람들이 우리처럼 등산하며 휴가를 보낼 거라고 생각하기는 어려웠나 보다.

나는 학교에서 다른 건물로 통하는 금지된 지하 통로들에 익숙했다. 나는 가능한 한 학교의 모든 곳을 구석구석 탐방하려고 했다. 나는 때때로 학교 도서관의 계단을 장식하고 있는 금빛 조각상의 무릎에 앉아 있곤 하던 학생이었으며, 도서관의 돔 모양 지붕 꼭대기에 가장 빈번하게 올라가던 학생이기도 했다. 진지하게 말하건대 건물의 마지막 층을 이야기하는 것이 아니라 정말로 돔 모양 지붕의 꼭대기에 올라간 것이다.

몇 년이 지나 컬럼비아대학을 다시 방문했을 때 나는 다시 도서관의 돔 모양 지붕에 올라갔다. 1925년. 태양을 가리는 일식을 보기에 그곳은 아주 탁월한 장소임이 분명했기 때문이다. 나는 유명 생물학자와 함께 그곳에 서서 세인트 존 대성당의 가장 높은 곳에 서 있는 트럼펫 부는 천사상을 건너다 보았다. 천사상을 포함한 우리 셋은 세계 그 어디보다도 좋은 명당에서 태양을 향해 질주하는 달의 그림자를 보는 행운아였으리라.

나는 비행 중 또 다른 일식을 본 적이 있다. 그 일식은 1924년 카탈리나섬과 본토 사이의 어딘가에서 점차 이상하게 어두워지는 하늘 속에서 진행되었다.

컬럼비아의 비밀 통로에 대한 나의 지식이 지금까지 딱히 유용했다고는 증명할 수는 없다. 하지만 그 역시 대학에서의 배움이라고 말할 수 있겠다.

내가 이상적인 의사가 될 수 없다는 생각에 이르기까지는 고작 몇 개월이 걸렸다. 나는 의학에 관한 모든 것을 좋아했는데 특히 실험이 더 그랬다. 그러나 실제로 환자에게 약을 처방하는 방식은 일반적 실험과 달랐다. 건강 염려증 환자 침대 옆에 앉아 무해한 설탕 덩어리를 처방해야 하는 상황이 그러하다.

"만약 이 약을 드신다면 무릎의 고통이 완전히 사라지진 않을지라도 좀 나아질 겁니다."

나는 이것을 전문적으로 말하는 내 목소리를 상상해 보았다. 이런 상황에 닥친다면 스스로가 몹시 부족하고 거짓된 사람이 된 것인 양 거북한 느낌이 들 것 같았다. 나는 그때 정신적인 질병을 치료하는 것이 신체적 질병을 치료하는 것과 연관될 수 있다는 것을 몰랐다. 설령 서로 치료법이 다르긴 하지만 말이다.

나이가 어릴수록 중대한 사안을 피상적인 이유만으로 결정을 내려버리는 경향이 있다. 나 역시 그렇게 어머니와 아버지의 만류 속에서 컬럼비아를 떠나 캘리포니아로 향했다.

내가 뉴욕을 떠났을 당시 적어도 의학적인 연구는 손놓지 않고 할 생각이었다. 내게 의학은 여전히 매력적인 분야였기 때문이다. 하지만 이유는 몰라도 서부권 대학교에 적응하는 것이 힘들었기 때문에 그럴 수 없었다. 나는 이때 비행에 모든 관심이 사로잡혔다. 토론토에서 끓어오르던 그 즐거운 호기심은 나를 근방의 모든 에어 서커스로 향하게 했다. 나는 아버지를 서커스 근처로 모시고 갔고 아버지가 질문하시게끔 만들었다. 나는 이날 이후 점점 더 비행에 흥미를 느끼기 시작했다.

아버지와 내가 롱비치에서 관중들과 함께 에어쇼를 구경하고 있던 날이었다.

"아빠, 저기 경관님께 비행을 배우는 데 얼마의 시간이 필요하냐고 물어봐 주세요."

모든 것이 귀찮아 보이는 표정으로 유니폼을 입고 서 있는 남자를 가리키며 말했다.

"듣자 하니 사람마다 다른 것 같더구나."

사람 좋은 우리 아버지는 약간의 조사를 더 거쳐 알게 된 것을 내게 말해 주셨다.

"대략 평균적으로 5시간에서 10시간 정도 된다고 하는구나."

"그럼 비행 수업에 필요한 비용은 어떻게 되는지도 알아봐 주세요."

내가 이어 물었다.

"대략 1,000달러 정도라고 하는구나. 그런데 그걸 왜 알고 싶어 하니?"

나는 이유를 완전히 확신할 수는 없었다. 이전 병원에서 일하면서 조종사였던 환자들이 서로 나누던 대화를 들은 적이 있다. 그때 나는 왠지 모르게 비행기로 당장이라도 뛰어 들어가 탑승할 준비가 됐다는 느낌이 들었던 것 같다.

　　내가 처음으로 비행 체험을 한 곳은 로스앤젤레스 교외의 주택가였는데 그때 그곳은 유정油井으로 둘러싸인 윌셔 대로의 공터였다. 그때 비행기 조종사는 세상에서 가장 빠른 속도의 비행 곡예를 자랑하는 프랭크 호크스[5]였다. 그는 가장 빠른 비행 공식 기록을 보유하고 있었다.

　　첫 비행이 끝나고 땅으로 내려오자마자, 나는 비행을 위해 태어난 사람이라는 것을 깨달았다. 몇 마일[6] 떨어진 곳에서 나는 바다와 할리우드 언덕을 보았는데 마치 그 언덕은 우리가 진작 친구였다는 듯 조종석 가장자리를 다정하게 바라보는 것만 같았다.

　　"저 아무래도 비행을 배우고 싶은 것 같아요."

　　나는 그날 저녁 가족들에게 가볍게 말했다. 세상 가볍게 던지듯 말하긴 했지만 실은 비행을 못 배우게 된다면 죽을 것 같은 마음이 들었다.

　　"나쁜 생각은 아니구나."

5　프랭크 호크스 Frank Hawks(1897~1938): 미국의 비행기 파일럿. 여러 비행 기록을 보유하고 있었으며 <신비한 조종사 The Mysterious Pilot> 영화에 주연으로 출연했다. 항공 레이서에서 은퇴한 후 1938년 실험용 항공기를 조종하다 사고로 사망했다.

6　거리 단위. 1,609m로 1mile은 약 1.6km.

아버지 역시 가볍게 말씀하셨다.

"그래. 언제부터 시작할 거니?"

약간의 조사가 필요할 것 같다고 아버지에게 간단히 말씀드렸고 머지않아 다시 비행 이야기를 꺼내서 차근히 알려 드려야겠다고 마음먹었다. 이때 어머니 역시 아버지와 마찬가지로 전혀 언쟁할 기색이 없어 보이셨다.

그 시절에는 비행을 배울 수 있는 정규 학교가 없었고 대개 전쟁에서 돌아온 남자들이 비행 강의를 하곤 했다. 며칠 안에 나는 수업 등록을 마쳤고 집에 돌아와 가족 중 누군가가 돈을 내야 한다는 사실을 알렸다.

"너 정말 그때 진심으로 한 말이었니?"

아버지가 놀라 말씀하셨다.

"나는 네가 단순히 희망 사항을 이야기한 줄 알았단다. 그리고 난 네게 그 수업료를 지원해 줄 만한 돈이 없구나."

처음에는 아버지께서 내 생각에 동의하시는 듯 보였지만 더 지지할 마음이 없으신 것을 알게 되었다. 아버지는 본인이 수업료를 내주지 않는다면 내가 분명 비행을 포기할 것으로 여겼다고 했다. 하지만 나는 이미 결심을 굳혔고 나는 정말로 비행을 배우고 싶었기 때문에 전화회사에 취직했다. 이것이 내가 처음으로 돈을 벌기 위한 목적으로 다닌 첫 직장이다.

그때부터 우리 가족은 나를 거의 볼 수 없었다. 나는 일주일 내내 일했고 토요일과 일요일은 마을에서 꽤 멀리 떨어진 공항에서 보냈다. 공항으로 가는 여정은 1시간이 넘게 걸렸는데, 차도에서 벗어나고도 몇 마일을 더 가야 했고 차에서 내려서 먼지투성이 고속도로를 따라서도 몇 마일을 더 걸어가야 했다. 그 시기에 여자들은 브릭스[7]나 가죽 코트를 꼭 입어야 했다. 들판에는 먼지가 가득했고 비행기는 올라타기 힘들었다. 조종사들은 가능하다면 최대한 이목을 끌지 않기 위해 준 군인 복장을 하고 있었는데 나는 그런 복장에서 매력을 느꼈다.

어느 날 내가 먼지투성이인 길을 따라 성큼성큼 걷고 있을 때였다. 친근해 보이는 운전자 하나가 차에 탈 것을 권했다. 내 복장과 목적지는 내가 하는 일을 설명해 주었다. 차 안에는 작은 여자아이도 하나 있었는데 내가 비행한다는 사실을 알자 매우 기뻐했다.

"하지만 언니는 비행사처럼 보이지 않는걸요. 머리가 길잖아요."

그 시기에 나는 가끔 몰래 내 머리를 몇 인치 자르기도 했지만, 사람들이 나를 별난 사람이라 생각하지 않도록 머리를 짧게 자르지는 않았다. 그리고 나는 겉보기에도 평범한 사람으로 보이려고 노력했는데 이는 나의 행동을 문제 삼는 사람들

---

7   무릎 바로 아래를 여미는 형태의 반바지를 말한다.

의 비판을 상쇄하기 위함이었다.

비행을 배우는 과정은 꽤 오랜 시간이 걸렸다. 돈을 내지 않으면 비행을 배울 수 없었고, 일하지 않으면 돈을 낼 수 없었기 때문이다. 그러나 단독 비행을 할 때가 되면 느리게 진행한 훈련 덕분에 나는 긴장을 덜 수 있었다.

"무슨 느낌이 들었나요?"

지상에서 바라보던 사람이 내가 비행을 마치고 돌아왔을 때 궁금해하며 물었다.

"겁이 나진 않아요?"

"겁이 나서 노래를 부르더군요. 가능한 한 크게 말이죠."

가까이 있던 조종사 하나가 비꼬듯 말을 뱉었다.

나는 마치 바보가 된 기분이 들었다. 내가 딱히 거슬릴 만한 행동을 한 것 같지도 않았는데 말이다. 나의 첫 단독 비행은 이렇게 왔다가 가 버렸다. 부족한 나의 착륙 솜씨를 제외하고는 아무 흔적도 남기지 않은 채 말이다.

"당신은 하나라도 제대로 한 게 없어. 심지어 겨우 보인 착륙 솜씨조차 영 썩은 듯 보이군."

다른 조종사가 말했다.

"가스 연료통을 비울 때까지 비행을 한 걸 보면 땅에 내려오는 게 너무 부끄러웠던 모양이지?"

내가 혼자서 제대로 비행을 할 수 있게 된 이후에 우리

어머니는 정말 통 크시게도 내게 작은 중고 비행기를 사 주셨다. 그 비행기는 우연히 한 건축가가 가지고 있던 유일한 재산이었기 때문에 나는 그와 공동으로 사용할 계획을 세웠다. 덕분에 나는 그의 비행기 격납고를 자유롭게 사용할 수 있었고 그는 비행을 시연할 특권을 얻었다. 우리 둘 다 똑같이 이 작은 기계를 사랑했고 또 마찬가지로 돈이 없었다. 우리의 협정은 매우 잘 이루어졌다. 나는 많은 시간을 그 비행기나 다른 비행기 안에서 보냈고 가끔 직접 비행해 보곤 했다.

어머니께서 이때 걱정이 되더라도 그것을 겉으로 드러내진 않으셨던 것 같다. 나를 재정적으로 도와주신 것 이상의 도움을 주실 수는 없었을 테니까. 당시에는 깨닫지 못했지만 지금에 와서 생각하면 내 가족과 친한 친구가 주는 지지와 협력은 신출내기 조종사가 가질 수 있는 최고의 안정 요소 중 하나라는 걸 알 수 있었다.

1년이 지나고 나는 국제 항공 연맹에서 발급하는 자격증을 따는 데 성공했다. 어머니는 이때 몹시 흥미로워하셨다. 확신컨대 이때 어머니는 나와 함께 비행기에 탑승하는 것을 받아들이셨을 것이다. 그러나 나는 시간이 한참 흐른 후에야 어머니에게 항공 교육을 해드릴 수 있었다.

이 시기에는 어떤 종류의 자격증이든 소지할 필요가 없었다. 그리고 오늘날 존재하는 어떤 형태의 규정도 없었다. 땅에서 날아오를 수만 있다면, 어떤 것이든 비행할 여건이 된다면 그냥 비행하면 되는 시대였다. 어둡고 침침한 비행 교육 불모지였던 시대를 지나 지금은 비행 교육이 매우 발달했지만, 당시엔 정규 학교조차 존재하지 않았고 오늘날 있는 게 당연하게 여겨지는 표준화 장비도 없었다. 근본적인 비행 원칙은 지금이나 옛날이나 같지만.

당시 비행 수업을 설명하는 가장 쉬운 방법은 내가 첫 비행 수업 때 가장 먼저 무엇을 했는지, 그리고 과거와 현재의 조종사 자격증 발급 조건을 비교해 보는 것이다. 앞서 말했듯이 내 훈련은 캘리포니아에서 진행됐는데 당시 사용했던 비행기는 '커티스 캐넉'[8]으로 전쟁 기간에 매우 유명했던 '제니'[9]와 비슷한 기종이었다. 지금 그 두 기종의 비행기와 그 모터들은 한층 개선된 장비로 바뀌었다.

전쟁이 끝나고 2년 뒤인 1920년의 비행기는 현재만큼 안정적이지 않았다. 심지어 모터는 잦은 고장으로 중요한 순간에 멈추는 심각한 결함이 있었다. 조종사들은 엔진이 멈춘 상태로 조종석에 앉아 있어야 할 끔찍한 상황을 예상하곤 했

8　Curtiss JN-4 Canuck: Curtiss JN-4 Jenny의 캐나다 버전 모델로 Jenny와 몇 가지 구조가 다르다.

9　Curtiss JN-4 Jenny: 1916년 미국에서 글랜 H 커티스에 의해 설립된 항공기 제작사에서 만든 비행기로 여러 모델이 있다.

다. 오늘날의 동력장치는 그때와 비교하면 몹시 긍정적인 대조를 이룬다. 관리만 잘하면 아주 가끔 멈추는 정도로 기계에 대한 신뢰도가 높아진 것은 정말 기쁘다. 또한 현대 조종사들의 태도는 전쟁 직후의 조종사들과 현저히 다를 수밖에 없다.

어떤 면에서 비행기의 발전은 몇십 년 전, 자동차의 등장과 같은 상황이라 볼 수 있다. 당신이 잘 모른다 해도 부모님 세대는 기억하고 있을 것이다. 그 시절 일요일의 운전을 떠올리면 된다. 길가에는 말썽을 일으킨 차들이 항상 줄지어 있었다. 터진 타이어로 골머리를 앓고 있는 사람도 있고, 당황한 몇 운전자들은 자동차 후드를 올려 엔진을 이해하지도 못하면서 걱정스럽게 들여다보기도 했었다. 설상가상으로 당시 서비스센터는 고사하고 운전하기 좋은 도로도 거의 없었다.

그러나 지금 현대에 풋볼 게임을 보러 가는 2만 대가 넘는 차 중 도로 위에서 기계적 고장을 일으키는 차는 거의 1대도 없을 것이다.

3

비행을 배울 때

WHEN YOU
LEARN TO FLY

글라이더 조종사들을 제외하고, 현재 미국에서 열망하는 비행 자격증에는 총 네 가지 종류가 있다. 첫 번째는 개인 면허증으로 10시간의 단독 비행이 필요하다. -단독 비행이란 조종사 혼자 비행하는 것을 말한다. 두 번째는 기업용, 세 번째는 리미티드 커머셜 자격증으로 이는 경비행기용 면허증을 말하는 것인데 보통 줄여서 L.C라 부른다. 두 번째와 세 번째 면허증 모두 50시간의 단독 비행시간을 요구한다. 네 번째로 가장 난이도가 높은 면허는 승객 수송용 면허증이다. 무려 200시간의 단독 비행시간이 필요하다. 취득 시 조종사가 제한 없이 승객을 태울 수 있으며 사람을 고용하거나 지시를 내릴 수 있는 유일한 면허증이다.

이런 자격증을 취득하기 위해 필요한 비용은 대략 300달러에서 4,000달러 정도인데 이는 운송 등급에 따른 이외 비용까지 포함한 것이다. 물론, 정규 학교에서 해 줄 수 있는 것은 훈련과 단독 비행 감독이 전부다. 그다음 개인은 상무부 감독의 감독하에 필기시험과 실기시험을 보아야 한다. 필기시험은 비행기, 모터, 항해술, 기상학, 항공 교통 규칙, 상무부의 규정으로 이루어져 있다. 실기시험의 경우 착륙과 이륙, 조종사의 숙련도를 쉽게 파악할 수 있는 비행 기동술을 본다.

어떤 면에서 교통 면허를 취득하기 위해 투자하는 시간과 돈은 다른 직종을 준비하며 사용하는 비용과 시간에 충분히 견줄 만하다. 법대나 의대생은 대학에서 몇 년을 보내고 졸업장을 받는다. 졸업장은 단지 젊은 변호사나 의사가 완전히 유능한 전문가가 되기 위해 장기간 일을 하며 숙련도를 쌓기 위한 허가증일 뿐이다.

내가 비행 수업을 받으러 왔을 때는 투표권이 주어지는 나이를 막 지났을 때였다. 첫 수업은 대부분 지상에서 이루어졌다. 선생님은 내게 비행기 내부의 조종석 2개를 보여 주셨다. 학생은 앞자리에, 선생님은 뒷자리에 앉는다. 다음으로 내가 본 것은 방향타 페달과 스틱[1]이었는데 수업 시간에 교사가

---

[1] 조종사의 다리 사이의 조이스틱 같은 장치.

방향타 페달을 움직이면 그것이 학생 조종석의 스틱을 움직이며 그 역으로도 작동한다고 선생님께서 설명해 주셨다. 숙달된 조종사라는 전제하에 어떤 상황이 닥쳐도 그 장치만 있다면 능수능란하게 움직여 학생의 실수를 미리 방지할 수 있는 것은 물론, 비행 기동이 어떻게 이루어지는지도 보여줄 수 있다. 아직도 감이 잘 오지 않는다면 똑같이 복사되어 움직이는 2개의 운전대, 브레이크, 연료 조절판 등을 활용하여 자동차의 운전을 가르쳐 주는 시스템을 떠올려 보라.

자동차와 비행기 운전의 차이점은 횡 방향 제어의 필요성이다. 자동차 운전은 언덕 오르기, 언덕 내려가기, 우회전, 좌회전으로 이루어져 있다. 그러나 비행기의 경우 상승, 하강, 방향 전환, 한 방향에서 다른 방향으로 기울기가 있다. 자동차는 2개의 왼쪽 바퀴가 땅에 있든 없든 그 사실은 별로 중요하지 않다. 하지만 비행기 조종사는 비행기 날개의 수평을 살펴야 한다. 물론 그것 역시 직진하는 것과 마찬가지로 자동화가 되어 있지만 그럼에도 불구하고 조종사의 예민한 감각에 의지할 때도 있다.

비행 수업 때 가장 먼저 배우는 것은 방향타 페달을 밀어 방향을 바꾸는 법이다. (아이들이 가지고 노는 자동차는 미는 방향의 반대 방향으로 나아간다) 조종사가 방향을 튼다면 동시에 비스듬히 날거나 날개를 기울여야 한다. 왜냐고? 만약 조종사가 그렇게 하지 않으면 비행기는 미끄러지기 때문이다. 자동차가 모퉁이를 급작스럽게 돌 때 미끄러지는 것과 같은 원리다.

자동차 경주로 안쪽은 위로 올라갈수록 더 가팔라지는데 마치 오목한 그릇 같다고 생각한 적이 있을 것이다. 차는 속도에 비례하여 바깥 가장자리를 향해 올라간다. 또한 속도를 내지 않은 차가 그릇의 가파른 부분을 올라가는 것은 거의 불가능하다. 차가 점점 속력을 내 올라갈수록 비탈은 더 가팔라지고 차는 더 급격하게 회전한다.

조종사는 자신만의 요령을 터득해야 한다. 즉 정확하게 비행기 방향을 바꾸기 위해서는 조종사의 회전과 속도에 비례하는 적당한 각도를 익혀야 하는 것이다. 짧은 시간이라고 할지라도 나쁘게 미끄러지는 것은 비행사의 미숙한 조종 솜씨 탓이 크다. 땅에서나 하늘에서나 이는 마찬가지다. 어쨌든 비행기나 차나 미끄러짐의 결과는 똑같다. 어느 쪽이든 미끄럼을 타는 방향으로 선회하기 때문이다.

스틱은 이름에서 알 수 있듯이 조종석의 바닥에서 위로 뻗어 있는 막대이다. 이것은 비행기의 코를 위아래로 조종하는 레버라고 보면 된다. 또한 스틱은 비행기의 날개를 기울이는 역할도 한다. 왼쪽으로 스틱을 밀면 왼쪽 날개가 눌리는데 반대도 마찬가지로 작용한다.

조종사의 발이 놓여 있는 방향타 페달은 비행기 코가 오른쪽이나 왼쪽을 향하도록 조종하고 스틱과 함께 움직인다. 그런데 오늘날, 특히 큰 비행기의 경우 단순한 스틱 대신 바퀴가 자동차의 핸들과 유사한 역할을 한다.

초보자라면 스틱과 방향타 외에 자동차 대시보드에 설치된 속도계, 가스계처럼 눈앞에 놓인 특정 계기판에 익숙해져야 한다. 비행기 계기판에는 공기 속도, 땅 위에서의 속력, 모터의 분당 회전수, 기름의 압력과 온도뿐만 아니라 방향을 위한 나침반까지 있다. 모든 기상에서 비행하기 위해서는 몇 가지 장비가 더 필요하다.

내가 배운 과정을 보자. 땅 위에서 배울 수 있는 비행 지식을 전부 흡수하고 드디어 하늘로 날아올랐을 때, 비행시간이 무척 길게 느껴졌지만 실제로는 20분밖에 흐르지 않았었다. 나는 조종석 앞자리에 앉아 필드 한 바퀴를 돌며 비행하는 선생님의 움직임을 관찰했다.

마침내 우리가 착륙했을 때 선생님은 나와 더 많은 대화를 나누었다. (이때 나를 가르친 선생님은 여성분이셨다) 다음날 나는 비행기 이륙을 허가받아 다시 하늘로 올라갔다. 그것은 실제로 굉장히 어려운 일이었다. 나는 자동차 초보자가 했을 법한 실수를 그대로 했다. 똑바로 운전하기 위해 비행기를 과하게 통제하다 휘청거리기까지 했다.

미끄러지는 것 외에도 비행기는 시동이 꺼질 수 있다.

마치 자동차가 언덕에서 그런 일을 겪는 것처럼. 폭- 폭- 포옥. 이 엔진으로 무사히 언덕 위까지 올라갈 수 있을까? 포오옥- 차가 마지막 숨을 내쉰다. '죽음'. 자동차는 아래로 굴러가지만, 이때 브레이크를 꽉 밟은 다음 모터를 작동시켜서 다시 제어할 수 있다.

만약 비행기 시동이 꺼지더라도 모터는 멈추지 않을 것이고 비행기가 뒤로 미끄러지지도 않을 것이다. 하지만 대신 비행기 코가 먼저 아래를 향하기 시작하고 조종사는 방향타와 비행기의 에일러론[2]이 효과적으로 작동하기 위한 충분한 속도가 될 때까지 기다려야 한다. 모터보트가 움직이지 않을 때보다 더 느린 속도에서는 비행기의 제어가 거의 불가능하기 때문이다. 수천 피트[3]의 높은 상공에서 단순한 비행 정지는 위험하지 않다. 하지만 만약 지상과 가까운 상공에서 그런 일이 벌어진다면 비행기를 다시 제어할 여유가 없다. 따라서 착륙이 어려워질 수밖에 없으며 결과적으로 어마어마한 사고가 발생한다.

상공에서나 지상에서나 인적 요인으로 인한 사고가 훨씬 더 자주 일어난다. 운전자가 어떤 기계적 고장을 걱정하는지 들어 보면 그건 문제를 일으킬 확률이 꽤 낮다.

---

2 방향을 컨트롤하는 보조 날개.

3 길이 단위. 1ft는 30.48cm.

내가 비행기를 수평으로 유지하고 정확히 지정된 랜드마크로 향할 수 있게 된 이후로 비행기를 다른 방향으로 전환하는 좀 더 흥미로운 실험을 하는 것을 허가받았다. 비행기 방향을 바꾸는 훈련 이후 착륙하는 법을 배웠는데 이것은 가장 어려운 훈련이었으며 많은 연습이 필요했다. 나는 보통 선생님과 10시간을 연습했고 단독 비행을 하기 전에 특이한 비행 기술을 익히는 것도 포함되어 있었다.

이제 곡예비행이 무엇인지 설명해야 인지상정이겠다.

상무부는 '어떤 기동술이든 일반적인 비행에는 그다지 필요하지 않다'고 공표했다. 그러나 이것은 너무 포괄적인 설명이다. 나는 적어도 100명의 의견을 들어볼 필요가 있다고 확신한다. 다르게 접근해 보자. 각 비행 학교에서는 어떤 곡예비행을 가르칠까. 이에 따른 답변들이 더 일리 있을 것이다.

마치 일반 학교 학생들이 학교에서 말하기 듣기 쓰기와 같은 기본적 역량을 배우듯 비행 학교 학생들은 기본적인 곡예비행으로 슬립[4]과 스톨&스핀[5]을 습득한다. 또한 학생 개인의 성향에 따라 배럴 롤[6]과 같은 다양한 종류의 변화와 기술 조합

---

4 미끄러지듯 비행하는 것.

5 시동을 끄고 회전하는 것.

6 연속 횡전 비행기의 전후 방향의 축을 두고 가로 방향으로 비행기를 연속하여 회전시키는 비행법.

이 포함된다. 육군, 해군, 해병대에서는 전문적이고도 복잡한 기동법을 연습하여 편대를 이루어 비행한다.

훌륭한 비행을 위해서는 곡예비행 기술이 필요하다고 사료된다. 비행기가 정지된 돌발상황에서 조종사가 비행기를 조종해 그 상황을 벗어나더라도 조종사는 그러한 행위가 무엇을 수반하는지 정확히 모를 것이다. 비정상적인 상황에서 방법을 생각할 필요도 없이 익숙하게 곧바로 행동으로 옮길 수 있는 기량을 가지고 있어야 한다.

나는 운전과 곡예비행이 어느 한 편으로 닮아 있다고 생각한다. 자동차 운전 역시 마주할 수 있는 다양한 상황에서 완벽하게 운전하기 위해 연습이 필요한 기술이기 때문이다. 물론 사람이 없는 시골길에서 차를 운전한다든가 곡예비행술, 교통 체증과 관련된 조종 지식이 필요 없는 일반 항공로에서 비행기를 조종할 수 도 있다. 그러나 자동차 운전이든 비행기 조종이든 최고의 기량을 내기 위해서, 또는 닥쳐올 수 있는 여러 사고에 대응하기 위해서는 꼭 기술을 배워 둬야 하는 법이다.

상공이든 지상이든 인간의 목숨은 아주 짧은 순간에 결정된다. 주어진 상황에서 늦은 대응으로 필요한 행동을 하지 못하면 생명을 잃을지도 모른다.

자동차 한 대가 갑자기 옆 골목에서 나와 급발진을 했다고 생각해 보자. 그렇다면 고속도로에 있던 자동차 운전자는 그 충돌을 피하고자 브레이크를 밟아야 할까? 아니면 추월을 시도하기 위해 액셀러레이터를 밟거나 다른 한쪽으로 방향을 틀어야 할까? 서류상으로 적힌 문제를 보았을 때는 쉽게 답이 나오기 마련이다. 그러나 생각할 틈도 없는 순간 속에서는 몸에 익은 경험이 발휘되어야만 한다. 비행기가 정지된 상황을 겪어 보지 못한 조종사는 그것을 겪어 본 조종사에 비해 그 곤경 속에서 벗어나기 위한 적절한 시간과 공간을 계산하기 어려울 것이다.

재능 있는 사람들이 완벽하고 뛰어나게 곡예비행을 해낸다면 분명 예술로 볼 수 있을 것이다. 박람회에서 비행기가 휙 돌거나 위아래로 비행하고 선회하는 등 감탄을 자아내는 다양한 곡예술이 관객들에게 몹시 인기가 있다. 겉으로 보기엔 아무것도 아닌 것처럼 쉬워 보일지라도 정확한 비행을 하는 것은 탄탄한 밧줄 위를 공중에서 아찔하게 걷는 것과 같다는 것을 알아야 한다.

곡예비행의 일반적인 용도는 무엇일까? 사이드 슬립[7]을 예로 들어 보자. 이 기술로는 비교적 짧게 펼쳐진 활주로에 보다 간편하게 착륙할 수 있다. 하지만 시동을 끄고 비행기를 회전하는 것은 일반적인 비행에서는 피하는 기술이다. 버티클

---

7   옆으로 미끄러지는 비행 기술.

뱅크[8]는 방향을 아주 빠르게 틀거나 룹스[9], 배럴 롤과 같은 기술을 위해 필요한 기술이다. 우리의 가족들과 친구들은 대개 그런 곡예비행을 구경하며 즐거워한다.

어쨌든 나도 그런 기술들을 선보이며 즐거움을 느낀다. 나는 운송 회사들이 큰 수송기에서 놀 경험도 일할 기회도 없는 조종사들을 위해 '레크리에이션 비행기'를 구비하면 정말 좋을 것 같다고 자주 생각했다. 만약 작은 곡예용 비행기가 있다면 5,000피트 상공으로 날아올라가 '위아래로 뒤집어 비행'하며 직행 비행 중 조종사의 지루함을 덜어 줄 텐데 말이다. 덧붙여 군사용 곡예비행의 목적은 민간 비행기와 상당히 다르다는 것을 알자.

내가 비행을 배울 때는 신체 시험을 보지 않았다. 하지만 오늘날에는 상무부의 관리하에 신체 능력이 증명되지 않으면 누구도 비행을 배울 수 없다.

따라서 조종사 후보생의 첫 번째 관문은 건강 검진 통과다. 전국에 걸쳐 상무부에 의해 심사위원으로 지정된 외과 의사들은 후보생들의 검사를 담당한다. 의자에 앉혀 빙글빙글 돌리고 복잡한 기계에서 오랜 시련을 겪게 하는 식으로 검사한

---

8   날개를 수직 위치로 하여 원을 그리며 급격히 하는 회전 비행.

9   수직으로 둥글게 회전하는 기동법.

다는 신화가 오늘날까지도 사실인 양 회자되는데 사실 그렇진 않고 정말 간단한 검사만 한다.

현대의 검진에서 주로 보는 것은 시력과 안구 근력 조절에 관한 것이지만 그 전에 일반적인 신체 조건이 필수라는 것을 알아 두자. 또한 색맹 검사, 시력 검사를 추가로 보는데 가장 결정적인 것은 깊이지각능력 검사다. 깊이지각능력이란 거리를 판단하는 시각적 능력을 뜻한다. 비행기의 바퀴가 착륙하기 전 지상 위를 스칠 때, 땅 위에서 어느 정도 떨어져 있는지 알 수 있어야 한다. (전문적인 조종을 위해 아주 미세하게 인치 단위까지 점수를 매긴다) 훌륭한 자동차 운전사 역시 다른 차량과 충돌하지 않고 차를 몰기 위해서는 어느 정도의 안전거리를 유지해야 하는지 알아야 한다.

지원자는 상자 같은 물건의 20피트 정도 앞에 앉아 깊이지각능력 검사를 받는다. 그리고 작은 창문을 통해 마치 작은 골대처럼 곧게 세워진 2개의 막대를 보는데 그 막대에는 앞뒤로 당길 수 있는 끈이 묶여 있다. 검사관은 막대를 나누고, 지원자는 끈으로 마치 그 2개가 같은 선상에 있는 것처럼 조절해야 한다. 만약 몇 밀리미터 이내로 두 끈을 한데로 맞춰 모으는 것이 불가능하다면 비행 경력을 시작하기도 전에 탈락하기도 한다.

높은 점수를 받을 수 없는 체력 결함자는 다행히 '통과'는 할 수 있다. 지원자가 특별히 개인 비행 자격증에만 관심이 있다면 말이다. 예를 들면 개인 비행 자격증에서는 본인 시력과 교정시력의 차이가 그렇게 크지 않을 경우에 통과할 수 있다. 그러나 대개 안경을 쓰는 사람들은 탈락한다.

조종사가 자격증을 따고 난 후에는 자격증을 주기적으로 갱신해야 한다. 얼마나 많은 비행을 했는지에 대한 기록과 신체적 건강 상태가 갱신 요건에 해당한다. 만약 이런 관행이 자동차 운전에도 적용된다면 교통사고는 의심할 필요 없이 줄어들 것이다.

비행하기 위해서 특별한 신체적 조건이 필요하진 않다. 일반적인 수준의 신체 조정력, 체력, 장애가 없는 신체라면 충분하다. 그러나 훌륭한 조종사가 되기 위해서는 특출난 능력을 겸비해야 한다. 마치 테니스, 골프, 야구 등의 스포츠 계열에서 우수한 선수들이 훌륭한 능력을 겸비하고 있는 것처럼 말이다. 헬렌 윌스 무디[10], 바비 존스[11], 베이브 루스[12]는 각 스포츠

=
10   헬렌 윌스 무디 Helen Wills Moody: 미국 테니스 선수로 9년 동안 여자 테니스에서 1위 자리를 차지했고 31번의 그랜드 슬램 토너먼트 타이틀과 19번의 싱글 타이틀의 업적을 달성했다.

11   로버트 타이어 존스 주니어 Robert Tire Jones Jr: 미국 스포츠 역사상 가장 영향력 있는 인물 중 한 명인 아마추어 골퍼. 1930년에 열린 주요 골프 토너먼트에서 모두 우승하며 그랜드 슬램을 달성. 같이 일하던 골프 디자이너(Robert Trent Jones)와 이름이 비슷해서 지인들의 혼란을 피하기 위해 본인을 Bobby, 디자이너를 Trent라고 불렀고 그게 이어져 흔히 바비 존스라고 한다.

12   조지 허먼 "베이브" 루스 George Herman "Babe" Ruth(1895~1948): 미국의 프로야구 선수. 메이저 리그를 포함한 야구 역사상 가장 위대한 선수이자 가장 큰 영향력을

부문에서 요구되는 자격 이상의 흔치 않은 실력을 보여 준다. 비행에서는 프랭크 호크스와 린드버그 대령이[13] 그렇다. 내가 말하려는 것은 다른 분야에서 최고가 되는 것이나 비행에서 최고가 되는 것에 별다른 차이가 없다는 것이다.

승객이든 조정사든 대개 보편적으로 좋은 조건에서 비행을 하게 될 경우 딱히 중압감을 느끼는 일은 없다. 특히나 책임감을 가질 필요 없는 승객에게 있어 비행은 몇 가지 단점에도 불구하고 어디서나 가장 쾌적하게 이용할 수 있는 실용적인 운송수단일 것이다.

대다수 사람은 비행할 때의 느낌을 실제 비행할 때의 느낌과 다르게 예상한다. 비행기가 이륙하고 날아가는 방식의 모습이나 놀이공원에서 롤러코스터 탈 때의 경험에 바탕을 두고 상상을 하는데 이는 꽤 잘못된 생각이다. 비행기 탑승 경험이 많이 없는 몇 사람들은 자신의 비행을 높은 빌딩의 꼭대기 너머를 바라보던 순간의 기억과 비교한다. 하지만 그건 그들의 착각일 뿐이다. 비행기 안에서 그런 감각은 결여되는데 아마 처음으로 이륙하는 승객은 자신이 이미 이륙을 했는지도 모를 것이다.

지닌 선수 중 한 명이다.

13   찰스 어거스터스 린드버그 Charles Augustus Lindbergh: 비행기로 대서양을 착륙 없이 단독으로 횡단한 세계 최초의 주인공. 당시 육군 항공대 대령이었다.

나는 여행을 마치고 비행기에서 내리던 한 남자의 말을 들은 적이 있다.

"글쎄, 비행기를 타 보고 가장 놀란 것은 딱히 비행이 그렇게 특별할 게 없다는 거야."

비행 중 높은 상공에서 엄습할 것만 같은 그 두려움은 사실 존재하지 않는다. 고층 빌딩과 달리 비행기와 땅은 서로 붙어 있지 않다. 빌딩 20층 높이에서 거리를 내려다보면 마치 금방이라도 떨어질 것 같은 기분이 든다. 그러나 비행 중인 승객은 바깥 풍경을 보더라도 그런 기분을 느끼지 않는다. 그저 땅 위를 평정심 속에서 내려다볼 뿐이다. 이유는 이렇다. 높은 빌딩은 관찰자의 몸과 땅의 직접적인 접촉이 있어서 높이에 따른 느낌을 받지만, 비행기는 땅과 연결되어 있지 않다. 즉 상공의 비행기 바닥과 지상 사이의 공간은 비어 있어서 고층 빌딩 위의 사람과 느낌이 다른 것이다.

많은 사람은 고공비행이 심장에 무리를 준다고 생각한다. 내가 아는 한 여성은 자기가 비행을 하게 된다면 심장마비로 죽을 것이라고 주장했다. 그녀의 생각은 논리적이지 않다. 그녀는 100파운드[14] 이상의 살로 감싸져서 게으르게 굴러다니는데, 그런 요인이 비행보다 심장에 더 큰 무리를 줄 것이다.

14　무게 단위. 1lb는 약 453.592g으로 10lb는 대략 45.3kg.

진지하게 말하자면, 만성적으로 심장이 약한 사람이 고도가 높은 비행기를 타면 당연하게 문제가 생길 수 있다. 하지만 다이빙이나 기차여행이 가능한 사람이라면 바다 위와 로키산맥 정도 되는 고도를 비행하는 데에 별 무리는 없을 것이다.

비행 중에는 놀라울 정도로 공기 속도에 무감각해진다. 자동차는 주행 30마일로, 기차는 주행 50마일로 달리는데 주행 100마일 속도의 비행기보다 훨씬 더 빠르게 달리는 느낌을 받는다. 달리는 기차에 앉아 침목과 철로가 뒤로 선회하는 것으로 기차의 움직임을 관찰하고, 자동차에서는 고속도로를 달리며 바닥의 조약돌이 휙휙 지나치는 것으로 속도를 짐작할 수 있다.

그러나 하늘에는 돌도 나무도 전봇대도 없다. 심지어 속도 표시 역할을 하는 이정표도 눈으로 확인하는 것이 아니다. 오직 지상의 평평한 시골 마을이 천천히 스쳐지나가거나 잔잔히 펼쳐지는 것이 눈에 보일 뿐이다. 심지어 비행기 속도가 몹시 빨라진다고 해도 뚜렷한 변화가 없다. 수천 피트 상공에서 주행 80마일은 주행 140마일과 시각적으로나 감각적으로 별다른 차이가 없다.

"지상과 아주 가깝게 날 수 있다면 나는 기쁘게 비행하겠어요."

이것은 여기저기서 자주 들었던 말이다. 사실 지상에

서 100피트 정도 떨어져 비행하는 것은 대단히 위험한 일이다. 3,600피트 높이에서 동일한 조건으로 비행하는 것보다 말이다.

　　한 여성이 비행기가 착륙을 위해 하강할 때 항상 눈을 감는다고 했다. 눈을 뜨고 있으면 어지러울까 봐 겁이 난 모양이다. 내가 봤을 때는 일반적인 비행기 하강은 현대의 엘리베이터가 내려가는 것보다 더 느끼기 힘들다. 비행기는 보통 부드럽게 활공하는데 그때 내려오는 각도는 시골의 언덕보다 훨씬 더 작다. 따라서 승객들이 실제 착륙을 창문을 통해 보고 있지 않는 한 모터가 꺼졌을 때만 지상에 접근하는 느낌을 받을 것이다.

　　공기로 인해 발생하는 문제는 몹시 드물다. 문제는 비행기가 땅에 부딪혔을 때 생긴다. 분명한 것은 높은 곳에 있을수록 문제가 발생했을 때 안전한 착륙 장소를 선택할 시간이 더 길어진다는 것이다. 엔진이 꺼지는 상황에서도 비행기는 바로 곤두박질치지 않는다. 그 이유는 8:1의 자연활공각도 때문이다. 이는 상공에서 5,000피트 높이에 있는 비행기가 그 고도의 8배 즉 실질적으로 8마일 정도의 거리를 비행할 수 있다는 것을 말한다. 바람이 없을 때는 16마일 이내의 잠재적 착륙 반경을 가지고 있다.

　　신중한 조종사는 엔진에 문제가 발생하면 바로 착륙하는 것을 선호한다. 조금이라도 결함이 생기게 되면 더 멀리 갈 수 있을지라도 위험을 감수하고 싶어 하지 않는다. 자동차 운전자 역시 브레이크가 말썽을 부리면 정비소에 들러 다시 조정을 받는다. 자동차 운전자 역시 빨리 가는 것보다 안전을 더 추구한다.

이 모든 것은 항공로를 따라 착륙할 수 있는 장소가 더 많아야 한다는 걸 의미한다. 나는 비행 사고를 없애기 위해 해야 할 일은 그 외에 없다고 본다. 완벽한 모터 덕분에 불시착에 대한 공포는 사라지고, 인구가 많은 지역에서 수리 착륙을 위한 장소는 비행기 사고를 대비한 안전장치가 될 것이다.

비행할 때 느껴지는 다양한 신체적 느낌을 없앤다고 해서 아무것도 예측할 수 없어지는 것도 아니고, 느낌 없는 비행이 즐거움만을 뜻하는 것도 아닐 것이다. 비행하기 좋은 날도 있지만 나쁜 날도 있기 마련이다. 바로 요트처럼 말이다. 요트에서 날씨는 중요한 요소다. 날씨 때문에 여행할 수 없는 날도 있다. 심지어 원양 정기선들도 가끔 폭우를 피해 항구로 들어오기도 하고 좋지 않은 날씨로 인해 예정된 착륙일에 맞춰 돌아오지 못하는 날도 있다. 철로가 설치된 지도 100년이 흘렀음에도 불구하고 기차는 여전히 비나 눈으로 인해 운행을 중단해야 한다. 머지않아 비행기는 역사가 깊은 다른 교통수단들과 마찬가지로 믿을 만한 수단이 될 것이라 믿어 의심치 않는다. 또한 어떤 날에도 운행할 수 있도록 날씨를 극복하는 법을 배우게 될 것이다.

　파도가 무섭게 일렁이는 날에는 하늘 위에도 그에 상응하는 바람이 부는데 조종사들은 그것을 '성난 바람'이라고 부른다. 바람이 마치 물처럼 흐르는데 바람이 막히는 근처는 바람이 소용돌이칠 수 있다. 예를 들어 보겠다. 바람이 숲, 절벽, 가파른 산과 같은 곳을 향해 분다고 생각해 보자. 바위에 부딪히는 물이 위로 솟구쳐 오르는 것과 같다. 바람도 마찬가지로 바람의 흐름을 방해하는 비행기와 부딪혀 항로에 영향을 준다. 그 상태를 직면하게 되면 비행기는 말 그대로 '강타'당하는 것과 똑같다. 바람의 흐름에 의해 위아래로 계속 흔들린다.

　그 외에도 비행을 방해하는 장애물이 있다. 비행기 항로에서 차가운 바람과 따뜻한 바람이 부는 지역은 비행기 운행을 방해한다. 기상학자들이 익숙하게 말하는 '높고' '낮음'은 고지대와 저지대에 따른 기압을 말하는 것으로 이 두 단어는 항상 함께 다니는 녀석들이다. 마치 물이 자신의 높이를 찾아가는 것처럼 한 지점의 공기는 다른 방향으로 흐르는데 이것이 나쁜 날씨와 좋은 날씨를 만들어 낸다. 이것은 비행을 배우는 학생뿐만 아니라 다양한 경험을 거친 조종사에게도 흥미로운 문제다.

　해상의 소년들은 상공의 소년들보다 많은 이점을 가지고 항해한다. 멕시코 만류와 같이 지속해서 일어나는 것들이나 특정 모래톱에 이름을 붙여 분류할 수 있고 도표화할 수도

있다. 그러나 하늘에는 부표를 띄울 수도 없는 노릇이다. 조종
사들은 그저 지형을 표시할 수밖에 없다. 공기도 물과 같아서
다양한 조건 아래 다른 양상으로 영향을 준다. 조종사는 바람
이 한 방향에서부터 언덕 위로 불어올 때 그 결과가 다른 방향
에서 불어올 때와 다르다는 것을 알아야 한다. 이는 물 속에서
도 비슷하게 작용한다. 물 속에서는 그러한 변화가 소용돌이처
럼 육안으로 관찰이 가능하지만 공기의 흐름 변화는 규정하기
조차 힘들다. 만약 비행기 아래로 부는 공기의 흐름이나 거친
바람의 실체를 직접 볼 수 있다면 비행이 더욱 편해질 것이다.

바다에서 항해할 때와 마찬가지로 상공에서도 '일렁일
렁 울렁울렁'이란 불편함과 강한 메스꺼움을 뜻한다. 거친 파
도 때문에 항해 중 강한 메스꺼움을 느끼고 불편함을 호소하는
것과 마찬가지로 상공에서도 '울렁울렁'할 때면 괴로움을 느낀
다. 딱히 추정되는 이유는 없지만 뱃멀미나 차멀미를 하는 사
람이라면 상공에서도 다르지 않을 것이다.

사람들은 기내의 적절한 환기 부족으로 비행 멀미를 겪
는다. 대다수는 더운 바람이나 모터의 매연이 들어오는 비행
기 내부에서 창문을 열어 적절한 환기를 하지 않는다. 적절한
환기 장치는 편의를 위해 미래의 비행기가 필수적으로 갖춰야
할 장치 중 하나다.

첫 비행에 대한 불안도 아마 비행 멀미의 큰 이유 중 하

나일 것이다. 첫 비행 이후 많은 승객은 멀미의 기미조차 느끼지 않았다고 했다. 물론 몇 사람은 여전히 몸이 좋지 않다고도 했다. 나는 그들이 비행기를 타기 전 승무원에게 말하는 것을 들었다.

"음, 전 아무래도 이상적인 승객은 못 될 것 같은데요."

"왜 그렇게 생각하시나요?"

승무원이 물었다.

"난 내가 멀미할 걸 알거든요."

그리고 그 생각에 집중함으로써 몇몇은 아주 멋지게 비행을 잘 견뎌낸다!

그러나 멀미를 이겨내는 사람들이 있음에도 불구하고, 승객의 5%에 해당하는 소수는 결국 멀미에 굴복한다. 평범한 날엔 배에서 멀미하는 사람들보다 몇 배나 많은 사람들이 비행 멀미를 겪고, 기후가 좋지 못한 날에는 그보다 훨씬 많은 사람들이 비행 멀미를 겪는다.

상용 여객기의 속도가 빨라지자 아주 흥미로운 결과가 나왔다. 속도가 빠른 비행기에서 승객들은 멀미를 호소하지 않았다. 충격을 받더라도 비교적 빠르게 완화되었고 기체 내부의 흔들림도 적었다. 카누에 타서 잔파도에 밀려 바위에 느리게 부딪히는 느낌이 든다. 아주 빠른 모터보트를 탔을 때는 바닥에 부딪히는 물결이 마치 벽돌인 것처럼 단단하게 느껴지는데 보트에 충격을 주기도 전에 지나가 버린다.

비행하며 맛볼 수 있는 가장 큰 즐거움은 바로 가슴을 파고드는 듯한 경치의 웅장함일 거라고 생각한다. 시력이 좋으면 승객은 마치 이 세계의 전체를 내려다보는 기분을 느낄 수 있다. 다채로운 색채가 두드러지고 지상에서는 보이지 않던 지구의 그늘이 마치 마법 카펫처럼 끝없이 펼쳐진다. 계절 변화의 진수를 보고 싶다면 비행을 꼭 해야 한다. 가을이 격렬하게 불타오르는 듯한 나뭇잎을 하늘로 날리고 봄은 새와 비행사에게 처음으로 자신의 귀환을 속삭여 준다.

누군가 상공에서의 경치를 물어본다면 나는 항상 처음 비행하면서 지상을 내려다보았을 때의 느낌을 말해 준다. 높은 곳에서 경치가 평평하게 펼쳐지는데 심지어 산조차 초라해 보이고 몹시 험난한 지형조차 비교적 완만해 보인다. 나무는 마치 수풀 같고 자동차는 납작한 벌레처럼 보인다. 훨씬 더 높은 고도에서 바라보면 몇백 피트의 고도로 비행하는 비행기조차 거의 지면 위를 스치며 나는 것처럼 보인다. 이렇듯 모든 수직 측정이 짧아진다.

상공에서 보이는 아래 세상은 네모나게 펼쳐져 있다. 특히 눈에 띄는 것은 우리들의 이웃들이 만들어 놓은 집과 밭이 마치 체스판처럼 보인다는 것이다. 시골, 또는 도시에서도 그것은 마찬가지다. 단지 직사각형의 사이즈만 다를 뿐이다. 도시를 비행하며 내려다보이는 체스판은 시골보다 더 세밀하게 나누어져 있다.

종종 내게 상공의 온도를 물어보는 사람들이 있다.

"하늘 위는 끔찍하게 춥지 않나요?"

나의 답은 다음과 같다. 아마 지상보다는 추울 수 있겠지만 온도는 상대적이다. 1,000피트마다 2도씩 떨어지는 것이 일반적인 법칙이다. 따라서 2,000피트 정도의 상공에서는 더운 여름날 지상 위에 만연히 깔린 더위보다는 비교적 온도가 낮지만 더 편안하고 시원하게 비행하기 위해서는 더 높이 올라가야 한다. 미풍이 없는 날에는 5,000피트 산속이 산 아래보다 더 쾌적하리라는 것을 알 것이다.

여객 비행기와 대조적인 소형 오픈 비행기는 여름에 쾌적한 시간을 보낼 수 있지만, 오픈카와 마찬가지로 추운 겨울 날씨에는 불편할 수밖에 없다. 물론 높은 고도에서는 계절에 상관없이 온도계의 수은이 영하 아래의 숫자를 찍는다.

높은 고도의 비행으로 국제적인 기록을 보유하고 있는 쏘식Soucek 중위는 화씨 영하 89도[15] 이하의 기온을 접했다고 한다.

---

15   -89°F는 -67.2℃.

4

즐거운 비행
그리고 다른 것들

JOY HOPPING AND
OTHER THINGS

1922년까지만 해도 나는 비행이 재미를 위한 수단이라고 생각했고 그 외의 목적에 대해서는 별생각이 없었다.

아버지의 건강은 나빠지기 시작하셨고 나도 생계 수단을 위해 다른 곳으로 눈을 돌렸다. 나는 서던캘리포니아대학교에서 사진학을 배우고 상업적으로 사진 찍기를 시도했다.

나는 평범한 물체들을 독특해 보이도록 촬영하려고 노력했다. 흔히 보이는 쓰레기통과 같은 물건들로 많은 시도를 했다. 예를 들어 지하실 계단에 만족스럽게 서 있는 쓰레기통, 잔인한 청소부에게 커브길 왼쪽에서 심하게 구타당하는 쓰레기통, 쓰레기통 그 자체의 모습 등등. 여기서 쓰레기통으로 가능한 모든 면모를 다 말하기는 어렵다.

나는 항상 소형 카메라를 들고 다녔다. 어느 날은 우연히 유정 옆을 차로 스치듯 지나갔는데 갑자기 기름이 솟아오르고 곧이어 범람할 것만 같았다. 나는 놓칠세라 작은 영화 촬영용 카메라로 그 장면을 찍었다. 그때 한 남자가 다른 차에서 뛰어 내렸다.

"실례합니다. 아가씨."

그가 말했다.

"혹시 이 유정, 사진으로 찍고 있었나요?"

"네, 그런데요?"

내가 대답했다.

"저는 부동산 중개업자입니다만 그 필름의 복사본을 구매하고 싶습니다. 혹시 파실 생각이 있으십니까? 저기 제 소유지를 한 번 보시죠! 뜰에 언제라도 유정이 터질 가능성을 손님에게 보여 주고 싶습니다. 정말 좋은 판매 포인트죠!"

그가 눈을 반짝이며 덧붙였다. 그는 나중에 필름의 복사본을 사 갔다. 마지막으로 내가 들은 소식은 그 필름이 예비 구매자를 비롯한 여러 사람에게 보여 주기 위해 텐트 상영관에서 상영됐다는 것이다.

사진말고도 나는 다양한 종류의 직업군에 몸을 담았다. 네바다주州의 채굴 사업이나 트럭으로 건축 자재 운반하기와 같은 독특한 일들을 했는데 모두 재밌어 보여서 해 본 것들이다. 그런 다양한 일에 몸을 담고 1년을 보낸 끝에 나는 서부 해안에 그렇게 특별한 매력을 못 느낀 동생과 어머니를 데리고 다시 동부로 돌아가기로 마음먹었다. 비행기로 동부에 가고 싶었지만, 가족들은 그걸 꽤 두려워했고 결국 차를 타고 가야 했다. 여동생은 특별 학위를 위해 여름 수업을 들으러 하버드로 기차를 타고 갔고 나와 어머니는 차를 타고 출발했다.

"우리 어디로 가는 거니?"

우리가 아침에 할리우드를 떠나갈 때 어머니께서 내게 물었다.

"엄마를 놀라게 해 주려고요."

동부 대신 북부를 향해 가며 대답했다.

어머니와 나는 한 번도 최고의 국립공원을 본 적이 없었기에 약간의 여행을 하기로 마음을 먹었다. 우리는 세쿼이아 국립공원, 요세미티 국립공원, 크레이터 호수 국립공원을 차례차례 구경했다. 우리가 도착했을 때는 6월이었는데 아주 오래된 간헐천 주위는 여전히 눈으로 쌓여서 막혀 있었다. 그래서 나는 해변의 차도로 운전하는 수밖에 없었다.

"지금 우리가 가는 쪽은 전혀 동쪽이 아닌 거니?"

어머니께서 흥미진진하게 말씀하셨다.

"시애틀에 도착하기 전까지는요."

나는 국립공원을 어서 보고 싶은 욕망에 가득 차 말했다.

우리는 뱀프와 루이스 호수에서 캐나다의 풍경을 조금 구경했다. 캘거리 대초원을 지나가는 동안 내 소중한 물건을 잃어버리고 말았다. 하루의 마지막 시점, 그러니까 땅거미가 내릴 때였다. 어머니와 난 사람이 없는 도로에 들어섰는데 그곳에는 어떠한 표지판도 없었다. 자동차 연료는 거의 떨어졌고 대체 어떻게 하다 이곳까지 도착했는지도 몰랐다. 모퉁이를 돌자 인디언 보호구역으로 추정되는 곳이 나왔다.

"아 그렇게 희망적이진 않네요. 그래도 아마 길을 물어볼 누군가는 있겠죠."

내가 말했다.

"나무로 된 인디언인지, 진짜 인디언인지 뭔가 보이는 것 같은데."

주위를 분주하게 둘러보며 관찰하던 어머니께서 말씀하셨다.

그는 진짜 인디언이었다.

"여기 메인 스트리트는 어디 있나요?"

내가 처음으로 그에게 길을 물었다.

"어엄, 파푸스[1]."

담요 안쪽 깊은 곳에서 인디언은 엄숙한 표정을 지으며 낮게 툴툴거렸다.

나는 다시 물었다.

"파푸우스."

다시 대답이 돌아왔다. 이번에 그는 구릿빛 손을 들어 올려 차에 있던 나의 소중한 물건을 가리켰다. 내 봉제 원숭이. 파푸스. 그는 내 인형을 그의 꼬마 인디언에게 주길 원했다. 우리가 처한 상황은 그 희생을 감수해야 할 만큼 절망적이었기 때문에 인형을 그에게 건네주었다.

"5마일 전에 잘못된 곳으로 들어섰소."

그가 입을 뗐다.

"그 길을 따라가시오."

그는 완벽한 영어를 구사하며 길을 알려 주었는데 나는

---

1 인디언어로 인형 또는 아이를 뜻한다.

내 원숭이를 다시 돌려 달라고 말하고 싶었다.

또 다른 공원에 대한 유혹에 이끌려 우리는 옐로우스톤[2]으로 향했다. 이 신비로운 지역에서 인디언들의 위대한 영혼 전설의 기원을 볼 수 있었다. 여기저기서 거대한 간헐천이 분출했고 '페인트통'이라 불리는 진흙탕이 24시간 동안 계속해서 퐁퐁 튀어 올랐다. 과학에 무지한 사람들은 이 현상들을 낯선 신이 일으키는 일이라 믿을 법했다. 어머니는 잠을 청하시는 게 실은 조금 겁이 났다고 말씀하셨다. 혹여나 어머니의 침대에 진흙탕이 퐁당 하고 튀지는 않을까 하고 말이다.

항공로 등대로 점들이 널찍하게 뻗어 불을 밝히고 있는 땅 위를 비행하는 것은 국립공원을 가는 것만큼이나 전율이 흐른다. 내가 항공로 등대를 처음 본 것은 링컨 고속도로를 따라 위치한 샤이엔시의 우편 항로에서였다. 오마하는 우편 시스템이 유행한 이래에 만들어진 가장 오래된 역 중 하나로 그 길을 지날 때면 나의 첫 비행이 떠오른다. 그 기억은 비행을 할 때마다 나를 설레게 한다. 비행장의 드라이브 인 구역을 제외하고 항공로 등대까지는 한 번도 걸어가 본 적이 없다. 그 항로를 비행기로 따라가긴 했지만.

나는 마침내 보스턴에 도착했다. 자동차의 바람막이 창

=
2   미국의 국립공원.

에는 수많은 여행 스티커가 붙여져 있었고 그로 인해 창을 통해 볼 수 있는 부분이 거의 없었다. 내가 차를 주차하자 사람들은 내게 모여 도로 상태는 어떤지, 어떻게 왔는지, 왜 왔는지 등 다양한 질문을 해댔다. 나의 로드스터[3]는 흥분을 불러일으킬지도 모르는 쾌활한 카나리아색이었다. 캘리포니아에서는 꽤 수수한 편이었지만 보스턴에서는 꽤 눈에 띈다는 것을 알아챘다.

나는 전쟁에 기여한 후유증으로 골칫거리가 된 코를 그 주 안에 마지막으로 수술했다. 수술에서 회복한 후 다시 뉴욕과 컬럼비아로 돌아왔다. 그 시기 대다수의 소녀가 그러하듯 나 또한 딱히 계획이 없었다. 또한 의대 진학을 포기했던 결심에도 불구하고 나는 여전히 과학에 관심이 많았다.

이때 나는 다른 재미있는 과목 외에 물리학 수업을 들었는데 매주 물리학 문제를 풀었다. 나는 질문에 적절히 답을 적을 수 없을 때마다 프랑스 시를 적었다. 우정호 비행[4] 직후 교수님으로부터 내가 프랑스 시를 적어야 했을 만큼 어려운 상황에 직면했었냐는 답이 적힌 메모를 받았다.

---

3 지붕이 없고 좌석이 2개인 자동차로 흔히 말하는 스포츠카이다.

4 이후 아멜리아 에어하트는 우정호를 타고 대서양을 횡단한다.

'Mon *â*me est une infante en robe de parade,

Dont l'exil se refléte, *é*ternel et royal, Aux grands miroirs
déserts d'un vieil Escurial,

Ainsi qu'une galère oublié en la rade.'

'내 영혼은 예복을 입은 스페인의 공주
마치 영원한 추방 속에 서 있는 왕족 같다.
마드리드의 옛 엘에스코리알의 쓸쓸하고 커다란 거울처럼
정박지에 잊힌 채 서 있는 갤리선처럼.'

나는 이와 비슷한 고귀한 시들로 멋들어지게 여백을 채
웠다. 그러나 불행히도 답으로 인정되지는 않았다.

나는 대학생활 동안 학위를 따지 않았다. 그렇지만 어
쨌든 간에 나의 과목 선택은 그 누구보다도 탁월했다고 생각
한다. 내가 80살이 되었을 무렵엔 그 선택이 옳았는지, 아니면
치기 어린 건방진 선택이었는지 알 수 있겠지 뭐! 하여튼 흥미
속에서 배운 모든 것에서 내가 얻은 것이 있다는 것은 이미 알
고 있는 사실이다.

여름을 보내기 위해 나는 보스턴과 하버드로 돌아왔다.
여동생은 그곳에서 학생들을 가르치고 있었고 나 역시 누군가
를 가르치고 싶었다. 서부에서처럼 나는 다양한 것들을 해 보

왔고 마침내 사회복지관에서 복지사로 일하게 되었다.

　나는 보스턴에서 두 번째로 오래된 데니슨 복지관에서 나 자신을 찾았다. 그곳은 주택지의 작은 섬 속에 지어져 있었고, 마을의 아래 구석에서 다른 빌딩들과 창고로 둘러싸여 있었다. 그 섬은 한때 '멋진' 구역으로 통했고 많은 주택은 부유한 사람들의 소유였다. 몇몇 집의 돌로 된 현관, 높은 천장, 부드럽게 곡선을 그리듯 지어진 난간 안쪽은 보는 사람에게 눈부셨던 과거를 조용히 말하고 있었다.

　데니슨 복지관에서 만난 사람들은 내가 알고 지낸 그 누구보다도 흥미로웠다. 이웃은 주로 시리아인과 중국인, 그리고 약간의 이탈리아인과 아일랜드인이 섞여 있었다. 나는 이전에 미국과 다른 나라의 사람들이 얼마나 어떻게 다르게 사는지 알 수가 없었다. 지금의 나는 내가 익숙하게 생각하던 매너와 분위기가 그들과 어떻게 다른지 알게 되었다. 나의 눈앞에는 동양적인 사상과 국내의 다양함이 한데 어우러져 조화롭게 펼쳐졌다. 내가 처음으로 본 것은 시리아인들이 몇 세기에 걸쳐 사용하던 그 나라만의 점토 요리용 접시가 현대 스토브 위에 얹혀 있던 것이었는데 그때 나는 문화가 섞이는 과정의 확실한 증거를 보고 있는 느낌에 사로잡혔다.

　단어의 의미와 발음으로 겪는 변화가 참 흥미롭게 다가왔다. 어느 하숙집은 프룬Prune을 내세워 유명세를 탔고(이게 정당하든 부당하든 간에), 사람들은 프룬이라는 단어를 더 자주 말하고 접하기 시작했다. 하지만 영어 발음이 미숙했던 사람들은 프룬을 프루운으로 발음했다. '신선함'이라는 단어는 나쁜 상태를 포함하고 꾸짖을 때나 욕설에도 사용된다. '신선한 녀석 fresh baby'이 말썽꾸러기라는 뜻으로 통용된다는 것을 알고 얼마나 배가 아프게 웃었는지 모른다. 중국인들은 '프레쉬'를 '플레쉬'라고 발음하고 신선하다는 의미로 사용했다. 나는 미국인들이 이 외국어 단어를 듣고 어떻게 반응할지 참 궁금했다.

　나는 이웃집 방문을 좋아했다. 이따금 식사 시간에는 이전에 강제로 먹어 본 음식들이 제공되는데 이전에 먹어 보고 그리 호감 가는 음식이 아님에도 불구하고 맛있게 보인 적이 있다. 중국식으로 만드는 콩 냄비 요리가 그 예다. 다른 음식을 통해 얻은 경험으로 나는 결론을 내렸다. 어떤 음식이든 먹는 데 익숙해질 수 있다는 걸 말이다. 위대한 탐험가 스테판슨도 최근에 내게 비슷한 말을 했다. 특정한 방법을 따르면 어떤 음식이든 적응하는 데 익숙해질 수 있다고 말이다.

　"북극 탐험을 할 때 식량에는 꼭 고래고기를 포함해야 해요. 그게 몇 안 되는 신선한 음식 중 하나거든요. 보통 처음에는 입에 맞지 않습니다. 저는 몇 남자들에게 고래고기만 먹고 사는 실험에 동참해 달라고 부탁했어요. 그들이 고래고기를 좋아하도록 할 수 있는지 알고 싶었거든요. 매번 실험 결과는 비슷했어요. 처음 며칠간 그들은 하루 세 끼 별 무리 없이 고래고기를 먹었죠. 그러더니 점차 먹는 양이 줄기 시작하더군요. 그 시점에 그들은 고래고기를 쳐다보는 것조차 견딜 수 없어 했어요. 하지만 어느 순간 극심한 배고픔이 엄습했는지 머지않아 다시 고래고기를 조금씩 먹기 시작했죠. 그 단계를 지나자 섭취하는 고래고기 양이 점차 증가했고 마지막 30일 차에는 고래고기를 좋아하게 됐지 뭡니까. 그들은 고래고기를 좋아하게 학습되었을 뿐만 아니라 그 이후에도 그 입맛을 잃지 않았어요."

나는 어떤 음식이든 오트밀을 제외하면 맛있게 먹을 수 있다. 언젠가 나도 스테판슨식으로 오트밀을 좋아하는 법을 터득해 봐야겠다!

데니슨 복지관은 언제나 해야 할 일로 넘쳤다. 소년과 소녀를 위한 모든 종류의 게임과 수업을 위한 기간이 있었고 그것 외에도 아직까지 영어를 못 하는 열성적인 어머니 아버지들을 위한 영어 작문과 영어 독해 강좌가 열렸다.

이 수업은 우리가 알고 있는 영어를 할 줄 아는 학생들을 대상으로 한 일반적인 수업과는 다르다. 만약 선생님이 사용하는 단어를 하나도 모른다고 가정할 때 어떻게 설명해야 할까? 아마 당연하게 선생님은 무언극을 하듯 손짓, 발짓으로 설명하고자 하는 것을 전달할 것이다. 강좌 초반에는 정말 딱 그렇게 수업했다. 예를 들어서 '문'이라는 단어를 가르치기 위해 문 앞으로 가서 문을 집는다. 그리고 '나는 문을 연다'를 가르치기 위해서는 수업 시간 동안 단어를 반복하며 문을 여는 동작을 한다. 학생들이 알파벳을 전부 배울 때까지 그런 신호로 이루어진 수업을 한다.

　나는 이런 종류의 가르침이 꽤 흥미로웠고 동료와 함께 책으로 쓰고 싶었다. 하지만 대서양 횡단이 다가왔고 결국 그것을 이루진 못했다. 그 이후로 이민법을 제한하는 정책의 영향으로 인해 기존의 많은 수업과 공립학교는 일부 줄어들었다.

　데니슨 복지관이 계획하고 있던 일들은 자금 충당이 있었다면 훨씬 더 수월하게 해결되었을 것이다. 소수의 사람만이 복지관의 필요성에 대해 이해했고 또한 가용할 수 있는 자금은 충분하지 못했다. 보스턴의 대학과 학교에서 온 젊은 봉사자 학생 없이는 복지관을 관리하기가 힘들었다. 그 친구들은 보이 스카우트와 걸 스카우트의 리더로서 활동했는데 아주 기가 막히게 아이들을 이끌었다. 그들은 바느질하기, 바구니 만들기, 요리를 가르쳤고 저녁에는 아이들에게 이야기를 들려주었다. 나는 아버지가 함께 계셨으면 좋겠다고 생각했다. 아버지의 스릴 넘치는 게임이 분명 초대박을 터트릴 것을 알았기 때문이다.

　그중에 병원에 가야만 하는 아픈 아이들도 있었다. 의사가 아이들을 감금하고 고문하는 끔찍한 일을 하는 줄 아는 불쌍한 어머니들에게는 그것이 사실이 아님을 설명해야 했다. 새로운 나라의 법이나 관습을 전혀 모르는 상태에서는 그러한 문화를 이해하기는 참 쉽지 않다. 또 다른 이유는 사람들이 '외국인'이라며 선을 긋는 것이다. 귀찮고 힘들다는 이유로 자국인의 유용한 삶의 방식을 외국인에겐 설명하는 수고를 감수하려 들지 않기 때문이다. 물론 한쪽의 이야기만을 듣고 판단해서는 안 된다.

데니슨 복지관의 다양한 활동에 임하다 보니 비행을 할 충분한 시간이 없었다. 하지만 나는 부통령이 세운 미국 항공 협회의 한 지부에 가입했다. 하루하루를 내가 가장 좋아하는 취미와 데니슨 복지관에서 해야 했던 일들을 하나하나 하며 보냈다. 나는 다른 지역 조종사들과 면식이 있었다. 나는 기회가 있을 때면 언제나 그들을 보러 갔다. 나는 라이에 사는 루스 니콜스과 함께 여성들을 하나로 뭉친 조직을 만들 수단을 강구하느라 몹시 바쁘기도 했다. 전국 유원지 협회에서는 그들이 한때 후원하고 있던 모형 비행기 토너먼트의 심사를 위해서 나에게 보스턴 위원회 회원으로 있어 달라고 요청했다. 내가 가장 좋아하던 두 관심사인 비행과 사교 활동은 특이한 방식으로 융합되었고 나는 기쁜 마음으로 활동할 수 있었다.

아마 다른 사람들이 중요하다고 생각하는 요소와는 동

떨어졌을 것이다. -나에겐 물론 중요하지만, 그것은 단지 순수한 즐거움에서 비롯된 활동들이었다. 즐거움을 향해 나는 비행기와의 인연을 계속해서 이어나갔다.

즐거움으로 채워진 관심사가 이끄는 곳으로 따라간다면 그때 쌓은 지식이나 어떤 형태의 인연이든 그것은 언젠가 인생에서 유용하게 도움이 될 것이다. 수영을 잘 배운 사람에게는 물에 빠진 사람을 구할 기회가 생기는 것처럼 말이다. 만약 내가 보스턴의 비행 그룹 회원이 되는 것에 별 신경을 쓰지 않았다면 '우정호'와 함께한 여행은 아마 내 인생에 존재하지 않았을 것이다.

많은 신문들에서는 내가 몇 달 동안이나 대서양 횡단을 공들여 계획했다고 떠들었지만 그건 사실이 아니다. 다만 우연히 비행할 기회가 찾아온 것이다. 다음이 바로 일의 진상이다.

대서양 횡단을 향한 모험 초대장은 전화를 통해 내게 도착했다.

데니슨 복지관의 오후는 학교가 끝나고 온 아이들로 항상 붐볐다. 아이들의 신장과 모국을 고려했을 때 가장 나이가 많은 아이들은 14살이었다. 나는 다른 일들을 처리하면서 아이가 각 반에 바로 찾아 들어가는지, 그리고 게임 리더들과 선생님이 잘 준비가 되었고 역할을 잘 수행하는지 보아야 했다. 그곳에서는 가끔 작은 문제가 생겼다. 이따금 성인 노동자들은 지각하거나 아예 나타나지 않았다. 아이들은 활력으로 가득 차 있었고 한 가지 활동에 집중하지 못했다. 정말 하고 싶은 활동을 정하지 못한 아이들의 불평이 끊이지 않았다.

"에어하트 선생님, 저는 제 대사를 알고 있어요. 그러니까 오늘 연극 리허설 대신 게임을 하면 안 돼요?"

"에어하트 선생님, 저는 게임보다 그림을 더 그리고 싶어요. 제발 이번 한 번만 바꿔 주시면 안 돼요?"

그런 아이들의 기질적인 문제를 해결하고 나면 더 신경 쓰이거나 덜 신경 쓰이는 문제가 저녁 식사 시간 전까지 계속되었다.

1928년 4월의 어느 날 오후, 나는 누군가로부터 전화를 받았다.

"죄송하지만 지금 전화를 받기 너무 바빠서요. 나중에 다시 걸어 주시면 감사하겠습니다."

"하지만 그분께서 전해 드릴 몹시 중요한 이야기가 있다고 하셨어요."

젊은 매니저가 말했다.

나는 마지못해서 전화기를 들고 기다렸고 머지않아 굉장히 쾌활한 한 남자의 목소리가 들렸다.

"안녕하신가요. 아마 절 모르실 테지요. 저는 H. H. 레일리 대위입니다. 레일리라고 불러 주세요."

그는 더 이상의 소개 없이 혹시 위험할지도 모르는 여정을 나서는데 흥미가 있는지 물었다. 물론 나는 그가 누구인지, 왜 나를 선택했는지 그리고 왜 그 여행이 위험한지 물어보았다. 하지만 그는 마지막 질문에는 끝까지 대답하지 않았다.

마침내 그가 완벽한 증빙서류를 제공하며 전화한 이유를 설명했고 우리는 그의 사무실에서 늦은 저녁에 만나기로 약속을 잡았다. 호기심은 아주 좋은 출발이다.

그날 밤 만난 레일리 대위는 몹시 흥미로운 사람이었다. 그는 이후 버드 제독의 남극 탐험 사업을 담당한다. 그는 내게 대서양 횡단 비행을 계획한 한 여성에 대해 말했다. 그 여성은 다양한 개인적 이유로 결국 그 계획을 포기했다. 하지만 그녀는 아직 첫 번째로 대양을 횡단한 첫 번째 미국인이 되기를 원했다.

"이 테이블에서 제 카드 패를 보여 드릴 때가 됐군요."

마침내 레일리 대위가 말했다.

"대서양을 횡단하시겠습니까?"

나는 1분 동안 생각하고는 말했다.

"네, 어쩌면요."

여전히 대화에는 '만약'이라는 가정적 요소가 많이 등장했다. 레일리 대령은 아직 대답할 필요는 없다고 말했다. 그는 뉴욕 친구의 친구로부터 대신 탐험할 수 있는 믿을 만한 여성을 뽑아 달라는 부탁을 받았다고 했다.

적임 자격이 어떻게 되는지 모른 채 뉴욕에 검토 대상 후보로 갔다. 그곳에서 내가 알게 된 것은 비행기의 후원자였는데 그녀는 결혼 전에는 피츠버그 출신의 에이미 핍스라는 이름을 가진 런던의 프레더릭 귀부인이었다. 부인은 조용히 삼발기 포커기[5]를 버드 제독으로부터 구매하곤 '우정호'라 이름 붙였다. 그 이름에는 부인이 현재 속한 국가와 모국의 친선을 도모하는 상징적인 의미가 있었다.

"대서양을 비행할 의지가 있었나?"

"일정 중에 사고 발생 시 관련자들은 모든 책임으로부터 자유로운가?"

"나는 얼마나 강한 사람인가?"

"나의 의지는 어느 정도인가?"

"비행 경력은 어떻게 되는가?"

"비행 이후 나의 계획은?"

나에게 쏟아진 질문 중 몇 가지를 추려 보았다.

비행에 참여하는 남자들은 보수를 받고 비행에 참여한다. 나는 그 점을 명시하며 보수를 받지 않고 비행기에 오를 준비가 되어 있는지 스스로에게 되물었다. 나는 그 탐험대에 포

---

5   제1차 세계대전의 독일 전투기.

함될 수 있다는 특권만으로도 충분하다고 생각하며 흔쾌히 '그렇다'라고 결정을 내렸다.

결론적으로 조종사 빌 스툴츠는 2만 달러를, 정비사 루고든은 5천 달러를 받았다. 나는 보상금에 대해 그리 진지하게 생각해 본 적이 없다. 보상이란 그저 위업에 따른 즐거움 그 자체였다. 또한 대서양 횡단은 내게 비행할 기회를 열어 주었고 그 경험을 글로 쓸 수 있게 해 주었다. 그리고 비행에 관해 썼던 기사가 신문에 실리면서 공교롭게도 나도 모르는 사이 수수료가 우리 회사 재무부로 돌아왔다.

문제의 대부분은 만족스럽게 해결되었다. 그러나 나의 관점에서는 결정해야 할 일 몇 개가 더 있었다. 나는 비행기 장비를 확인하고 조종사를 만나 보길 원했다. 밥상에 숟가락 하나 더 없는 것 같이 승객이 되어 비행하는 것은 내게 끌리는 제안이 아니었다. 그러나 내 의도와는 다르게 그렇게 되고 말았다. 우리는 날씨 문제를 맞닥뜨렸는데 그 때문에 내가 한 번도 경험해 보지 않은 종류의 전문 비행인 계기 비행[6]을 할 수밖에 없었다.

트레파시 베이부터 웨일스의 버리 포트까지의 비행은 20시간 하고도 40분이 더 걸렸다. 이번 비행에서는 대략 2시

---

6   어둠이나 안개 따위로 앞이 보이지 아니하는 항로를 계기에 의존하여 비행하는 일.

간 정도 물을 볼 수 있었다. 우리는 아래에 무엇이 있는지 볼 수 없었는데 아마 캔자스의 옥수수밭 위를 지나간다 해도 믿었을 것이다. 20시간 중에서 18시간 동안 안개에 둘러싸여 날았다. 당시 비행을 짧게 요약해 보았다.

어떤 대규모 탐험이 준비될 때 몇 사람들은 그 낌새를 알아챌 것이다. 말, 자동차, 배, 비행기 어떤 수단으로 가든 준비는 자연스럽게 장황히 길어질 것이고 걱정을 동반한다. 우정호가 비행에 나서기 전 모든 것들을 테스트했는데 비행기 그 자체부터 시작해서 수용 제한, 속력, 다른 장비들, 조종사가 의존해야 할 계기들의 정확도에 이르기까지 다양하다. 거기 더해서 특별히 설치된 무전기와 3개의 모터에 따라오는 많은 부속품까지 검사해야 한다.

준비는 100시간의 비행 경력을 가진 스툴츠와 수년간 엔진과 함께한 정비사 루 고든 아래 이루어졌다. 준비 세부사항에는 다른 호스트가 더 고용되어 있긴 했지만, 우정호의 실질적인 탑승자는 총 3명이었다. 스툴츠는 버드 제독의 추천으로 발탁되었는데 그는 굉장히 뛰어난 비행 기록을 가지고 있다. 고든은 철두철미한 일급 정비사로 스툴츠에 의해 선발되었다.

프로젝트에 관한 모든 일은 비밀리에 이루어졌다. 그 때문에 우리 모두 난관을 겪기도 했다. 정말 아무도 알지 못했는데 나로 예를 들자면 우리 가족에게까지 내가 우정호에서 무엇을 하는지에 대해 알릴 수 없었다. 우리 그룹원들 외에 다른 사람들 역시 우리가 비행기로 무엇을 할 것인지에 대해 알 수 있는 정보가 없었다. 대외적으로 그 포커기는 여전히 버드 제독의 소유였고 남극 탐험을 위해 사용될 예정이었다. 그 알리바이는 우리 비행기가 가동 준비를 할 때 효과적으로 비밀을 덮어 주었다.

나는 비행기를 점검 중이던 보스턴 공항에 함부로 방문하지 않았다. 비행기를 테스트하던 남자들과도 한 번도 함께 있지 않았다. 첫 이륙을 시도하기 전에 우정호를 딱 한 번 보았을 뿐이다. 만약 그 장소의 내가 사진 속에 찍혀서 사람들이 계획을 알게 되면 분명 그 여정이 시기상조라는 평을 내렸을 것이고 스릴러 작가들과 호기심 많은 사람은 걱정으로 분주할 것이다.

4년 전 대서양을 비행하는 것은 지금보다는 다소 대담한 일로 여겨졌으며 신문에서 대서특필될 만했다. 예를 들어 우정호가 8번째 횡단을 했고 승무원이 승객 30명 이상을 데리고 비행한 것을 알고 있었다면 당신은 어땠을까? 이는 항공 탐사보다 결코 가볍다고 볼 수 없는 일이다. 1928년 6월 17일 이후, 31명의 사람은 북대서양을 건넜으며 남대서양을 횡단했던 여정보다 두 배 더 무거웠다. 총 대략 500명에 달하는 사람들이 비행에 성공했다.

오늘날에도 대서양 횡단은 위험한 일로 간주한다. 하지만 성공할 확률이 몇 년 전보다 훨씬 높아졌고 비행기도 훨씬 빨라졌다. 엔진은 더욱더 안정적이고 기상 관측법 역시 몹시 발전했다. 북대서양 상공의 기상 상태 역시 몇 시간 안에 보고받을 수 있다. 그러나 나 때는 12시간에서 15시간을 기다리고 나서야 전달받아 볼 수 있었고 받아 보는 비용도 우리가 부담하는 수밖에 없었다.

우리는 미신적인 이유로 탐험 계획을 비밀에 부쳤다. 그 일이 실제 현실로 이루어지기 전까지 우리 모두 입을 열지 않았다. 큰 행운 덕분에 우리 우정호가 보스턴 항구로부터 동쪽을 향할 때까지 비밀이 누설되는 것을 막을 수 있었던 것 같다.

2개의 날개 측에 있는 연료를 제외하고 2개의 큰 원형 탱크에 든 대략 900갤런[7]쯤 되는 가스는 객실에 놓았다. 현대의 비행기에서 승객 의자가 놓여 있는 자리를 차지했다고 보면된다. 가스 무게는 6,000파운드였는데 1갤런당 6파운드 정도된다. 탱크 그 자체로도 무거웠다. 우리가 실은 가스를 포함하여 우정호는 5톤이 넘었다.

원래 포커기는 바퀴가 달린 육상 비행기였다. 그러나 착

---

7   액체량 단위. 미국에서 900gal은 3,420L 정도.

수 장치가 장착되어 수상 비행기로 개조되었다. 이는 수상 비행기로서는 처음으로 3개나 되는 모터가 장착된 것이다. 이론상 바퀴 대신 착수 장치가 달린 비행기는 바다 위를 안전하고 매끄럽게 착륙한다. 하지만 착수 장치는 상공에서의 비행 속도를 떨어뜨릴 뿐만 아니라 무게로 인해 이륙할 때 꽤 불편함이 증가할 것이다.

포커기에 달린 모터는 라이트 윌윈즈사의 것으로 각각 225마력이다. 비행기 날개의 너비는 72피트가량 되며 일반 가정집 높이의 두 배 이상이라고 생각하면 된다. 날개는 사랑스럽기 그지없는 금색으로 칠해져 있었고 끝부분은 우아하게 좁아졌다. 비행기 몸통 즉 동체는 오렌지색이었는데 금색과 매우 아름답게 잘 어우러졌다. 사실 그 색은 미술적 효과를 위해 선택된 것이 아니다. 색의 기술적 전문 용어로 크롬 황색으로 다른 색보다 멀리서 더 잘 보이는 색이다. 우리가 바다에 착륙해야 할 일이 생기면 그 밝은 부분이 물 위에 찰랑찰랑 비칠 것이다. 그래서 착륙할 때 다른 사람들의 시선을 사로잡기 충분할 것이다.

연료 탱크가 놓여 있는 객실에는 운항 계측기가 설치된 작은 책상이 놓여 있었다. 자리에는 소매가 걷어진 비행복과

물 5갤런 캔이 있었다. 객실의 바닥에는 해치[8]가 있었는데 비행기가 지상 위를 날면서 이동하거나 방향을 바꿀 때 속도를 계산하여 각도만큼 열렸다. 물론 당연하게도 실제 지상에서의 속도와 상공에서의 속도는 서로 다를 때가 있다.

　　조종사가 비행기 날개를 스치는 바람의 속도를 가늠할 수 있도록 속도계가 설치되어 있다. 만약 하늘에 바람이 거의 없거나 전혀 불지 않을 때의 속도계는 지상에서의 비행기 속도와 거의 동일하다. 비행기가 순풍을 타든 역풍을 맞든지 간에 속도계는 영향을 받지 않고 같은 속도로 측정된다. 시속 100마일로 비행하는 비행기가 시속 20마일의 바람을 맞으며 갈 때 실질적인 비행기의 속력은 시속 80마일이 된다. 하지만 속도계는 바람을 인지하지 않고 시속 100마일로 측정하는 것이다. 역으로, 시속 20마일의 바람과 같은 방향으로 비행할 때 비행기 속도는 시속 120마일로 더 빨라진다. 따라서 바람 영향 없이 비행기 자체 속도를 알려 줄 계기판이 필요하다. 지도상에 표기된 곳을 비행할 때 조종사는 랜드마크를 보고 별문제 없이 속력을 가늠할 수 있다. 그러나 랜드마크가 보이지 않을 때는 속도를 측정해 줄 장치가 필요할 수밖에 없다.

　　비행 준비를 하는 동안 나는 계속 데니슨 복지관에서 일

8　사람이나 화물 따위의 출입을 위하여 설치한 갑판의 개구부.

했다. 상관 외에는 아무도 내가 대서양 비행에 신경 쓰고 있다는 것을 알지 못했다. 내게 주어진 다양한 활동을 감독하고 있었기 때문이다.

시간이 5월 말을 향해 흘러감에 따라 우리 역시 떠나야 했다. 준비가 덜 됐든 더 됐든 말이다. 어느 날 새벽. 전세 예인선에서 우리는 우정호를 계류장에서 보스턴 동쪽으로 몰려고 했다. 그러나 계류장에서 나오지 못했기 때문에 첫 시도는 실패로 끝났다.

우리는 두 번을 더 시도했고 두 번 다 실패했다. 처음엔 우정호를 이륙시키기엔 너무나도 적은 바람이 불었고 두 번째는 안개가 너무 심했다.

안개는 작은 고양이의 발걸음으로 다가와 살포시 내려앉고는
도시와 항구를 물끄러미 내려보다
홀연히 사라진다

샌드버그의 매력적인 시를 열정에 가득 차서 인용해 보았다.

그러나 나는 솔직히 시에 등장하는 안개가 그리 달갑지는 않았다. 실패로 돌아간 두 번째 이륙 시도 날, 안개는 우리를 정신적으로 지치게 했고 하늘로 비행할 수 없도록 발목을

잡은 존재였다.

시적으로 아름답게 쓰인 안개지만 비행에는 큰 위험 요소 중 하나다. 상공에서 비행 중에 수평선이 보이지 않으면 비행기가 어느 위치에 있는지 알 수 있는 기준이 거의 없다. 지난 몇 년간 발전하고 있는 계기 장비만이 우리 비행기가 상공을 거꾸로 날아가는지 오른쪽 위를 향해 날아가고 있는지 알려 줄 뿐이다. 우리의 감각은 우리가 비행할 때 어떤 방향을 향하고 있는지 정확하게 알려 주지 못한다.

나는 특정한 검사를 통해 우리의 뇌가 얼마나 잘 속는지 경험한 적이 있다. 나는 눈가리개를 하고 조용하게 회전의자에 앉아 있었다. 검사를 맡아 주신 의사 선생님은 내가 앉은 의자를 오른쪽으로 천천히 돌리기 시작했다.

"지금 어느 쪽으로 회전하고 있나요?"

그가 물었다.

"오른쪽이요."

내가 자신 있게 말했다.

"지금은 어느 쪽으로 돌고 있죠?"

그가 잠시 후 물었다.

"왼쪽이요."

내가 즉시 대답했다.

"안대를 들어 올리고 보세요."

나는 안대를 들어 올리고 주위를 보았다. 나는 전혀 회전하고 있지 않았다.

"방금과 같은 착각은 평범하게 일어난답니다. 그러지 않는 게 비정상적인 거예요."

의사가 쾌활하게 대답하곤 설명을 이어나갔다. 처음으로 의자를 회전했을 때 내 몸이 느끼고 있던 방향은 맞았다. 그가 만약 의자를 돌리는 속도를 바꾸거나 멈춘다면, 나는 기존 회전 방향의 반대 방향으로 돌고 있다는 느낌을 받았을 것이다. 내가 실제로 회전하며 물건을 보지 않거나 방향을 분석해주는 기구를 확인하지 않고서는 나의 뇌가 느낀 방향을 완전히 믿을 수 없다.

다음은 당신을 스스로 실험체로 만드는 흥미로운 실험이다.

만약 앞을 볼 수 없는 상태에서 방향 감각이 어떻게 작용하는지 알고 싶다면 눈을 가린 채 일직선으로 걸어 보자. 충분한 공간이 있는 곳에서 하는 것이 좋다. 그리고 당신이 무언가에 부딪히지 않도록 뒤에서 가까이 따라갈 사람이 있으면 좋다. 대략 100피트 이상을 목표 지점으로 잡고 목표에 닿았다고 생각되는 시점에서 눈을 뜨고 당신이 어디에 서 있는지 확인하라.

크고 매서운 눈보라와 빗속에서 조종사는 마치 검은 외투를 눈에 덮은 것처럼 장님이 된다. 만약 조종사에게 지표를 보여 줄 정확한 기구가 없다면 결과적으로 내가 회전의자 위에서 했던 실수를 그대로 저지를 것이다. 비행기가 나선형으로 급격하게 기울지만, 그는 자신도 모른 채 그 각도를 유지하며 바로 비행하고 있다고 생각할 것이다. 나의 설명이 마치 불쾌한 날씨에 기구 몇 가지를 들여다보면서 날개를 퍼덕이며 날아재끼는 것이 비행의 전부라고 말하는 것처럼 들리지 않길 바란다. 계기를 읽고 대응하는 기술을 익히기 위해서는 연습이 필요하다.

음악을 예로 들어 보자. 지나가는 아무나 붙잡고 '여기 악보 하나 드릴 테니 저기 있는 피아노로 연주해 주세요'라고 물어보자. 악기에 대한 이해와 반복되는 연습 없이 흠잡을 데 없는 훌륭한 연주를 기대할 수는 없는 노릇이다. 아직 남아 있는 복잡한 문제는 계기 비행을 위한 장비들과 조종석에 필요한 장비, 지상 장비 모두 아직 완벽하지 않다는 것이다.

5

우정호로 대서양을 가로지르다

ACROSS THE ATLANTIC
WITH THE FRIENDSHIP

우정호가 마침내 보스턴을 떠나 뉴펀들랜드 해안을 향해 날았다. 그곳 트레파시에서 우리는 가솔린을 공급받으려고 했는데 왜 아무도 일어날 일을 미리 알 수 없었던 걸까.

첫날은 현지 날씨 때문에 핼리팩스 이상 가는 것이 불가능했다. 안개가 더 내려깔렸다. 우리는 안개 속에서 내려와 비행기를 항구에 정박시켰다. 우리가 출발한 지 얼마 안 돼서 보스턴에는 우리의 목적지에 관한 뉴스가 흘러나왔다. 우리는 노바스코티아 호텔에서 밤을 보냈는데 그곳에서 처음으로 '캐묻기 좋아하는 기자'의 매운맛을 보았다. 기자가 너무나도 끈덕지게 물어보는 탓에 잠을 청하는 것이 거의 불가능했다.

핼리팩스에서 짧게 머문 후 우리는 월요병에 시달렸다. 그날은 일요일이었는데 '과수원의 날'이었고 심지어 왕의 생일이었다. 모든 사람은 나와서 기념일을 축하하기 바빴다. 덕분에 연료를 얻는 것은 거의 불가능할 정도였다. 하지만 우리는 끝내 연료를 얻었고 9시쯤 이륙할 수 있었다. 다행히 거의 이상적인 날씨였기에 때문에 재급유할 필요도 없었다. 우리는 그대로 뉴펀들랜드를 완전히 지나쳐 동쪽으로 향했어야 했다.

트레파시에서 많은 문제가 생겼다. 우리는 원래 2~3일 정도 작은 마을에 머무를 것으로 생각했지만 날씨 문제와 더불어 기술적 결함까지 생겨 노먼의 비애의 해안에 13일 동안 머물러 있어야 했다.

언젠가 트레파시로 다시 돌아간다면 병원에서 함께 일한 동료들과 낚시와 사냥을 하며 친분을 다지고 싶다. 우리는 기름관, 착수 장치 천공, 날씨 예상, 휘발유 소비 등과 같은 문제로 충분히 골머리를 앓고 있었기 때문에 다른 일을 생각할 여유가 전혀 없었다.

트레파시에서 특히나 인상에 남았던 두 가지는 사랑스러운 털실 깔개와 뉴펀들랜드의 굉장한 숭어 무리다. 해안가는 난파선들의 무덤이다. 내가 듣기로는 대부분의 주워 온 옷감들은 깔개에 사용이 된다고 한다. 어부의 집에 있는 은의 대부분 역시 난파선에서 가지고 온 것이다.

알다시피 바다나 배로부터 나온 것은 어떤 질문도 없이 대개 찾은 사람의 소유가 된다. 썰물이 몰고 온 주인에게 잊힌 상자나 통을 발견하게 되어서 열어 볼 기회가 온다면 얼마나 즐거울까 하고 종종 생각해 보곤 했다. 『이상한 나라의 앨리스 Alice's Adventures in Wonderland』에 등장하는 상자나 알약 통에 적혀 있는 '나를 마시세요'와 '나를 먹어요'를 보았을 때 드는 유혹과 같은 느낌이 들 것이다. '나를 열어요!' '나를 열어요!' 하고 말이다.

뉴펀들랜드의 사람들은 주로 영국, 아일랜드, 프랑스 출신이다. 첫 정착민들은 원래 낚시 시즌이 끝나고 고향으로 돌아가야 할 사람들이었다고 한다. 그러나 그중 몇 명은 돌아가지 않고 계속 머무르다가 결국 정착했는데 이 개척자들은 오늘날 거주민들의 조상이 된다.

해안은 척박해 보였지만 그와 대조적으로 사람들은 우

리를 따뜻하게 환대했다. 가진 것은 많이 없었지만, 그들은 어딘지 모를 하늘에서 내려온 낯선 이방인들에게 기쁘게 나누어 주는 것을 좋아했다. 사실 그들에게 하늘에서 온 방문객이 딱히 아주 낯선 존재는 아니었다. 세계적으로 유명한 조종사 데 피네도는[1] 1929년에 수일간 정박해 머물렀고, 1919년에는 해군 전투기들이 트레파시에서 거대한 해상 비행기로 출발한 적 있었다.

보스턴에 있는 친구들이 우리에게 편지를 보내게 되면 대략 일주일이 걸렸고 친구들도 그것을 알았다. 친구들은 우리가 트레파시에 오래 머물 것을 예상하지 못했기 때문에 우리에게 어떤 우편도 보내지 않았다. 대신 많은 메시지를 전보로 보냈다. 우리가 생각보다 오래 머물게 되자 우리를 만나기 위해 세인트존스의 신문 특파원이 일주일에 두 번 오는 작은 기차를 타고 뉴펀들랜드의 수도에 왔다.

우리가 부득이하게 트레파시에서 오래 머무는 동안, 그곳 현지인들은 우정호가 날 수 없다고 생각했다. 처음 온 며칠간 많은 동네 사람들이 와서 구경했고 우리 비행기가 착륙하는 것을 본 적이 없는 이들로서는 비행기가 지상 위를 운전해 왔

---

1   프란체스코 데 피네도 Francesco de Pinedo(1890~1933): 이탈리아 비행 조종사로 4대륙 비행에 성공하였다.

거나 한 번도 물 위를 비행한 적이 없다고 생각했다.

특정한 방향에서 바람이 불어왔지만, 트레파시 항구는 너무 좁았기 때문에 무거운 짐을 싣고 이륙하기 어려웠다. 도착 예정지까지 비행하기 가장 좋은 남동풍이 부는 날에는 따뜻한 걸프만의 해류가 북쪽에서 불어오는 차가운 공기와 만나면서 해안에 영원히 머물러 있을 것만 같은 무거운 안개가 몰아쳐 왔다.

따라서 기상 조건이 알맞게 변하는 즉시 이륙해야만 했다. 날씨가 빠르게 변했기 때문이었다. 결국 우리는 어쩔 수 없이 계획을 수정해 900갤런의 가솔린을 700갤런으로 줄이기로 했다. 연료가 줄었기 때문에 위험성이 커졌고 비행할 수 있는 거리도 줄었다. 기껏해야 아일랜드라도 갈 수 있으면 다행이었다. 우리의 뉴욕 대표님이 가솔린을 아조레스에서 공급받을 수 있다고 전해 주셨을 때 며칠간 우리는 그곳에 갈지 진지하게 고민하기도 했다.

사람들이 내게 자주 물었던 질문 중 하나는 비행 때 무엇을 먹었는지였다. 우리는 트레파시에서 갓 만든 스크램블드에그와 샌드위치를 먹었다. 커피, 몇 개의 오렌지, 정제된 우유 1병, 달콤한 초콜릿과 5갤런의 물이 있었는데 나는 커피를 그다지 마시지 않았다. 차라리 커피보다 코코아가 나았다. 우리가 고립될 때를 대비해 준비한 긴급 식량 페미컨도 있었다. 페미컨은 탐험가들을 위한 농축된 음식이다. 하루 한 숟갈에 하루를 행복하고 건강히 유지할 수 있다고 한다. 이 혼합물에 차가운 돼지비계를 연상케 하는 거무죽죽한 덩어리가 떠다녔다. 그걸 먹고 건강해지더라도 과연 설명대로 행복해질 수 있을지 의문이 들었다.

사실 여정 중에 할 일과 생각할 게 너무 많았기 때문에 아무도 배고픔을 느끼지 못하는 듯했다. 나는 6개의 정제 우유, 오렌지 2개를 먹었는데 남자도 커피와 함께 그 정도의 음식을 먹은 것 같았다. 아마 흥분한 나머지 딱히 뭔가 배불리 먹고 싶다는 생각이 들지 않았던 모양이다. 몸 상태가 아주 좋다면 자지 않고 먹지 않는데 20시간은 그리 길지 않다.

6월 17일 대략 아침 7시쯤이었을까. 바람이 적당히 불고 뉴욕에서 전달받은 기상예보를 봤을 때 비행이 아주 가망 없지는 않았다. 따라서 우리는 바람이 오기 전 다시 항구 끝으로 비행기를 몰았다.

나는 객실에서 스톱워치를 손에 들고 이륙 시간을 분주하게 확인했다. 나는 천천히 올라가는 공기 속도계에서 눈을 떼지 않았다. 만약 속도계가 시속 50마일을 지나면 그것은 우정호가 날아오를 준비가 됐다는 것이다. 시속 30~40. 우정호는 다시 이륙을 시도했다. 한참 동안 변화가 없었다가 다시 속도가 올랐다. 50, 55, 60! 우리는 마침내 날아올랐다. 소금물을 완전히 빨아들인 채 소리를 펑펑 내는 실외 모터의 무게로 비틀거렸지만 말이다.

우리는 출발 중에 많은 시행착오를 겪었다. 우리를 도와줄 사람도 없었고 출발을 봐 줄 사람도 없었다. 우리가 상공에 머문 지 대략 1시간 반 정도 지나고 나는 뉴욕에 마지막으로 전보를 쳤다.

우리의 대서양 횡단은 말 그대로 구름을 항해하는 것 같았다. 구름 속이 은빛으로 빛난다는 것은 완전히 헛소리다. 대부분 구름 내부는 절대 은색이 아니다. 구름 속은 축축했고 음침한 회색빛이 돌았다. 정말 아무도 상상할 수 없을 정도로 우울하게 어두침침하다. 그러나 비행을 해 본 사람이라면 단단한 구름이 겹겹이 쌓인 위만큼은 그 누구도 접해 본 적 없는 새로운 세상이 펼쳐지는 것을 알고 있다. 찬란하게 펼쳐진 포근포근한 구름바다 위로 태양이 눈부시게 내리쬐는데 이는 눈이 내린 들판보다 훨씬 밝다. 해 질 녘 상공에서 비스듬히 내려다본 구름은 형형색색으로 아름답게 물들어 있다. 마치 지상에서 해가 떨어질 때를 구경하는 것과 비슷한데 수천 피트의 고도에서는 수평선 너머로 떨어지는 해를 더 길게 볼 수 있다. 저녁이 찾아오면 하늘은 땅보다 훨씬 더 밝다.

나는 우정호에서 일지를 작성했는데 일지에는 그 어떤 것보다 구름에 대한 언급이 가장 많다.

비행일지: 나는 우리가 이 희멀건 엄청난 안개 속에서 벗어날 수 있다고 믿는다. 길게 나부끼는 이 어른거리는 베일 속을 말이다. 사실 우리는 이 한 무더기 안개 속을 벗어나는 것이 거의 불가능해 보였다. 안개는 마치 영원히 떠나지 않을 것처럼 어슬렁거렸고 구름은 마치 멀리 떨어진 빙산처럼 보였다. 해가 뜨면 산더미 같은 안개는 핑크빛으로 물들었고 움푹 파인 곳은 그늘진 회색빛으로 감돌았다.

우리는 잔잔한 구름 사이를 헤집고 들어간다. 어느새 어두운 회색빛 구름들이 뭉탱이로 한데 모여 있다… 이후 우리가 뚫고 나온 질척질척한 구름 떼가 새벽과 함께 핑크빛으로 물든다. 마치 오디세이가 새벽을 '장밋빛 손가락'이라 비유한 것처럼.

히멜 himmel[2]! 바다! 3,000피트의 상공! 뭉게구름이 보인다. 구름을 벗어나기 위해 1,000피트에서 5,000피트 사이를 왔다갔다 비행하는 중이다! 현재 파란 하늘과 햇빛이 보이지만 가끔 구름이 보이기도 한다.

북위도를 비행하던 그해 늦은 6월 속 하루하루가 끝없

---

2   독일어로 하늘을 뜻한다.

이 길게 느껴졌다. 저녁 10시에서 늦으면 대략 새벽 3시 정도까지 밝았다. 우리가 짙게 드리워져 있는 안개를 만나지 않는다면 완전한 어둠 속을 비행하는 일은 거의 없었다. 어쩌면 태양 빛이 전 세계를 돌고 있는 와중 태양이 지나간 길을 왼쪽으로 따라가고 있는 것일지도 모른다고 우리는 생각했다.

> 비행일지: 5,000피트. 산더미만 한 구름. 북극성이 비행기 날개 끝에 보임. 현재 시각은 3시 15분. 왼쪽에서는 새벽녘이 보인다.

우정호가 가장 높게 난 것은 11,000피트였다. 마치 동이 트며 용처럼 머리를 치켜드는 듯한 짙은 뭉게구름을 벗어났을 때였다. 웨일스의 해안을 따라갈 때 우리는 가장 낮게 몇백 피트의 고도로 비행했다. 대서양 상공의 일부 구름은 비를 머금고 있었는데 비행기가 구름을 뚫고 지나갈 때마다 선외 모터[3]가 기침하고 불평하는 듯했다. 이륙하면서 묻은 소금물이 말라 플러그로부터 불꽃이 튀는 것을 보면 선외 모터는 젖어 있는 것을 꽤 싫어했나 보다.

만약 우정호가 물 위로 착륙했는데 뜨는 데 실패한다면 우리는 안타깝게도 곤경에 처할 것이다. 무게를 줄이기 위해

---

3   내부가 아닌 바깥에 달린 모터. 보트 꼬리 부분에 달린 모터를 생각하면 이해하기 쉽다.

구명보트와 고무보트를 가지고 오지 않았기 때문이다. 그 작은 보트는 여름이 오면 라이 해변에서 사용하고 있다. 그 보트는 금방 부풀어 올라 모양을 잡았고 수용인원 제한도 없다.

내가 앞서 말했듯 태양은 늦게 잠을 청했고 늦게 일어났다. 오전에 환상적으로 으깬 감자 덩어리 같은 구름 위를 보기 위해서는 그보다 더 올라가야만 했지만, 우리 비행기는 어쩔 수 없이 11,000피트의 고도를 유지할 수밖에 없었다. 우리가 만약 구름 위로 올라간다면 너무 많은 연료를 낭비하게 될 것이라고 빌 스툴츠가 말했기 때문이다.

우리는 몇 시간 분량의 연료를 남긴 채 비행하고 있었다. 우정호는 코를 하얀 구름 속에 박은 채 비행했고 회색빛이 도는 축축한 습기 속을 통과하여 2,500피트의 고도로 내려왔다.

비행일지: 우리는 아래로 내려가고 있다. 빌이 그렇게 조종하고 있다. 안개도 짙게 깔렸다. 아직 안개 속에 들어온 것은 아니지만 얼마 가지 않아 창문으로 보일 듯하다. 모든 것이 차단되었다.

계기 비행 중이다. 느리게 하강하다 다시 빠른 속도로 하강한다. 현재 내 귀가 몹시 아프다. 현재는 5,000피트 상공. 비행기가 몹시 심하게 젖었다. 물이 창문으로 뚝뚝 떨어지는 중이다.

귀가 아픈 증상은 간단하게 말해서 빠른 하강이 원인이다. 비행기가 하강하면 공기가 어쩔 수 없이 들어오게 되는데 지면으로 가까워질수록 공기의 밀도가 더 높아진다. 감기에 들었을 때처럼 기관지가 막혀 신체의 압력이 높아졌을 때는 고막이 가장 먼저 반응을 한다. 만약 높은 곳에서 낮은 곳으로 점진적인 고도 변화가 이루어질 경우 보통 별 느낌이 없다. 하지만 만약 하강이 급속도로 이루어지거나 엄청난 거리를 통과하면 고막이 불편해지고 심하면 고통스러울 수 있다. 빠르게 다이빙하거나 몇천 피트를 통과하면 고막이 파열될 수 있다. 수면 아래서도 같은 원리로 작용하는데 잠수부는 고통이나 영구적 부상을 막기 위해서 잠수할수록 점점 높아지는 압력에 무조건 익숙해져야만 한다. 압력이 갑자기 감소하지 않도록 올라오는 속도 또한 조심해야 한다.

빌 스툴츠는 우리를 신경쓰지 않고 비행기를 하강시켰다. 그는 그가 생각한 최선의 선택을 했을 뿐이다. 우리가 느낀 일시적인 불편함은 그에게 별로 중요하지 않았다. 마침내 우정호는 하강을 마치고 수평을 유지했다. 우리는 이따금 비행기 아래로 바다를 볼 수 있었다.

이전에도 살짝 언급한 바 있는 우리가 가장 신났던 순간을 다시 말해 보고자 한다. 우리 무전 장비는 고장 나서 저녁 8시 이후로 계속 조용했다. 그래서 우리는 선박으로부터 우리 위치 확인을 받는 대신 오로지 추측항법으로 비행했다.

우리의 계산에 의하면 지금쯤 아일랜드가 보여야 했다. 연료가 소비되는 와중에 실수로 비행로를 벗어났다면 우리는 곤경에 처할 수밖에 없었다. 몇 분이 지났지만 우리는 에메랄드섬을 찾을 수 없었다.

그때 안개 속에서 우리 비행기 아래로 대서양을 횡단하는 커다란 선박이 나타났다. 그러나 선박은 우리가 예측한 항로로 가지 않고, 다른 방향으로 가로질러 지나가는 것이었다. 이해할 수 없는 항로에 우리는 혼란스러웠다. 결국 이렇게 길을 잃어버리고 마는 것일까?

우리는 그 선박 주위를 돌았다. 우리가 무엇을 원하는지 선장이 알아채고 배의 갑판에 그 정보를 써 주길 바랐다. 그러나 아무 일도 일어나지 않았다. 나는 선장에게 전해질 수 있도록 우리의 요구를 적은 메모를 무게추 역할인 오렌지 2개와 함께 가방에 넣어 배의 갑판을 향해 떨어뜨렸다. 하지만 나의 아마추어적인 폭격은 조준 실패로 성공할 수 없었다. 나의 두 오렌지는 배로부터 조금 떨어진 바닷속에 풍덩 떨어졌다.

어쩌면 좋지? 우리는 계속 선박 주위를 뱅뱅 돌며 더 이상의 연료를 소모할 수 없었다. 만약 우리 비행로가 정말 잘못됐다면, 포기해야 할까? 아니면 잘 모르는 배 옆에 착륙하여 안전하게 묶여 끌려가야 할까? 그것도 아니면 우리의 선택을

믿고 계속 비행해야 할까?

결국 우리 우정호 비행 팀원은 끝까지 비행하기로 암묵적으로 동의했다. 대략 2시간가량 비행할 수 있거나 그보다 적을 수도 있는 연료가 남아 있었고, 목표를 완수하기 위해 그 연료를 사용하는 것이 합리적이라 판단했다.

그래서 우리는 동쪽을 향해 계속 비행했다. 비행일지에는 그 순간의 긴박함이 기록되어 있다.

비행일지: 무전이 먹통이다. 비행기는 하강했고 주변이 꽤 잘 보인다. 현재 2,500피트 상공임.

8시 50분 방향에 배들이 보인다!! (아주 작은 두 대의 꼬맹이 배에 불과했지만 어쨌든 주변에 사람 사는 곳이 있다는 증표가 되어 우리에게 큰 안도감과 즐거움을 주었다) 그리고 이후 환승 기선이 보인다. 방향을 잡으려고 하는 중이다. 무전 작동이 안 된다. (스툴츠의 정신 나간 것 같은 무전에 대답하지 않겠다는 뜻이지 뭐) 연료는 1시간 정도 남았다. 선박들이 우리 진로를 가로질러 가고 있다. 뭔가 문제가 생긴 것 같은데?

그때 내가 생각하길 우리의 상태를 정확히 한 단어로 나타내자면 '엉망' 그 자체였다. 연료가 지속해서 소모되는 상황에서 우리는 혼란스러웠고 난감함을 느꼈다. 심지어 우리 아래의 배들과 소통이 불가능한 게 심히 화가 나는 부분이었다.

아래의 배는 프라이드 선장의 지휘하에 항해하는 아메리카호로 밝혀졌다. 나중에 그가 나에게 알려 준 바에 따르면 비행기 횡단 소식이 들릴 때마다 비행기가 배 쪽으로 올 가능성 때문에 2시간마다 한 번씩 갑판에 방향을 표시했다고 한다. 하지만 우리는 그 어느 도움 없이 비행했다. 그는 우리 비행 소식에 대해 미리 전해 들은 바가 없어서 페인트통도 준비하지 않았다고 한다. 아무 준비가 되어 있지 않던 상황에 대해 그는 굉장히 미안한 듯 내게 사과했다. 그제야 이해가 갔다. 그 이후로 그는 비슷한 긴급 상황에 대비하여 미리 페인트통을 여럿 준비해 둔다고 한다.

아메리카호가 우리 시야에 잡혔을 때는 본토에서 몇 마일 떨어진 곳이라는 것을 알 수 있었다. 우리도 모르게 이미 아일랜드는 지나친 뒤였고 웨일스 근방을 비행하고 있었던 것이었다. 따라서 아일랜드 바다를 통과하던 배들이 대각선으로 항해하던 것이 자연스럽게 이해가 되었다.

보람 없는 오렌지 투척 사건 이후로 우리는 몇 척의 고기잡이배를 보았다. 배들이 너무 작았기 때문에 우리는 그들이 육지에서 멀리 떨어져 있을 리가 없다는 것을 알았다. 물론 그 해안이 어디인지 알 수도 없었고 그리 신경 쓸 필요도 없긴 했다.

아메리카호가 안개 속에서 어렴풋이 모습을 드러낸 직후 육지가 보였다. 이전 몇 시간 동안 우리는 육지인 체하는 먹구름을 너무 많이 보았기 때문에 처음엔 새로 등장한 그 육지 역시 그런 것으로 생각했다. 하지만 그것은 움직이고 흩어지지 않았으며 옅은 안개와 빗속에서 점점 커지는 것이 보였다. 그것은 육지였다. 정말 확실하게도.

우리는 파도치는 절벽을 둘러 지나갔고, 그림처럼 펼쳐진 전경을 내려다보았다. 맵시 있게 정돈된 산울타리의 시골 외곽, 아담한 들판, 나무가 줄줄이 늘어서 있는 도로가 보였다.

우정호는 착수 장치가 장착되어 있었기 때문에 물 위를 따라 비행했다. 우리는 어딘지도 모르는 거대한 지역을 함부로 가로지를 수는 없었다. 더군다나 연료가 거의 떨어져 가고 있었다. 해안을 따라 몇 분간 비행하다 우리가 따라가던 길이 곧 끊길 듯한 지점에 이르러 작은 마을 근처로 착륙하기로 했다. 우리가 앞둔 그 착륙은 여정의 끝이 되리라는 것을 우리 모두 알고 있었다. 남은 연료로는 더 이상의 이륙이 불가능하기 때문이었다. 너무 낮게 비행하고 있었기 때문에 엔진은 수평으로 비행할 때만 작동했다.

스툴츠는 비행기를 해협 중간쯤에 착륙시켰다. 남자들은 빠른 조수 속에서 비행기가 표류하는 것을 막기 위해 재빨리 무거운 표식 부표를 향해 천천히 조종했다. 우리는 대서양을 횡단하면서 현지인들의 환영을 받기 위해 기다렸다.

그 부표는 해안으로부터 반 마일가량 떨어진 곳에 있었다. 아마 우리 비행기는 그 어떤 해상 비행기보다도 흥미진진해 보였을 것이다. 근처에는 어떤 일을 하는 사람인지 궁금하게 만드는 남자 셋이 있었는데 그들은 물가를 따라 놓인 기찻길 위에서 다 같이 일을 하고 있었다. 철학자들도 그 사람들보다는 호기심이 많고 말이 많았을 것이다. 그들은 해안가를 내려와서는 우리를 한 번 쓱 보고 다시 등을 돌려 일을 하러 가버렸다.

부득이하게 우리는 우정호에 머무르며 곧 어떤 일이 일어나길 기다리고 있었다. 시간은 계속 흘렀고 아무 일도 일어나지 않았다. 잠시 후 사람들이 빗속에서 천천히 모였다. 루고든은 착수 장치로 기어 나와서는 보트를 외쳤지만, 소용이 없었다. 만약 사람들이 그의 말이 들렸다면 그들이 사용하는 웨일스식 영어와 다른 미국식 영어가 조금 이상하게 들렸을 것이다.

"내가 보트를 가지고 올게요."

내가 마침내 입을 열고 말하며 조종석 앞으로 비집고 들어갔다. 열린 문밖으로 곤경에 처했다는 의미를 뜻하는 흰 수건을 흔들었다. 나의 제스처에 해안가에 있던 친절한 신사 하나가 코트를 벗고는 내게 정중히 손을 흔들어 주었다. 하지만 그게 다였다. 마침내 보트가 나오기 시작했다. 몇 시간이 지나서야 우리의 도착에 대한 소식을 듣고 해안가에 온 사람이 하나 있었다. 저녁이 되어서야 우리 우정호는 계류장으로 들어갈 수 있었고 우정호의 비행사들은 그제야 비행기에서 내릴 수 있었다.

우리는 사우샘프턴에 도착할 예정이었는데 날씨가 너무 험악했기 때문에 비행이 불가능했다. 우리 삼총사는 이내 음식과 휴식이 필요하다는 것을 느끼기 시작했다. 일찍 도착하지는 않았지만 10,000명쯤 되는 웨일스 사람들과 그들을 허둥지둥 통솔하는 3명의 경관의 격렬한 환영을 받고 저녁 10시쯤 식사를 했던 것 같다.

우리의 방문 이후 친절한 버리포트 사람들은 우리를 기리는 기념비를 세워 주었다. 기념비는 대략 18피트 정도의 높이였고 비문이 새겨져 있었다.

미국 보스턴 출신 아멜리아 에어하트 양을 기념하는 비이다. 대서양 횡단에 최초로 성공한 여성 비행사. 동료로는 윌머 빌 스톨츠, 루이스 슬림 고든이 있다. 1928년 6월 18일.
뉴펀들랜드 트레파시에서 버리포트까지. 20시간 40분의 비행.

웨일스에 도착한 다음 날 우리는 우정호를 타고 버리포

트에서 사우샘프턴으로 비행했다. 이때는 내가 비행기를 조종했는데 여행 중에서 내가 조종한 유일한 시간이었다. 사우샘프턴의 항구는 다양한 항공기들로 붐볐고, 빌 스툴츠는 착륙할 만한 빈 곳을 찾기 위해 애를 먹고 있었다. 결국, 우리는 항구를 한 바퀴 돌아야만 했고 비행기를 착륙시킬 수 없다고 생각할 때 갑자기 녹색 불빛을 알리는 신호총이 나타났다. 다행히 우리는 착륙해야 할 위치를 알 수 있었다.

물 위에 착륙하자, 대형 보트가 옆으로 와서는 우리 삼총사를 해안가로 데리고 나왔다. 그것이 우정호와의 마지막 순간이었다. 불행히도 우리 중 누구도 비행에 사용된 차트와 이 외의 기구들을 볼 수 없었다. 만약 그것들이 사라지지 않았다면 우리는 손자 손녀를 위해 몇 가지 물품들을 소중히 간직했을 텐데 말이다. 기념품을 수집하는 고질적 병폐는 보편적인 일처럼 보이지만 누군가의 이득은 결국 우리 후손들의 손실로 이어진 셈이다.

비슷한 일이 있었다. 우리가 버리포트에 도착했을 때 2개의 스카프, 칫솔, 빗이 내 짐의 전부였다. 그중 스카프 하나는 내가 알기도 전에 어느 열성적인 팬이 빠르게 낚아채 갔다. 다행히 다른 하나는 내가 몸에 묶어 두었기 때문에 잃어버리지 않았다. 칫솔과 빗도 살아남았다. 스툴츠, 고든, 나 이렇게 셋이 공동으로 사용하는 더플 가방[4] 속에 숨어 있었기 때문이었다. 그런데 그 짐이 없어진 것(심지어 갈아입을 옷까지도)은 특히 많은 여성 사이에서 관심을 불러일으켰다. 나는 대서양 횡단을 위해 입었던 옷을 다시 입을 생각은 추호도 없었다. 내가 가진 옷은 무게와 부피를 줄이기 위해 최소화되어 있었다. 그래서 나는 다른 옷 없이 처음에 입고 있던 옷을 입은 채 그대로 도착했고 이를 본 영국 친구들은 친절히도 내게 새 옷이 있는지 물어봐 주었다. 나의 부족한 옷에 대한 소식을 많은 사람이 주목했고 그 관심 덕분에 내가 몇 주 후 뉴욕에 도착했을 때는 손에 3개나 되는 트렁크를 쥐고 있었다. 야속하게도 내가 구매한 물건과 받은 선물에 잔인한 세관원들은 세금을 부여했고 나는 그들이 정한 대로 세금을 낼 수밖에 없었다.

우정호는 나중에 다른 미국인에게 팔렸다. 그 미국인은 대서양을 횡단할 계획을 세운 3명의 남미인들에게 우정호를 다시 팔았다. 하지만 그들의 계획은 이행되지 않았고 최근에 들은 바에 따르면 우리의 충실한 낡은 비행기는 남미 혁명가 무리의 공군 일원의 것이 되었다고 한다.

우리는 사우샘프턴에서 여행의 후원자였던 프레더릭 게스트 부인을 만났다. 나는 우리의 여정이 그 어떤 때보다 가장

---

4 천으로 만들어 윗부분을 줄을 당겨 묶게 되어 있는 원통형 가방.

여성을 위한 비행이었다는 사실을 알게 되었다. 프레더릭 부인은 여성이라는 성별을 가진 자들이 드디어 그 자리에 설 준비가 되어 있다는 데 마침표를 찍고자 한 후원자였다. 그러니 여성에 의해 계획되었고 여성이 지원한 대서양 횡단은 가히 근본부터 여성적인 여정이라 볼 수 있었다.

사실 나는 꽤 놀랐다. 비행에서 많은 역할을 수행한 남자들보다 우정호에 탑승한 여성 멤버인 내게 더 많은 관심이 주어졌다. 모든 영광은 나와 함께한 동승자들, 모터와 비행기 기술자들 그리고 후원자들에게 있다. 이 생각은 기회가 있을 때마다 항상 꺼내는 이야기다.

나는 우연히 여성이었고 우연히 대서양을 비행으로 횡단했을 뿐이다. 하지만 언론과 대중들은 내 성별에 그 어느 것보다 관심과 흥미를 가졌다. 명백하게 불공평한 사실이지만 피할 수 없는 현실이었다. 적어도 미래에는 모든 종류의 탐험에서 여성이라는 이름을 빼고, 성별보다는 성취한 공로에 대해 더 많은 비중을 두고 평가되어야 한다고 생각한다.

언젠가 나는 영국으로 다시 돌아가 급박한 일정으로 인해 충분히 구경할 수 없었던 모든 것을 다시 볼 생각이다. 런던에서 2주간의 기억은 티tea, 극장, 연설문 쓰기, 테니스 전시회, 폴로, 수백 명의 사람이 북적이는 의회 등으로 뒤죽박죽 섞여 있다.

다양한 사건 중에서도 아직도 생생하게 느껴지는 기억이 있다. 레이디 에스터는 몹시 똑똑했고 품위 있는 부인이었다. 그녀의 아름다운 시골집을 방문했을 때 부인은 나를 코너로 안내하며 말했다.

"내가 당신에게 관심 있는 것은 당신이 비행기로 대서양을 횡단했기 때문이 아니에요. 당신의 구빈사업에 대한 이야기를 듣고 싶어서예요."

순수하게 나라는 사람에 대해 관심 있어 하는 누군가를 찾은 것이 기뻤다. 나는 그녀에게 토인비 홀에 수놓아진 패턴들이 데니슨 복지관에도 있다는 것을 말해 주었고 이후 그녀는 내게 책 몇 권을 보내 주기로 약속했다. 그녀는 내가 그 책들을 좋아하리라 예상했다. 그녀가 그랬던 것처럼 나 역시 그 책을 좋아했다.

크리스토퍼 로빈처럼 나는 버킹엄 궁전에서 근위병 교대식을 보는 것을 좋아했다. (아마도 교대식이 그를 즐겁게 했으리라) 미국 교통 법규에 익숙해져 있던 내게 도로 왼편으로 차를 몰고 가는 것은 마치 새로운 게임을 하는 것처럼 즐거웠다.

"웨일스의 왕자[5]를 만나 볼 의향이 있으실까요?"

통합 인터뷰에서 신문 기자가 내게 첫 번째로 한 질문이

5   The Prince of Wales: 영국 왕세자의 칭호이자 작위.

었다.

"그것은 왕세자 전하에게 달린 것 아니겠습니까?"

미국 관리는 나를 위해 정중하고도 정확하게 대답해 주었다.

나는 그의 대답이 너무 만족스러웠기 때문에 더 아무 말도 하지 않았다. 그리고 그다음 날 〈영국 데일리〉에 실린 나의 대답을 읽었다.

월, 저는 이곳이 무척 마음에 들어요. 그리고 세상에나, 정말 웨일스 왕자님을 만나 뵙고 싶어 안달이 나는데요?

나는 신문에서 그 부분을 오려내어 가장 소중한 기념품으로 보관해 두었다.

아마 여기 인용문 속에서 들리는 촌스러운 말씨가 왜 내가 절대 왕자를 만나지 못했는지를 설명해 줄 것이다.

영국에서 2주를 보내고 또는 우리가 목격된 후, 루스벨트 기선을 타고 집으로 향했다. 우리는 배에서 몹시 편안한 휴식을 즐겼다. 아마 보스턴을 떠나온 이후로 처음으로 즐기는 편안한 휴식일 것이다! 심지어 해리 매닝 선장은 우리가 함교 위에서 마음대로 푹 퍼져서 놀아도 괜찮다는 허락까지 해 주었다.

"뉴욕에 가는 대신 남미까지 우리를 데려가 주시면 안

될까요?"

우리가 매일같이 선장에게 했던 부탁이다. 루스벨트선의 항로를 바꾸어 아무도 우리를 모르는 어느 즐거운 나라에 하선시켜 달라고 노력했지만 그건 헛수고였다. 우리는 피할 수 없는 환영이 겁이 났고, 이대로 바다가 무한히 펼쳐지길 바랐다.

두려움에도 불구하고 우리의 귀향은 정말 큰 행사였다. 뉴욕 시청의 환영 연회, 보스턴과 시카고의 메달 수여식은 우리가 거의 하선하자마자 이루어졌다. 전화번호부를 던져대는 사람들 사이에서 마차를 타고 지나가는 것은 재미있는 현대판 승전 행진이었다.

3년 전에 돌아온 비행사 역시 화려하게 헤드라인을 장식했다. 그는 신문 1면에 뉴스로 실렸고, 여성 비행사 역시 마찬가지였다. 이렇듯 기사는 성별에 무게를 두었다.

32개에 달하는 도시에서 내게 방문 요청을 했다. 나는 내가 보스턴, 캔자스시티, 시카고, 디모인, 로스엔젤레스 등 다양한 도시 출신이라는 것을 빠르게 깨달았다. (이전에도 말했지만 나는 여러 도시에서 유년 시절을 보냈다) 좌우간, 나를 초대해 준 호의와 과분한 명예에 대해서 정말 감사하게 생각한다. 그러나 많은 요청을 전부 수락하는 것은 무리였다.

나를 도와준 사람들의 조언에 따라 우리는 몇 개의 도시를 방문했고 이후 은퇴했다. 만약 내가 모든 일정을 수락했더라면 아마 1년 동안 한 번도 집에 갈 수 없었을 것이다.

하지만 그 은퇴조차 굉장히 힘들었다. 오늘날 당신이 비행에서든, 작은 배를 이용한 항해든, 해협을 가로지르는 수영이든 색다른 위업을 세운다면 다음과 같은 일이 일어날 것이다. 『이상한 나라의 앨리스』를 인용해서 다음과 같이 말해 보겠다.

"여러분의 뒤를 밟아 따라오는 출판업자가 가까이 있을 거예요."

책을 쓰는 것은 회피할 수 없는 일이다. 나의 '돌고래'[6]들은 당신의 책을 어서 빨리 읽고 싶어 한다. 그들은 항상 그렇다. 나의 공식적 첫 주의 '휴식'은 『20시간 40분20Hrs. 40Min』을 집필하는 데 할애되었다.

그 시기에 나는 편집자, 홍보자, 항공사 운영자, 교육자에 이르기까지 다양한 사람과 이야기를 나누었다. 그들은 관대한 일, 터무니없는 일을 제의하거나 초대를 하곤 했다. 계약하기도 전에 책은 이미 완성된 것이나 마찬가지였다.

확실히 내가 비행을 할 때가 다가왔다.

영국에서 나는 레이디 메리 히스로부터 스포츠용 경비

=
6　『이상한 나라의 앨리스』 원문 중 purpose(목적)를 porpoise(돌고래)라고 말장난한 부분이 있다. 여기서는 독자를 뜻한다.

행기를 사들였다. 그녀는 그 비행기를 타고 케이프타운과 크로이던까지 혼자 비행했었다. 비행기의 본체는 역사적인 비행을 알리는 각종 메달과 기념물들로 덮여 있었다. 그리고 그녀가 내게 비행기를 넘겨주며 다른 기념품을 더 달아 주었는데 거기에는 이렇게 적혀 있었다.

아멜리아 에어하트에게 메리 히스로부터.
항상 스틱을 앞으로 밀며 생각하세요.

즉 정신이 흐트러지거나 주의를 잃는다면 비행기의 코가 아래로 내려와 있는지 확인해야 한다는 뜻이다. 비행기가 지면과 평행하지 않게 살짝 아래로 기울어진 채 비행해야 비행 속도를 안정적으로 유지할 수 있다.

책 집필이 거의 끝나갈 무렵 마지막 장을 정리하던 중 에브로가 도착했고 나는 폴로 필드에서 그 비행기를 탔다. 그리고 마지막 교정본을 준비하며 사랑스러운 항공 항해 지도를 구매하고는 캘리포니아의 국제 비행경주장으로 향했다.

나는 여전히 계획이 없었다. 사회로 돌아가야 할지 아니면 비행과 관련된 일을 찾아봐야 할지 알 수 없었다. -사실 신경도 안 쓰고 있었다. 그 순간 내가 세상에서 가장 하고 싶었던 것, 원했던 일은 바로 하늘에서 방랑하는 것이었다.

6

상공의 방랑자

VAGABONDING

대륙을 건너는 비행은 내게 처음이었고 인생의 막간을 채우는 유쾌한 여정이었다. 나는 이후에 대서양에서 태평양까지 횡단한 다음 다시 돌아왔는데 그 여행이 여성으로서는 첫 단독 비행을 기록했다는 것을 이후에 알게 되었다. 그러나 당시 나는 그저 대부분의 비행이 휴가였다. -비행을 통해 천공을 방랑하며 즐긴 작은 모험으로 집필의 피곤함을 푸는 휴식 시간이었다.

나의 떠돌이 비행의 첫 번째 무대는 피츠버그를 시작으로 데이튼, 테레호트, 세인트루이스, 머스코기, 뉴멕시코에 이르기까지 다양했다. 코스에서 벗어난 이후에 나는 마침내 텍사스의 페코스에 착륙했다.

대부분의 자동차 업계 종사자들은 주차 구역 난으로 인해 불평한다. 그렇지만 비행기를 타다 착륙할 장소가 없는 것이 더 불편할 것이다. 비행기의 모터가 가동하지 않게 된다면 조종사는 반드시 착륙해야만 한다. (매일 드물게 발생한다) 사실 모터 자체는 상공에서 제어될 수 있다. 엔진 작동 없이 미끄러지듯 부드럽게 활공하여 내려갈 수 있지만 착륙할 수 있도록 매끄럽게 열린 장소가 필요하다.

사람이 창조한 것이라면 어떤 것이든 오작동할 가능성이 도사리고 있어서 가끔 불가피하게 착륙하는 수밖에 없다. 오늘날처럼 모터가 아주 잘 작동하더라도 말이다. 조종사에게 '주차 장소'는 필수적이다. 장소가 아주 정교할 필요는 없다. 물론 넓고 잘 정돈된 공항이 격납고 서비스와 완벽한 장비를 제공하면 어떤 조종사든 자연스럽게 유쾌한 기분을 느낄 것이다. 그러나 비행에 많은 예산을 들이지 않는 경우라면 매끄러운 주차 공간만으로도 충분히 감사한 마음으로 사용할 수 있다.

이미 말한 바 있듯, 상공에서 기체를 조절하는 것이 어려울 때는 아래로 착륙시키는 것이 조종사의 현명한 처사이다. 또한 폭풍이 왔을 때 조종사는 폭풍을 뚫고 운항하는 것보다는 착륙시켜서 폭풍이 지나가길 기다리는 것을 선택할 것이다. 모터가 완전히 나간 상태에서는 비행기를 꼼꼼하게 살필수 없어서 우선은 착륙시킬 만한 안전한 땅이 필요하다.

참! 전국에 걸쳐 표지판을 설치하는 사람들이 있다! 구름을 뚫고 내려온 조종사가 본인이 어디에 있는지 정확하게 알수 있다면 분명 감사할 것이다. 항로를 이탈하게 되면 연료 공급을 위해 장소를 아는 것 역시 중요하다. 어두운 하늘을 비행하거나 수리를 위해 착륙을 할 때는 매 분 매 초가 매우 중요하다. 이때 이름이 적힌 표지판은 특히 경험이 부족한 조종사들이 국토를 횡단할 때 생명의 은인이 될 수도 있다.

표지판에는 또 다른 사업적 측면이 존재한다. 조종사들에게 인정받은 도시는 충분히 자랑스러워할 만하다. 하늘을 종종 오가는 수천 명의 사람은 이름이 영구적으로 표시되어 있지 않다면 알 수 없다. 과거 수년 동안 많은 발전을 통해 많은 커뮤니티가 조종사들을 위해 표지판을 달아 놓고 있다. 그들은 하얀색이나 크롬 노란색으로 커다랗게 그들의 진보적인 도시의 이름을 지붕 위에 써서 하늘에 알린다. 가장 가까운 착륙장을 안내하는 화살표 표시도 아주 좋다.

자동차를 운전하고 있는 길에 표지판이 하나도 없다고 가정해 보자! 조종사들은 시속 100마일로 비행하면서 체스판처럼 펼쳐져 있는 거리, 지붕들, 들판, 고속도로, 사방으로 퍼져 있거나 십자형으로 길이 갈라지는 철로를 만난다. 거기다 강이 한두 개쯤 나와 조종사를 혼란스럽게 하기도 한다.

　자유로이 유랑했던 대륙 횡단 중에 나는 적절하게 도시 이름을 표시해 둔 곳을 거의 못 본 것 같다. 조종사를 위한 표지판이 있다고 치더라도 그 표지판은 몹시 더럽거나 얼룩져 있어서 거의 알아볼 수 없었다. 하지만 제약회사의 알약과 연고 관련 광고들은 눈에 띄게 잘 보였다. 많은 지역사회의 상공 회의소는 항공 표지판에 대한 중요성을 모르지만, 특히 의약품 판매업자들은 그렇지 않았다. 그들은 지붕 위에 광고를 그려 넣고는 지붕의 위와 아래를 지나가는 사람이 볼 수 있게 해 두었다.

　기차역이나 다른 건물의 간판을 알아보기 위해 낮게 비행하는 것은 위험하다. 물론 간혹 해야 할 때가 있기는 하지만 말이다. 나는 비행사를 위한 표지판이 필수적으로 설치돼야 하는 법률을 제정해야 한다고 감히 말한다. 메릴랜드에서는 이미 시행되고 있다. 그 마을에는 대략 4,000명 이상의 거주민들이 살고 있다. 상무부는 조종사가 쉽게 알아볼 수 있도록 철로나 간선도로 근처에 이름을 새기는 방법을 제안했다. 커다란 가스 탱크 역시 표식으로 삼기 아주 좋은 장소이다. 우선 조종사가 확실하게 위치 파악만 할 수 있다면 상공에서의 비행이 훨씬 쉬워질 것이다.

　'나침반은 서쪽을 가리킨다. 1시간 넘게 비행 중이다. 현재 시속은 100마일. 적당한 바람을 타고 정확한 항로를 따라간다면 뷰그빌에서 50마일 정도 떨어져 있는 강을 건너게 될 것이다. 강을 넘으면 철로가 있는데 그때 왼쪽에서 보이는 첫 번째 도시는 프룬시티다.'

　조종사가 비행하며 어떤 생각을 하는지 궁금한가? 글쎄 아마 그것은 미지의 영역을 비행하는 것과 비슷하다고 볼 수 있겠다.

　대륙을 횡단하며 어쩌다 보니 길을 잃은 적은 있지만, 안개 때문은 아니었다.

　포트워스의 서쪽을 비행하며 나는 아주 험난한 날씨와 마주했다. 마치 파도가 일렁이는 바다처럼 바람이 이리저리 휘몰아쳤다. 심할 때는 마치 이 작은 비행기가 바다에 띄워진 카누 같았다.

　험난한 날씨 속에서 중력 탱크의 가스를 펌프하려고 노력하는 동안 결국 나는 지도를 잃어버리고 말았다. 지도는 종종 안전핀에 걸려 내 무릎 위에 펼쳐져 있곤 했다. 하지만 텍사스에서 만난 바람으로 격렬하게 흔들리는 동안 느슨해져 있던 핀 탓에 지도는 날아가 버리고 말았다.

　내 위치를 파악하기 위해 착륙 표시를 찾으려고 노력했

지만, 바깥 그 어디에도 표시는 찾을 수 없었다. 어쩔 수 없이 나는 마지막으로 알고 있던 장소를 찾아 서남쪽의 항로를 다시 따라가기로 했다.

어느 정도 북쪽을 향해 비행하다가 분주하게 달리는 차들로 채워진 고속도로를 보았다. 곧 나는 도로 옆으로 방향을 틀었다. 필시 저 많은 차들은 도착지를 향해 가고 있을 것이다. 나도 그들이 향하는 곳으로 가고 싶은 듯한 기분이 들었다. 광활하게 펼쳐진 저 아래의 도시에서 차들이 유일하게 눈에 보이는 생명의 신호였다. 몇 마일이면 하나씩 나타나는 유정탑이나 간간이 보이는 목장을 제외하고 말이다. 뉴멕시코를 향하는 고속도로와 이름 없는 몇 마을을 지나쳤다. 살짝 불안한 마음도 들었다. 도로 속에서 각자의 집을 향해 흩어지는 차들을 바라보았다. 도로를 타고 이동하는 사람들은 쉽게 제 갈길로 흘러 들어가고 있었고 나는 길 잃은 외로운 방랑자였다.

해가 지기 시작했다. 보랏빛 연무가 메마른 시골의 지평선에 피어올랐다. 나는 음식이 필요했고 내 비행기는 연료가 필요했다. 어두워지기 전에 어딘가 도착했으면 좋겠다는 생각이 들었다.

유정 주위로 집들이 옹기종기 모여 있는 그림 같은 마을이 어두워지는 풍경 속을 훑고 내게 헤엄쳐 오는 듯했다. 조심스럽게 낮게 한 바퀴 돌았다. 혹시라도 넓은 평지의 도로가 있는지 땅의 상태는 어떠한지 확인하기 위함이었다. 그 작은 마을의 메인 스트리트는 착륙하기 좋도록 뚜렷하게 보이는 최적의 장소 같았다. 공기가 희박할 정도로 높은 고도에서 아래로 착륙하기 위해서는 꽤 빠른 속도가 필요하다. 어쩌면 내 비행기 아브로 아비앙[1]이 아래로 착륙하면서 속도 조항을 어겼을지도 모르겠다.

곧 마을 사람들은 누가 비행기에 타고 있는지 보기 위해 모였다. 덕분에 나는 내가 어디에 있는지 알아낼 수 있었다. 이 따뜻한 대도시는 6개월의 짧은 역사가 있는 석유 붐 타운이라는 이름의 마을이었다. 사람들은 나를 도와 내 복엽 비행기의 날개 접는 것을 도왔다. 작은 전보기로 전보를 친 이후 나는 부엉이 카페에서 식사했다. 따뜻한 응대를 받으며 언제 먹어도 기분 좋은 일상식인 계란 프라이, 커피, 빵을 먹었고 아주 호사스럽게도 진짜 침대에서 잘 수 있었다!

높은 지대에 있는 멋진 사막의 밤은 기분 좋게 시원했다. 장시간의 비행 덕분에 나는 꽤 태양에 그을렸다. 대부분의 여행 동안 나는 피부가 타는 걸 막을 수 있게 머리에 꼭 맞는 모자를 헬멧 대신 쓰고 있었다. 밀폐된 비행기를 타는 게 아니라면 긴 시간의 비행에서 고글을 착용하는 것도 빼놓을 수 없

---

1 1920년대와 19230년대에 아브로가 설계 및 제작한 영국의 경비행기.

다. 덕분에 내 눈 주위를 동그랗게 피해 그을렸다. 비행일지에는 만약 내가 로스앤젤레스까지 갔다면 뿔 달린 두꺼비를 닮아 있을지도 모른다고 적혀 있었다.

아침에는 이륙을 위해 메인 스트리트에 갔다. 모두가 나를 도와주었다. 불행하게도 준비과정 중 가시 하나가 비행기 타이어에 구멍을 냈다. 다행히 내가 아침 달걀을 즐기며 먹는 동안 타이어는 수리가 끝났다. 다시 비행기에 탑승하며 타이어가 아직도 바람이 빠져 있는것 같다고 말했지만 사람들은 전혀 문제가 없다고 말했다.

다시 한번 남서쪽 아래 이글이글 더위가 피어오르는 갈색 지역이 내 아래로 펼쳐졌다. 바다를 가로지르는 비행이나 미지의 땅과 아무도 존재하지 않는 땅을 비행하는 것은 외로운 일이다. 나는 사람들에게서 100마일 정도 남서쪽으로 비행하다 보면 강을 보게 될 텐데 서쪽으로 더 비행했는지 남쪽으로 더 비행했는지에 따라 오른편에 철로가 있는 강이 나오거나, 고속도로가 옆으로 다니는 철로 본선이 나온다고 들었다.

자동차를 타고 가끔 보이는 시골길을 긴가민가하게 확신 없이 달려본 적이 있는가?

"3~4마일 내려가다가 헌 헛간이 보이면 거기서 그대로 왼쪽으로 꺾어서 개울을 건너세요."

자동차는 적어도 따라갈 길이라도 있다.

지금 비행하는 곳의 서쪽 아래에는 강이 꿈틀거리며 고달프게 국토를 가로질러 흐르고 있다. 그 늦은 아침 비행 중 마침내 친숙한 철로를 찾았을 때 나는 대서양 횡단 비행의 끝에 우정호의 동료들과 다 같이 육지를 보았을 때 느낀 것과 같은 감정을 느꼈다.

페코스에 착륙할 준비를 하면서, 타이어가 완전히 수리되지 않았을 수도 있다는 사실을 생각하며 조심스럽게 비행기를 몰았다. 타이어는 바람이 빠져 있었지만, 다행히 아무 문제도 일으키지 않았다.

페코스는 내게 몹시 친절한 도시였다. 사람들은 고장 난 타이어를 수리해 주었고, 그곳의 로터리 클럽은 나를 오찬식에 초대했다. 그리고 그날 엘패소를 비행하는 동안 오후에 비행기가 처음으로 모터 오작동을 일으켰고 나는 어쩔 수 없이 다시 착륙하는 수밖에 없었다. 나는 메스키트 덤불과 소금 언덕 사이 어딘가에 착륙했다. 그곳이 썩 좋은 곳은 아니었지만 4,000피트 상공에서 내려다보았을 땐 가장 적합한 장소였다.

근처에는 도로가 있었고 차들이 한 번에 몰려들었다. 여성들은 특히 내가 어떻게 생겼는지 궁금해했다. 감히 말하건대 언젠가 여자들이 조종사가 되어도 사람들이 신기해하지 않는 날이 올 것이다!

내가 마침 착륙을 하려는데 지나가던 다른 비행기가 아

주 좋은 매너를 보여 주었다. 그 비행사는 내가 안전하게 착륙한 것을 확인할 때까지 주변을 돌다 갔다. 비행기는 비행을 위해 존재하는 기구이다. 그런 비행기가 차도를 따라 견인되는 것을 보면 가슴이 아프다. 하지만 내 비행기의 등록서인 'G-EBUG'가 페코스로 되돌아오는 것은 나의 운명이었다. 비행기의 바퀴가 지상 도로를 굴러가라고 만들어진 것이 아니었기 때문에 시속 10마일을 유지했고 베어링을 식히기 위해서는 3마일마다 멈춰 섰다. 나의 경비행기가 엘패소로부터 새로운 엔진 부품이 도착하길 기다리며 페코스의 차고에 들어갔을 때는 늦고 어두운 시간이었다.

비공식적으로 낯선 나라를 방문해서 익숙지 않은 곳에 착륙하는 것은 결코 쉬운 여정이 아니다. 그러나 재미있는 사실은 그게 할 만한 가치가 있다는 것이다.

'GBURG'는 영국 인증서 일련번호로 레이디 히스에게서 구매하면서 같이 받은 것이다. 여담으로 미국 인증서 일련번호는 알파벳과 숫자로 이루어져 있다.

비행기들은 흔히 ATC라고 불리는 승인된 인증서를 발급받는다. 보통 대개 C로 시작하는 이 인증서는 비행기가 안전하게 비행할 수 있는 적합성 테스트가 상무부를 거쳤다는 것을 뜻한다. 따라서 미국 상공이면 어디든 비행할 수 있다. NC로 시작하는 인증서를 가진 비행기는 해외 상공을 날아도 된다.

대다수의 비행기는 C면허증을 가지고 있었다. 나의 록히드 비행기의 라이센스 번호는 NC7952였다.

상무부는 또한 특정 테스트를 거치거나 특별하게 만들어진 비행기의 경우 X로 시작하는 인증번호를 발부한다.

조종사가 이미 상무부에서 승인된 비행기를 수리하거나 재설비하는 경우에는 반드시 검사관에게 통보해야만 하며 변경 특성에 따라 제한을 받거나 R을 일련번호에 표기시킨다. 린드버그 대령의 비행기는 NR211였다.

이렇게 일련번호가 등록된 비행기들은 점차 늘어났고, 상무부에는 NC등급을 여러 가지로 나눠 분류했다. 내가 처음으로 여성 비행 속도 기록을 세운 한 비행기는 NC497에 H라는 번호를 부가적으로 받았다. -NC497H

이따금 숫자는 적혀 있지만, 알파벳은 없는 비행기가 보이는데 그 표시는 어떠한 연유로 사용 허가를 받지 못한 것이며 숫자는 단지 식별번호일 뿐이다. (영국에서 처음으로 수입된 나의 G-EBUG와 이 종의 다른 비행기들은 식별번호만 표기되어 있었다) 상무부 소속 비행기의 경우엔 S로 표기가 되어 있으며 NS1, 2, 3과 같은 하위 번호가 표기된다.

7

다음엔 뭘 하지?

WHAT TO DO NEXT?

1928년 가을에 나는 대륙 횡단을 무사히 마치고 다시 일상으로 돌아왔다. 로스앤젤레스에서 나는 국내 비행 경주협회를 방문해 많은 친구와 친목을 다졌는데 비행 학교에 다니던 시절 이후로 보지 못하고 오랜만에 만나는 친구들도 꽤 있었다.

지금 나는 뉴욕으로 다시 돌아왔다. 다음 일이 무엇이든 준비되어 있었다. 대서양 비행 이후 어떤 이유에서였는지는 몰라도 이후 정말 다양한 요청이 들어왔다. 나는 아직도 왜 탐험과는 전혀 다른 분야에서 일 제안이 들어왔는지 이해가 되지 않는다. 광고 회사로부터라든가 다른 기업으로부터 한 번도 해 본 적 없는 친숙하지 않은 일의 제안도 들어왔다. 상업용 비행 업계에 들어갈 기회도 몇 있었다. 마치 인플루언서들이 다양한 직업에 제의를 받는 것처럼 말이다.

린드버그 대령의 비행 이후 미국은 항공 운송 산업의 발전 가능성을 깨달은 듯했다. 사실 상업용 비행이 몇 년간 조용하게 발전해 왔으며 항공사 간의 네트워크도 이미 존재한다는 사실을 모르는 사람들은 항공 산업을 '다가오는 일'이라 말했다.

많은 사람에게 비행 산업의 확장은 그저 항공사 주식에 대한 관심이었다. 실제로 여행을 위해 비행기를 이용할 가능성은 전혀 없었다.

〈코스모폴리탄〉 잡지의 정신적 우상인 레이 롱 씨는 내게 항공 부문의 편집장으로서 그의 직원들과 함께 일해 볼 것을 제안했다. 〈코스모폴리탄〉의 엄청난 판매 부수 속에 내가 좋아하는 주제를 싣고 수많은 청중에게 다가갈 기회가 반가웠다. 롱 씨의 제안을 수락함으로써 나는 항공업계에 영구적으로 내 입지를 다질 수 있다는 것을 깨달았다.

기사를 쓰는 일 외에도 비행과 관련된 다양한 질문의 답을 찾으면서 받은 편지에 답장하는 데 시간을 할애했다. 그때 일하면서 마치 모든 사람이 비행을 배우고 싶어 하는 것처럼 느껴졌다. 엄청난 수의 희망자들이 있었다. 많은 소녀의 질문뿐만 아니라 소년에서 성인 남성 그리고 성인 여성에 이르기까지 정말 많은 편지가 왔다.

심각한 질문, 바보 같은 질문, 가난에 대한 이야기, 열정과 꿈에 대한 질문 등 다양한 이야기가 있었다. 비행기에 30%의 효율성을 더해주는 장치를 발명했다고 하는 발명가도 있었다. 한 부동산 중개인은 비행이 '미래'를 보장해주는 일이기 때문에 비행의 길로 들어오고 싶다고 했다. 한 젊은이는 '내게 비행 학교 이름을 알려 주세요. 단지 사무실에서 일하는 직원이지만 저는 끝내주게 멋진 남자입니다'라고 썼다. 선생님에서 기계공, 노동자들에 이르기까지 끝없는 인파가 나의 책상을 지나가는 것 같았다.

한 청소년이 노란 종이 위에 연필로 휘갈겨 쓴 편지의 내용은 이랬다. '왜 단엽 비행기가 복엽 비행기보다 더 빠른 거죠?' 단지 단어 몇 개로 구성된 짧은 문장으로 답장을 하기엔 너무 어려운 질문이었다.

'에어하트 양에게'로 시작해서는 '남자친구와 말다툼을 했어요. 그래서 비행사가 되고 싶습니다. 제발 방법을 알려 주세요'로 끝나는 편지도 받았다. 비행사가 되려는 개연성 없는 이유에 대해 혼란스러웠음을 고백하는 바이다. 그녀는 내게 답을 듣고 비행에 대한 열망을 흔쾌하게 벗어 버리고 싶었던 것일까? 아니면 그녀는 비행기에서 '모든 것을 끝내 버릴'려고 생각한 것일까? 나로서는 알 수 없는 일이었다. 그래서 나는 어떻게 조종사가 되는지 물어오는 사람들에게 우선 상무부의 신체검사에 합격하는 것이 첫 번째 단계라 대답해 주었다.

나는 한 팬으로부터 영국 해협을 수영하고 아조레스 제도 가까이에서 배를 탄 것을 축하받은 적이 있다. 팬은 나를 거투루드 에더럴[1]이나 러스 엘더[2](지금은 성이 캠프다)로 착각하고 편지를 보낸 것이다. 어쩌면 에더럴이나 엘더와 같이 내 성이 E로 시작하기 때문에 일어난 착각이 아닐까 하고 생각해 본다.

내가 가장 많이 받은 질문은 '린드버그 대령과 친분이 있으신가요?'였다. 아니면 대개 감각과 관련된 질문이었다. 높은 하늘을 날거나 낮을 하늘을 날 때 또는 빠르게 날거나 평범하게 날 때는 어떤 느낌이 드는지 물은 다음에 나를 전혀 놀라게 하지 않는 깜짝 선물이 기다린다. 항상 그 선물은 '저는 비행하는 것에 매우 관심이 많습니다. 항상 비행기를 타고 싶었

=

1 거트루드 제이콥스 에더럴 Gertrude ederle: 1947년 영불해협횡단 최고 기록자이다.

2 러스 엘더 Ruth Elder: 항공 개척자이자 배우. 1927년에 대서양 횡단을 시도했지만 기계적인 문제로 인해 횡단에는 실패했다.

지만, 기회가 없었어요. 푸른 하늘을 항해하는 것은 분명 멋진 일일 거예요'라는 문장 다음에 짜잔 하고 등장한다. '혹시 제게 사인을 보내 주실 수 있으신가요?'

'저희 어머니는 내가 비행하는 걸 반대하세요'의 고민 사항이 든 형식의 편지도 많이 받는다.

내가 편집장으로 일하기 시작한 처음 몇 달간 나는 예비 비행사들의 부모님에게 바치는 '하지 마시오'로 끝나는 일련의 리스트를 만들었다. 리스트는 다음과 같다. -당신의 부모님께도 한번 사용해 보겠는가?

아이가 직접 경험을 통해 비행을 접할 때까지는 비행금지령을 내리지 마세요.

정부의 승인을 받지 않은 비행기에는 아이가 탑승할 수 없도록 해 주세요.

아이가 스스로 비행하는 법을 배우기 원한다면 제공하는 장비와 강사 조건이 철저히 안내된 최고의 학교에서 교육받게 해 주세요.

아이가 비행기를 소유하길 원한다면 돈을 아끼지 마세요. (소탐대실을 주의하세요) 비극적 사고를 초래하게 될지도 모르는 가장 싼 비행기를 구매하지 말고 적절한 모터와 믿음직스러운 비행기를 구매할 경제적 여유가 될 때까지 기다리세요.

아이가 훈련에서 서두르지 않도록 지도해 주세요.

아이가 정밀하게 신체검사를 받기 전까지는 비행에 대해 심각하게 고민할 필요가 없습니다.

강사에게 아이를 어떻게 교육해야 할지 설명하지 마세요.

하늘을 비행하는 것을 배우는 우리 꿈나무 아이들에게 전폭적인 믿음을 가지고 지지해 주세요. 아이들이 부모님의 걱정 때문에 걱정하는 일이 없게 해 줍시다.

가장 중요한 사항은 '불법적인' 비행을 막는 것이다. 부모님의 반대로 몰래 비행하는 일을 막는 것이다. 확신하건대 아이가 비행장을 얼마나 자주 방문할지 부모님은 잘 모른다. 비행 활동을 관찰하는 사람이라면 누구나 비행장 근처에 어린 아이와 젊은 남녀가 있는 것을 알고 있다. 그들은 주변 울타리에서 줄을 서고 수리장과 격납고에 침입하거나 기회가 되면 대합실에 몰래 들어온다. 그들은 비행기와 비행 작동에 대한 모든 것을 알고 싶어 한다. 무엇보다도 아이들 대다수가 비행하고 싶어 한다. 아이들은 탑승이 가능하다면 노년의 비행사가 조종하는 낡은 비행기에 무임승차할지도 모른다. 만약 부모님이 불합리한 이유로 비행하지 말아야 한다고 엄포를 놓게 된다면 아이들은 용돈을 저금해서 안전을 보장할 수 없는 가장 저렴한 비행기에 탑승하려고 할지도 모른다.

자동차나 배와 마찬가지로 비행기 역시 안전한 비행과 그렇지 않은 비행이 공존한다. 부모님들은 아이가 첫 비행을 하게 되면 최소한 한 명은 동참해야 한다. 자격 있는 조종사와 인증받은 비행기인지 확인해야 하며 이는 아이를 키우는 부모의 의무이다. 우리 세대는 어떻게든 비행을 경험하게 될 것이다!

아이의 비행을 미룬다고 해서 아이의 갈망을 해소할 수는 없다. 몇 어머니는 내게 이렇게 말했다.

"우리 아이가 16살이 되면 그때 비행을 허락하겠어요."

(18살이었던가. 정확히 몇 살이 되면 비행을 허락하겠다고 했는지 정확하게 기억은 안 나지만 딸들이 그 나이에 도달하더라도 비행을 허락할지는 알 수 없다)

"왜 지금 비행하면 안 되나요?"

나는 전혀 타당하지 않은 그 말에 재미있고 흥미롭다는 듯 의문을 제기해 본다. 가끔 나는 여러분의 딸들이 이미 몰래 비행했을 거라는 것을 알고 있기 때문에, 설명하더라도 그다지 도움 되지 않으리라 생각된다.

말할 필요도 없이 나도 부모님이 조사도 하지 않고 내 비행을 막으신 적이 있는데 나는 그때 부모님의 부족한 협조를 유감스럽게 생각했다. 요즘도 대학에서 항공에 관심을 가지고 꿈을 뒤쫓으려는 아이들을 막는 부모님들이 계실 것이다. 어쩌면 우리 아이가 가장 뛰어난 적성을 가진 분야일 수도 있다.

그런 아이들이 부모 욕심에 다른 분야로 억지로 끌려가는 것은 안타까운 일이다.

나는 앞서 부모님들께 강하게 말씀드렸다. 어쩌면 나는 다른 성인 수업에서도 이 문제를 중요하게 다루어야 할 것 같다. 그리고 미래의 꿈나무들을 가꾸는 교육자들 역시 최소한 한 번쯤은 비행하도록 의무화시켰으면 좋겠다는 생각이 강하게 든다.

잡지사에서 일하면서 대학생들에게도 편지를 받았다. 그들의 질문은 비행을 금지하는 학장으로부터 어떻게 하면 허가를 받을 수 있을지 방법을 묻는 것이었다. 비행이 선택의 자유였던 여느 학교들과는 달리 비행을 절대적으로 금지하는 학교도 있었다. 캠퍼스와 본가를 비행해서 오가는 일은 퇴학의 사유가 될 수도 있었다. 물론 학장의 입장에서는 할 말이 많은 문제이기도 했다. 한 대학가에서 비행 사고가 일어났는데 내가 기억하기로는 아마 부주의로 인한 것이었다. 결국 그 이후 느슨했던 규율이 불합리할 정도로 강화되었다. 모든 비행이 금지된 것이다.

내가 생각하기에 다른 곳들과 마찬가지로 대학에서 해야 할 중간 과정은 비행을 감독할 수 있는 시스템을 만들어야 한다는 것이다. 몰래 비행하는 학생이 생기면 비행이 오용되거나 나쁜 취급을 받을 수 있다. 안전을 위해 금지했던 것이 결국 악용될 수 있다. 자동차가 그렇게 사용될 수 있는 것처럼 말이다.

내가 오늘날 받은 편지들은 젊은이들이 비행을 점차 당연한 일로 받아들이고 있다는 것이다. 새로운 세대가 유입되면 될수록 비행기의 존재는 자동차만큼이나 익숙해질 것이다. 그들이 비행에 대해 말할 때면 적어도 스스로 무슨 말을 하고 있는지 정확히 알고 있을 것이다.

나는 한번 뉴멕시코의 작은 마을에 착륙해서 하룻밤을 보낸 적이 있다. 그곳에는 착륙장이나 비행기를 위한 시설이 아예 없었다. 나는 몇 년간이나 그곳에 그런 시설이 없었다는 것을 머지않아 깨달았다. 내 비행기의 바퀴가 곧 멈추자 어느 남자아이 하나가 자전거를 타고 내가 있는 곳에 왔다. 그의 시선은 내 작은 비행기 에이비앙을 향해 있었다.

"이 비행기는 슬롯[3]이 없는 건가요?"

아이가 입을 열었다. 아이는 아마 책으로만 비행기를 접했을 것이다. 그러나 아이는 내 비행기를 슬롯이 장착된 비행기라고 인식했을 뿐만 아니라 기계가 어떻게 생겼는지 알고 있었다.

항공 어휘들은 이제 일상 속에 스며들 것이다. 현대에는

=

3   비행기의 주 날개의 앞부분에 장착된 움직일 수 있는 작은 날개.

'에일러론' 'RPM' '슬립' '스톨' '데드스틱' 등과 같은 기술 용어들이 사용되고 있다. 오늘 만들어진 낯선 단어들도 내일이면 모두 충분히 익숙해질 것이다. 반대로 현재 사람들이 지상에서 사용하는 단어들은 미래에는 아무도 모를 단어가 될 수도 있다.

8

비행이란

AVIATION AS IT IS

대서양 횡단 비행을 통해 나는 글을 쓸
수 있었고 여러 곳으로 자유로이 비행할
수 있었다. 그러나 내가 얻은 특권은 그
뿐만이 아니다. 다양한 비즈니스에서도
나를 필요로 했다. 여기서 비즈니스란
상업 비행을 뜻한다.

비행 산업이 새로이 부상하는 신흥 사업으로 뜨고 있을 때 나는 그 현장에 발을 들였다. 최초의 대형 여객 노선이 시작되었으나 운영자도 여행을 즐기는 대중들도 그것이 무엇을 의미하는지 잘 모르는 듯 했다. 항공사는 어떻게든 티켓을 팔아야 했고, 운영자들은 대중이 원하는 것은 호화로운 서비스라는 생각에 집중했다. 따라서 그 시대의 광고를 살펴보면 비행기에서 누릴 수 있는 다양한 편의 시설에 대한 설명이 실려 있는 것을 볼 수 있다.

'객실 내부의 디자인과 부품들은 부드럽고도 편안한 안정감을 가지고 있는 데다가 현대의 미술을 바탕으로 세련되게 만들어졌습니다.'

대부분의 실내 장식은 비행기 행선지에 맞는 색감과 함께 자연스러운 조화를 이루도록 설계되어 있다. 각 승객의 좌석 위에는 벽걸이 램프가 설치되어 있고 어두운 날이면 객실 천장의 간접 조명이 내부를 환하게 비출 수 있었다.

내 생각에 이러한 홍보 정책에는 좋은 이유가 꽤 있었다고 생각한다. 우선 첫째로 사람들에게 비행기를 타는 것이 다른 교통수단으로 여행을 하는 것과 마찬가지로 크게 다르지 않다는 것을 어필한다. 비행기가 친숙한 교통수단으로 다가감으로써 소심한 사람들도 쉽게 탑승할 수 있도록 이끌었다는 것이다.

'탑승객들은 커다란 비행기를 타며 음식도 제공받아요.

그리고 기차와 마찬가지로 짐을 둘 수 있는 선반도 있답니다. 비행기 타는 게 그리 나쁘진 않네요.'

나는 사람들의 사고방식이 이런 식으로 이루어지길 바랐다. 둘째로 공항에서 보이는 것만큼 하늘을 비행하며 여행하는 것이 그리 불쾌한 일은 아니라는 것을 강조하는 것이 타당하게 보였다. 그리고 마지막으로 그 당시에 부과한 꽤 높은 요금이 장래 고객들의 눈에 정당한 가격으로 느껴져야 했다. 자동찻값을 더 낼수록 자동차는 더욱더 고급스러워 보인다!

나의 다음 여정은 바로 트랜스콘티넨털 항공사T.A.T의 교통 부서에서 주관하는 비행에 첫 승객 중 하나로 참여하는 것이었다. 내 역할은 여성 승객을 겨냥하여 비행기를 타고 가는 여행이 멋진 일이라는 것을 어필하고 고객을 꼼꼼하게 살피며 홍보하는 것이었다. 어쩌면 정당하게 또는 부당하게 들릴 수도 있는데 여성에게 비행기 티켓을 파는 것은 몹시 어려운 일이었다. 부인은 제 발로 비행기에 탑승하지 않을 거라고 한 남자가 말했다. 심지어 부인은 자신의 가족이나 남편 모두 비행기를 타는 것을 말릴 것이라 했다. 아들로 보이는 남자가 말했다.

"아버지는 비행기에 탑승하지 않을 거예요. 어머니가 허락하시지 않을 테니까요."

업무 덕에 상당히 많은 상업용 비행기를 탔다. 또 내 비행기를 타고 여러 국가를 오가며 많은 연설을 했다. 가끔 어머니가 동행하시기도 했다. 그 때문에 어머니에게 비행은 너무 흔한 일이 되어 버렸고 오랜 시간 비행을 하게 되는 날이면 잠을 자지 않기 위해 함께 탐정 소설을 이야기했다.

비행의 빠른 발전과 함께 여행객들은 비행기를 기차나 버스와 마찬가지로 필수적 교통수단으로 받아들이기 시작했다. 하지만 가면 갈수록 비행기의 운항 간격을 늘리고 높은 가격을 조금 낮추는 것이 적절해 보였다. 사실 비행기는 적은 운항 간격 때문에 지상의 교통수단보다 시간 절약에 도움이 되지 못하기도 했다. 뉴욕에서 클리블랜드에 가길 원하는 승객이 하루에 한 번 있는 9시 클리블랜드 편 비행기를 찾았다고 치자. 하지만 정오까지 일정이 있다면 그는 아마 저녁 기차를 타거나 다음 날 아침 비행기를 타고 클리블랜드로 갈 것이다. 하지만 운영자들은 소수의 고객을 위해 더 많은 운항 간격을 늘리는 것은 무리라고 생각할 것이다. 따라서 하루에 몇 편 이상의 비행을 제공하기 위해서는 승객 수를 늘려야 하고 따라서 비행기 요금을 줄이는 것은 너무나도 당연한 일이다.

몇 운영자들이 장거리 운항에 대해 몰두하는 동안, 다른 선구적 운영자들은 빠른 속도로 더 빨리 갈 수 있는 경로를 연구하고 있었다. 트랜스콘티넨털 항공사에서 나는 직원이었던 진 비달과 폴 콜린스를 알게 되었다. 콜린스는 사업체의 관리자였다. 그는 유명한 항공 우편 비행사였는데 내가 기억하기로 8,000시간의 비행 경력을 보유하고 있었다. 그는 훌륭한 조종사의 입장으로 비행기와 다른 조종사들의 입장을 이해하고 있었다.

비달은 이전에 군 비행사였으며 동시에 기술자였는데 T.A.T의 기술 요원으로도 근무했었다. 그의 관심사와 경험은 주로 승객 수송과 운영 비용의 문제 분석에 집중되어 있었다. 미국의 육군 사관학교에서 그는 전미 미식축구 팀원으로 선발되었으며 여전히 그곳에서 뛰면서 기록까지 세웠다. 심지어 그는 올림픽팀의 일원이기도 했고 야구와 농구에도 재능이 있었다.

콜린스는 다양한 비행 경력에 따른 많은 이야기를 해 주었다. 어떤 이유에서였는지 모르겠지만 그의 별명은 '개'였다. 나는 그에게 혹시 낙하산을 써서 착륙한 경험은 없는지 그에게 물었다.

"네 그때 저 완전 애벌레 같았다니까요."

그가 인정했다.

"어쩌다 그런 일이 일어났죠?"

내가 물었다.

"글쎄요."

그가 대답했다.

"1년 전에 뉴욕과 클리블랜드 사이에서 야간 비행을 하고 있을 때 심한 폭풍우에 갇혔죠."

그리고 그는 이후에 어떤 일이 있었는지 설명해 나갔다. 뒤따르는 난기류로 비행기 날개 한쪽이 나가떨어졌다. 처음에 그는 어떤 일이 일어났는지 알지 못했다. 그는 조종석 밖을 볼 수 없었다. 그는 나중에 그것을 깨닫고는 뛰어내려야만 한다고 느꼈다. 그는 물을 퍼내고 낙하산 장치가 열릴 때까지 짧게 기다렸다. 낙하산 장치가 열리자 조종이 불가능한 비행기에서 그는 곧바로 뛰어내렸다.

처음에 수천 피트 상공에서 그의 몸이 무사하다는 것을 깨닫자 강한 안도가 맹렬히 휩쓸었다고 한다. 그가 점프했을 때 펜실베이니아주의 산림이 우거진 지역 위에 있었다. 어둠 속의 공중에서 자리를 잡고 내려가는데 순간 그가 지금 향하고 있는 땅이 어딘지가 번뜩 떠올랐다. 그가 안도했던 몇 분간이 걱정으로 번져가고 있었다.

"정말 걱정되더군요."

그가 털어놓았다.

"정말 그러셨을 것 같아요."

내가 동감해 주었다.

"당신은 아마 집이나 나무숲 또는 호수 근처로 향하고 있었을지도 몰라요. 아래를 볼 수 없었다면 별로 재미는 크게 없었을 것 같은데요."

157

"글쎄요. 그런 건 크게 신경 쓰지 않았습니다."

그가 말했다.

"하지만 말입니다. 내가 착륙했을 때 곰을 만나면 어쩌나 하고 걱정했습니다. 저보다 아주 열성적인 사냥꾼들이 제게 말해 준 적 있는데 그 구역에 꽤 많은 곰이 삽니다."

다행히 그가 착륙했을 때는 다친 곳 하나 없이 말끔했고 곰과도 만나지 않았다. 그는 그래도 그 지역에 뛰어내리는 일은 두 번 다신 하고 싶지 않다고 말했다.

비달과 콜린스는 T.A.T사를 떠났고 새로운 항공사 설립에 흥미를 느끼고 있었다. 뉴욕과 워싱턴 사이의 사업체를 설립하는데 수도인 필라델피아(당시 미국의 수도)를 고려 중이었다. 그 정도의 거리로 매시간 총 열 편의 운항을 시도하는 것은 이번이 처음이었다. 200마일의 구간은 이미 지상 교통 편에서 활발하게 운행되고 있다는 것을 고려했을 때 참 대담한 발상이었다.

"사람들이 기차나 버스를 타면서 이 정도의 서비스를 받는다면 아마 비행기를 타진 않을 거야."

준비하는 동안 이런 경고를 여러 번 들었다. 그러나 그들이 설립한 회사는 비용과 행정에 대한 세부적 사항을 실시 이전에 모두 해결했으며 원래 계획했던 것만큼 모든 비용의 추정치가 똑같이 일치했다!

나는 프로젝트에 참여해 달라는 요청을 받았고 기쁜 마

음으로 함께하기로 했다. 그때 비달과 콜린스는 회사의 부회장으로 있었다. 나는 상업 항공 개척의 모든 세부 상황이 서류상으로 시작해서 실제로 이루어지는 것을 보고 재미를 느꼈다.

아무것도 없던 상태에서 비달과 콜린스는 그들이 바랐던 조직을 창립했고 나중에는 직접 관리도 했다. 그 결과 그들은 비행 산업의 새로운 장을 열었다. 샌프란시스코만의 비행 편을 제외하고 그들의 비행 시스템은 세상에서 처음으로 운행 간격을 파격적으로 늘린 것이었다. 부가 서비스는 딱히 없었다. 그들의 목적은 3개의 중요 거점 사이를 일정한 간격으로 승객을 빠르고 저렴하게 운송하는 것이었다.

노선은 정말 성공적이었고 우편 계약의 형태로 정부의 도움 없이 승객을 탑승시키는 것이 가능하다고 믿지 않았던 많은 항공 전문가들의 감탄을 자아냈다. 서비스 시작 후 첫해 66,279명의 승객의 선택을 받았고 1,523,400마일을 비행했다. 하루 총계는 런던에서 파리까지 비행하는 다양한 노선들의 합계를 초과한다. 그 거리는 고작 뉴욕에서 워싱턴의 거리와 같다. 나는 대부분의 미국인이 자국 내 항공이 영국을 비롯한 다른 나라를 얼마나 능가했는지 깨닫지 못하는 것 같다. 심지어 국제선이 더 오랜 기간 서비스를 해왔음에도 불구하고 말이다.

미국은 24시간 내내 우편뿐만 아니라 많은 승객을 나르는데 유럽 전체를 합친 승객보다 많다. 심지어 서비스도 매우 좋다. 그렇지 않더라도 비행기는 대체로 훨씬 빠른 편이고 많은 운항에도 프랑스, 독일, 영국만큼의 안정성을 가지고 있다. 심지어 가격도 기차 특실 칸보다 약간 더 비쌀 뿐이다. 24시간마다 적어도 150,000마일의 비행 스케줄이 잡혀 있는 것을 알고 있을까? 이 수치는 개인 비행기 조종사와 육군 해군 기동대가 비행하는 수천 마일의 비행을 포함하고 있지 않은 수치이다. 하지만 항공 사업은 이제 막 첫발을 내디뎠을 뿐이다.

T.A.T에서와 마찬가지로 내 역할은 뉴욕, 필라델피아, 워싱턴 편의 승객을 주시하는 것이었다. 그들을 승객으로 받고, 문제가 생기면 승객을 진정시켰다. 답해야 할 편지도 끝이 없고 다양한 종류의 청중을 위한 수많은 연설도 준비해야 했다. 내가 주로 연설하는 것은 여러 관점에서 보는 비행에 관한 것이었다. 이렇게 소리 높여 비행기를 광고하던 때, 나는 이전에 말했던 남성들과 동시에 여대생, 여성 모임, 전문가 모임 사람들을 만났다.

평소 나는 연설에서 청중에게 비행해 본 적이 있다면 손을 들어 보라 요청한다. 수도권에서는 비행해 본 여성들은 주로 전문가 모임 사람들이다. 게다가 별로 비행기를 타고 싶지 않았던 사람들도 막상 탈 기회가 주어졌을 때는 모두 해 보고 싶어 했다. 이 진보적인 영혼의 예시를 들어 보겠다. 나는 필라델피아 광고학 여성 클럽 회원 4명(내 개인 비행기가 수용할 수 있는 최대 인원이다)을 국제 대회가 열리는 워싱턴까지 비행기로 데려다 주었다. 그 회원들은 비행기로 가는 것을 선호했는데 그 시기가 과거의 인식과 몹시 대조됨을 느꼈다. 불과 1, 2년 전에 티켓 판매자들이 여성 소비자에 대해 가졌던 인식을 생각하면 말이다.

다시 항공사 이야기로 돌아가 보자. 승객들의 편의와 서비스 사항에 대한 사소한 불만 신고가 들어왔다. 서비스에 만족한 고객들이 흡족하게 이용했노라 직접 이야기하는 경우는 없다. 불만 있는 사람만이 펜을 쥐고 쓰고 쓰고 또 쓰는 것이다.

비행기 안의 온도는 너무 높거나 너무 낮았다. 일정하지 못한 온도는 회사 측의 잘못이다. 주기적으로 수하물 문제도 불거졌다. 기차를 이용하는 승객은 가방과 짐을 얼마든지 가지고 있어도 괜찮다. 무게가 그다지 중요한 사항이 아니기 때문이다. 그러나 비행기에서는 짐이 30파운드 이상이거나 중간 정도 크기의 짐 하나 이상을 싣게 되면 초과 요금을 부과한다. 설령 비행기가 사람들로 가득 차더라도 상무부의 제한을 초과해서는 안 된다. (지상의 고속도로에서 과적 트럭을 제재하는 것과 같은 이치다)

어느 날 한 남자가 짐 13개를 들고 나타났는데, 괜히 숫자 13 때문에 찝찝했던 기억이 있다. 결국 숫자 때문이었을까 우리뿐만 아니라 결국 그에게도 불운한 일이 생겼다.

"이 짐에 대한 초과 요금으로 한 사람분의 푯값을 더 내셔야 합니다."

운행관리원이 무게를 재고는 말했다.

"뭐?"

승객이 언성을 높였다.

"지금 한 사람분의 차비를 더 내라고 한 겁니까? 대체 무슨 이유로? 내가 기차를 탔으면 이 짐 전부 그냥 가지고 타도 추가 요금은 무슨. 거기선 아무 말도 안 해요."

"죄송합니다."

운행관리원이 대답했다.

"죄송하지만 그래도 추가 요금을 지불하셔야 합니다. 비행기는 아무래도 무게가 매우 중요한 요소라서요."

"난 돈을 낼 마음이 조금도 없어요. 그냥 지불한 좌석 값을 다시 환불해 주세요. 기차는 비행기처럼 이렇게 터무니없는 규칙 따위는 없네요."

"만약 특등 객차에 그 트렁크를 가지고 타려고 한다면 저기 다른 사람에게 물어보세요!"

몰린 사람들 가운데 누군가 목소리를 냈다.

짐짝 13개 씨는 환불받고 싶어 했지만, 비행기가 출발 직전이었기 때문에 안타깝게도 그럴 수 없었다. 결국, 말할 필요도 없이 그가 불평한 터무니없는 규칙에 대한 불만 신고가 접수되었다.

비행 중에 우리는 속달 우편에서 특이한 꾸러미에 이르기까지 다양한 종류의 물건을 옮겼다. 나는 뉴욕에서 워싱턴으로 가는 비행기에서 카나리아 한 마리를 돌봤다. 그 새는 우리의 승객으로 그 어떤 동물들보다 비행 중 겁을 먹고 떨었다.

우리가 승객으로 모신 동물 중에는 조랑말도 있었다. 어떤 이유에서였는지 주인은 조랑말을 필라델피아에서 수도로 데려오는 것이 급한 일이었나 보다. 그의 주인은 조랑말을 위해 2개의 좌석을 샀다. (조랑말은 너무 커서 통로에 살짝 튀어나와 있었다) 그리고 조랑말은 편안하고 무사히 비행했다. 그는 정말 비행기를 타고 왔다는 사실을 증명하기 위해 비행기에서 내리게 되면 조랑말에게 고글을 씌우고 사진을 찍어 달라는 부탁을 했다.

비행기에 탑승하는 대다수 동물은 작은 강아지들이었다. 사실 반려동물을 태우는 것은 허용되지 않는 일이었다. 하지만 비행이 끝날 무렵에 작은 강아지들은 여성 승객들의 코트와 모피 속을 은신처 삼아 있다가 쏙 하고 모습을 드러냈는데 그게 얼마나 놀라웠는지 모른다.

승객이 반려동물과 함께 가겠다고 솔직하게 말하면 간혹 눈감아 주는 일도 있었다. 어느 날 한 여자가 전화를 걸어서는 워싱턴에서 뉴욕까지 가는 비행기에 강아지와 함께 탑승하고 싶다고 요청했다.

"부탁드려요, 제발요. 정말 조그만 강아지예요."

그녀가 덧붙여 말했다.

"정말 제가 아끼는 아기라서요."

우리 모두 익히 꽤 나이 먹은 아이와 함께 기차나 버스를 탈 때 요금의 반만 내려고 하는 부모들이 있는 것을 알고 있었다. 항공사도 예외는 아니었는데, 강아지의 크기를 속인 것은 정말 처음 있는 놀라운 일이었다.

전화로 연락했던 그 여자가 도착했을 때, 구경꾼들은 그 개를 보고 거의 어린 암소 같다고 말했다. 공항에서 직원들은 자신들이 배신당했다고 느꼈다.

"부인, 강아지를 꼭 무릎에 올려 두셔야 합니다."

누군가 차갑게 그녀를 보며 말했다.

"안 그러면 탑승할 수 없습니다."

실망스러운 표정을 지으며 그 승객은 비행기에 탑승했고 강아지 아래에 깔려 비행했다. 내 생각에 그 강아지는 그 여자 승객보다 더 즐겁게 여행을 즐겼던 것 같다.

물론 직원들도 그들 몫의 실수를 하기도 한다. 어느 날은 뉴욕 5번가의 꽃집에서 비행을 통한 꽃 배달이 완벽 그 자체임을 증명하길 바라며 제비꽃이 한 다발 들어 있는 아름다운 상자를 워싱턴의 고객에게 보냈다. 하지만 우리 직원의 실수로 그 귀중한 상자는 불행하게도 난방기 위에 보관됐고 도착했을 때 그 내용물은 마치 은색 리본으로 장식한 시금치처럼 보이게 되었다.

어떤 아이스크림도 그와 비슷한 운명을 겪었다. 속달을 의뢰한 한 뉴욕의 제조업자는 필라델피아의 오찬에 쓰일 디저트를 공급했다. 9시경 뉴어크 공항에서 포장된 상자를 싣고 비행기는 예정대로 출발했다. 그러나 불행히도 직원 중 누군가 그 상자를 필라델피아에 내려놓아야 한다는 것을 깜박했다. 아이스크림 상자는 룰루랄라 즐겁게 워싱턴으로 그대로 직행해 버렸다. 상자의 소재에 대한 문의가 빗발치고 있을 때 그 상자들은 워싱턴에 억류되어 있었다. 약간의 지연 이후 상자들은 다시 필라델피아로 돌아갔다. 나는 아이스크림이 어떤 비행을 했는지 모르지만 결국 녹아서 목적지에 도착했다는 것을 들었다. 오찬이 있었던 장소에 오후 6시 30분쯤 아이스크림이 액체가 된 채 나타났다고 한다. 정말이지 얼마나 빨리 도착했던지 항공사의 탁월한 효율성에 혀를 내두를 지경이다.

가장 일반적으로 하는 어리석은 실수는 같은 좌석을 두 사람에게 파는 것이다. 물론 처음엔 실수로 종종 벌어지곤 하던 사태였지만 나중에는 일부러 오버부킹하는 일이 일어났다. 11명의 승객이 열 좌석만 남아 있는 비행기로 걸어 들어오는 경우는 정말 난감하다.

다른 모든 항로와 마찬가지로 뉴욕, 필라델피아, 워싱턴 항로도 역시 날씨의 손아귀에 있었다. 내가 앞서 설명했듯 어느 특정 기상 아래에 비행기 이륙은 불가능하다. 비행기가 어쩔 수 없이 지상에 있어야 할 때면 운항 계획은 취소되고 승객은 마지못해 발길을 돌려 기차를 타러 간다.

하지만 날씨로 인한 영향은 조금씩 줄어들고 있다. 계기 비행 기술을 발전시키기 위한 실험이 지속해서 이루어지고 있다. 또한 기상 보고 및 예보 시스템도 나날이 좋아지고 있다.

예를 들자면 미국 기상청은 매시간 명시된 간격으로 다양한 항공사가 있는 곳으로 날씨 상황을 보고한다. 어떤 공항에서든 이 서비스를 텔레타이프로 받아 볼 수 있다.

날씨는 매시간 방송되기도 한다. 따라서 어떤 조종사든 적절한 무전 장비만 갖추고 있다면 그가 비행하는 항로의 기상 상태를 정확히 알 수 있다. 그가 듣는 방송을 땅에서도 들을 수 있다. 텔레타이프와 달리 구두로 방송되기 때문에 관련된 사람들이 쉽게 들을 수 있도록 소리를 크게 높여 스피커를 통해 송출할 수도 있다.

상무부에 의해 관리되는 큰 항공사는 추가 서비스가 제공된다. 조종사가 비행 중에 제어국에서 다른 조종사들과 함께 지속해서 연락하는 동안 특별 사항은 항로에 인접한 주요 위치에서 관찰하는 직원들에게 간격을 두고 수신된다.

9

킴벌 박사님

"DOC" KIMBALL

하우스 파티를 주관하는 모든 여성이 그에게 의지했고, 프로 권투 시합 기획자부터 구세군 야유회 주최자에 이르기까지 모두 그에게 조언을 구했다. 옥수수와 밀을 키우는 농부들에게 있어서 그는 중요한 일기 예보관이었다. 정확한 정보를 가지고 있는 이 특별한 천재 가이드는 많은 조종사가 의지하는 사람이었다. 그가 하는 말 하나하나는 비행기의 모터만큼이나 중요했다.

그는 모든 비행기의 안내자이자 기상학자였고 모든 조종사의 친구였다. 그는 이 나라에서 있었던 큼직한 비행에서 조력자 역할을 했다. -직접 비행하지 않았지만 말이다. 그는 '가도 좋다' 하고 등을 떠밀어 주었다. '오늘은 날씨가 어때요?', '킴벌 박사님께서는 뭐라고 말씀하시나요?' 이건 우리가 트레파시에서 13일간 묵으며 대서양 횡단에 뛰어들 준비를 하는 동안 수도 없이 했던 질문이다.

나중에 뉴욕에 돌아왔을 때, 우리가 매우 의지했던 그 '일기 예보관'을 찾았다. 그는 마치 중세시대 사람처럼 부스스한 회색 머리에 폭넓은 눈썹을 가지고 있었다. 그는 다정한 눈매에 웃음은 사려 깊었으며 부드러운 미국 남부지방의 매력적인 목소리가 돋보였다. 처음 만났을 때 그가 알고 싶어 한 것은 우리가 어떤 기상 상태에서 비행했는지에 관한 것이었다.

"시간이 있을 때 말해 주면 정말 고맙겠네. 지금 상황에서 빠져나오면 말이야."

그가 몰려든 사람들을 가리키며 말했다.

"자네들이 비행하며 어떤 일을 겪었는지 말이지. 결국 우리는 대양 위의 기상에 대해 알아낸 게 거의 없고 우리의 예측대로 완벽하게 날씨가 바뀌지는 않았지."

어느 날 나는 킴벌 박사님을 방문했다. 그는 뉴욕시 하부의 화이트홀 빌딩 꼭대기에 위치한 기상국에 계셨다. 내가 그를 방문한 오전에 박사님은 책상 앞에 서 계셨다. 간간이 주기적으로 들어오는 전보로 대화가 종종 끊겼다. 그 메시지들은 매니토바주, 캔자스주, 쿠바 등에서 왔는데 신비로운 형태로 특정 지점의 기압, 풍향, 풍속, 가시성 및 온도, 비, 눈, 안개, 햇빛에 대한 정보가 포함되어 있었다.

박사님 앞에 놓인 책상 위에는 미국과 대서양의 백지도가 놓여 있었다. 정보가 들어오자 킴벌 박사님은 연필로 소용돌이를 그리셨다. 마지막으로 지역에 따른 상세한 기압, 작은 웅덩이와 넓은 회오리로 이루어진 등압선을 그려 윤곽을 잡으셨다. 종이는 전달된 정보로 서서히 채워져 갔다. 다른 지도에는 온도를 나타내는 선들이 어지럽게 그려져 있었다.

킴벌 박사님과 나는 흥미로운 날씨 이동으로 인한 현상에 관한 이야기를 나누었다. 기상 예측을 위해서는 기본적으로 움직임을 계산할 수 있어야 한다. 좋은 날씨와 나쁜 날씨는 오랜 시간 동안 그 날씨를 유지하는 법이 없었다. 미국에서는 보편적으로 서쪽에서 동쪽으로 바람이 이동한다. 마치 지구의 반구와 대서양 위가 서풍이 우세하게 부는 것처럼 말이다. 이는 지구 공전으로 인한 현상이라고 한다.

킴벌 박사님은 태풍이 적도 북쪽에 있을 때는 시계 반대 방향으로 회전한다고 설명해 주셨다.

"큰 강 유역에서 물이 빠질 때 시계 반대 방향으로 소용돌이가 생기는 것을 본 적이 있나?"

박사님이 계속 말씀하셨다.

"우리는 정오쯤이면 기상 지도를 완성한다네. 이 자료들은 미국 내 150개 지역에서 들어오지. 캐나다, 버뮤다, 북극, 그린란드를 포함해 30개나 더 되는 자료들도 빼놓을 수 없다네. 또 여름이 되면 정기적으로 그랜드 뱅크 얼음 순찰대로부터 보고를 받아. 그리고 매일 아침이면 영국, 동부 대서양, 유럽을 아우르는 데이터가 도착하지."

서로 멀리 떨어져 있는 정보들이 가득한 자료를 종합하고 내용을 소화하는 데 4시간가량 걸렸다. 날씨 지도가 만들어지면 드디어 기상국에서 예측한 날씨를 발표할 준비가 된다. '오늘 날씨는 쾌적하고 더 따뜻합니다.' 신문에서 당신이 접하는 일기 예보는 어느 몇 낙관론자의 지레짐작이 아니다. 날씨 예보에는 100명 이상의 노동이 녹아 있으며 수천 달러의 비용이 든다.

마못[1]과 '자연이 주는 신호'에 의지하는 아마추어 기상 예언자는 정확한 정보 싸움에서 밀린다. 오늘날의 경제는 그들에 의한 지레짐작에 좌우될 수 없다. 쾌적한 날씨에 대한 정보가 필요한 기나긴 비행과 중요한 벤처 사업은 그보다 더 나

1   다람쥣과 설치 동물.

171

은 토대에서 기상 정보를 얻어야 한다.

고등어가 하늘을 날면 3일간은 맑을 것이다

"몇 개의 배가 해양 날씨를 보고하죠?"
내가 물었다.
"우리가 필요한 만큼 충분하지는 않네."
킴벌 박사가 한숨을 내쉬었다.
"우리가 원하는 모든 서비스를 받을 수 있도록 돈을 지불하지 않았지만, 그래도 예전보다는 훨씬 더 좋아진 축에 들지."

북대서양 상공에서 부는 폭풍은 우리가 알고 있는 내륙의 폭풍보다 훨씬 더 넓은 반경에서 강력한 위력으로 분다. 뉴펀들랜드에서 영국 제도까지 확장되기도 한다. 이렇게나 크게 말이다. 심지어 폭풍의 높이는 짐작도 할 수 없다.

"허리케인 철 동안 서인도제도의 100척 이상의 배들이 데이터를 보냈어. 만약 북쪽에 있던 선박이 주기적으로 데이터를 보내 준다면 기상도는 해양까지 아우를 수 있어 상당히 효율적일 텐데 말이야. 그러면 대서양 비행은 물론 무역도 더 수월해질 걸세. 이런 정보는 미국 땅과 유럽 땅에서 해안가의 날씨를 예측하는 데 아주 큰 도움이 된다네."

킴벌 박사는 대다수의 사람과 마찬가지로 정기 대서양 횡단 비행 서비스가 머지않아 필연적으로 시행될 것이라 믿었다. 오늘날 비행에서 해결하지 못한 장벽은 기상 정보 부족에 있다. 비행기가 쉽게 고장이 나서 폭풍을 피할 수밖에 없다는 말이 아니라 기상학적 기회를 이용하여 발생할 수 있는 위험은 최대한 피하고 취할 수 있는 이점은 이용할 수 있는 것에 의의가 있는 것이다.

항해 중인 배는 폭풍우가 몰아치더라도 항로를 개척해야만 한다. 비행기는 조건이 유리한 고도에서 비행함으로써 폭풍이나 역풍을 피할 수 있다. 예를 들어서 비행기가 충분히 높은 고도를 날고 있다는 가정하에 비행하고 있는 지역의 위도에서 서풍을 맞을 것이다. 구름 아래의 바람이 어느 방향으로 불어도 말이다.

버드 사령관의 『하늘로 향하여Skyward』라는 책에서 그가 말했다.

"나는 아메리카호[2]가 대서양을 가로지르는 모든 폭풍우를 정복할 수 있다고 생각한다. 미래에 대양 위에서 비행하며 마주하게 될 문제는 연료를 고갈시킬 수 있는 허리케인을 만나는 것뿐이다."

2　대서양을 횡단한 포커 단엽 비행기.

그는 오늘날 비행기는 대부분 크고 무게가 몇 톤이나 된다고 말한다. 그러나 미래의 비행기는 어떤 크기, 무게, 동력을 가지고 있을지 누구도 예측할 수 없다고 했다.

대부분 경험이 많은 조종사는 그에게 동의할 것이다. 버드 대령이 대서양을 횡단하고 나서 연설했던 것을 기억해 보자. 그가 비행하기 전에 기상국에서는 가능한 최고의 정보를 주었다. 그가 목표 지점을 향해 비행할 때 연료를 아끼기 위해서는 비행기를 밀어 줄 서풍이 필요했기 때문이다. 그에게 날씨 예측 데이터가 있긴 했지만, 나중에 챔벌린의 위대한 독일행 비행과 우리 우정호가 겪었던 것과 비슷하게 예상치 못한 기후 변화를 겪었다.

기상 전문가들이 조종사에게 대서양의 기상도를 건네줄 때가 다가온다. 자료에는 12시간 이후 기압의 높낮이가 정확하게 그려진다. 수계지리학 사무소에서는 상공의 월별 차트를 발표했고 귀퉁이에는 공지를 띄워 두었다.

대서양 횡단 권장 루트: 차트에 표시된 루트는 최북단 경로이다. 표기된 거리, 온도, 전반적 날씨 정보는 가장 최신의 대서양 횡단 비행의 분석을 거쳤으며 가장 최근의 항공술에 기반했다. 이는 아조레스 제도부터 영국의 플리머스까지 이어지는 가장 권장되는 경로이다.

킴벌 박사님이 계신 뉴욕의 사무실은 날씨와 관련된 문의가 빗발쳤는데 비행과 관련된 문의는 상대적으로 적었다.

'강을 건너 석탄을 좀 얻으러 가야 하는데, 부두에 얼음이 계속 쌓이네요. 수송품을 받으려면 바람이 바뀌어야 하는데 그게 언제가 될지 알려 주시겠어요?'

'미국에는 이번 연도에 눈이 올 예정인가요? 스키를 타고 싶다고 매번 캐나다로 갈 수도 없는 노릇입니다.'

'오늘 오후에 비가 올지 좀 알려 주세요. 장화를 신어야 할지 알고 싶어요.'

하루에도 1,500번씩 비슷한 질문의 전화가 걸려 온다. 그중에는 웃긴 질문도 있지만, 간혹 비극 같은 이야기도 있다. 비행을 위한 날씨 관련 문의가 상대적으로 적게 들어오긴 했지만 그래도 꽤 있는 편이라 볼 수 있었다. 그러나 기상국이 항공사에 설치되면서 대부분의 긴급 뉴스 같은 질문은 공항 사무실에 직접 물어보게 되었다.

킴벌 박사님은 대서양 횡단을 몹시 진지하게 받아들이신다. 대서양을 향한 몇 번의 비행이 준비되는 동안 박사님은 밤을 새우면서까지 최선을 다해 들어오는 정보를 도표화해서 조종사와 그의 부서에 보낸다. 아마 박사님은 우리가 13일간 트레파시에서 우정호를 타고 횡단 여정을 준비하고 있을 때도 거의 주무시지 않았을 것으로 생각된다.

조지 홀드먼과 러스 엘더가 횡단을 시작했을 때 박사님
은 그들에게 아조레스 해협 가까이에서 태풍을 만날 것이라고
말해 주었다. 그들은 태풍이 올 때까지 기다리지 않고 그곳을
통과하는 모험을 했다. 그들이 중서부에 도착했을 때 폭풍우
는 대륙을 가로질러 동쪽으로 이동하고 있다고 보고됐다. 따
라서 뉴욕에서의 비행은 불가능할 것이라고 경고했다. 가솔린
의 무게는 꽤 나갔고 비행기의 바퀴는 비에 젖은 활주로에서
꼼짝도 하지 않을 것이다.

하지만 뉴욕 공항에는 비가 오더라도 미끄러지지 않는
3,000피트의 활주로가 있기 때문에 문제는 없었다.

킴벌 박사님은 힌치클리프가 대서양을 동서쪽으로 비행
하려다 사망한 것도 날씨 때문이라고 믿었다. 그는 북동풍을
타고 대서양으로 나아갔지만, 이후에 기압이 떨어진 대서양 중
부와 맞닥뜨리며 혹한의 추위로 인해 비행기에 얼음이 얼었고
그 얼음 때문에 무게가 더 가중되었을 것이다.

킴벌 박사님은 내게 버드 제독이 프랑스로 가면서 무슨
일이 있었는지도 알려 주셨다. 뉴펀들랜드의 동쪽 끝 지점의
기압계는 화창한 날씨의 기압을 기록했다. 하지만 증기선 항
로 위를 항해하는 기선의 기압계는 시간당 점차 떨어지는 수치
를 기록했다. 그 말인즉슨 버드 제독의 진로에 폭풍이 일 수 있
다는 말이었다.

간밤 중 케이프 레이스에서 조금 떨어진 곳에서, 그 중 기선으로부터 기압계 수치가 해안 기압계보다 훨씬 낮다는 마지막 메시지가 왔다. 뉴욕의 사무실에서 예상 수치를 연구하던 기상학자는 배의 기압계가 부정확하다는 것을 알아챘다. -실제로 여정의 첫 번째 구간에서 폭풍은 없었다.

"버드 제독의 비행 시작은 내가 본 것 가운데 가장 극적이었다네."

킴벌 박사님이 내게 계속 말씀하셨다.

"내가 그에게 그다음 날 비관적인 예측을 말했을 때 그는 이미 잠을 자러 간 후였지. 그는 루스벨트 필드로부터 그리 멀지 않은 롱아일랜드에서 친구와 함께 지내는 중이었다네. 우리가 자정에 기압 측정 오류를 찾아냈고 전체 지도는 변경되었어. 나는 버드 제독에게 바로 전화를 걸었고 그가 필요로 하던 바람이 불어올 것 같다고 희망적인 추측을 전해 주었지. 이후 나는 날씨 지도를 내가 만들 수 있는 한 빠르게 만들어서 차를 몰고 그가 있는 쪽으로 향했어. 대략 2시쯤 도착하고 상황을 점검했지."

"'이제 가죠.' 버드 제독이 말했어. 아메리카호 선원들은 루스벨트 필드에서 제독과 합류했지. 비행기는 출발을 위해 만들어 둔 경사의 꼭대기에 준비되어 있었고 말이야. 새벽녘 빛이 낮게 깔린 구름 사이로 새어 나오자 비가 내리기 시작했어. '이 비가 심각한가요?' 하고 버드가 내게 물었어. 나는 데이터상으로는 최악의 경우라고 해 봐야 그저 가볍게 내리는 소나기가 끝일 거라고 충고해 주었어. 그렇게 그는 떠났지. 자네도 알다시피 무겁게 짐을 실은 아메리카호는 활주로 끝에 닿기전에 이륙했다네. 그게 버드 제독의 위대한 비행, 위대한 여정의 시작일세. 정말 상상만으로도 매력적인 비행이지."

박사님은 전적으로 날씨에 중점을 맞춰 기억하셨다. 나는 버드 제독이 여정의 시작에 발을 내디딜 수 있도록 해 준 박사님이 제독이 안전하게 프랑스에 도착하기 전까지 잠들지 않았으리라 확신한다.

버드 제독이 얼마나 박사님에게 고마워했는지 모른다. 킴벌 박사님은 대서양 횡단보다 훨씬 어려운 비행에 참여한 사람들에게 명예의 손님으로 초대받았다. 비행 참여자 모두가 올 수 있었던 것은 아니지만 그날 참석한 사람은 챔벌린, 발첸, 버드, 린드버그, 옌시, 아솔랑(참석을 위해 프랑스에서 왔다), 코트니이다. 러스 엘더와 나는 무리에 참여한 여성 조종사였다.

겨울에는 많은 배가 날씨 문제로 지연되는데 철도도 마찬가지로 주기적으로 눈사태와 눈 난리로 발이 묶인다. 시골길은 진흙과 눈으로 인해 운전 계획을 뒤엎는다. 모든 도시 시민들은 빠르고 심하게 몰아치는 눈보라로 인해 교통이 혼잡할 것을 안다. 또 날씨 문제다!

그렇다. 날씨는 결혼식, 연중 다양한 행사, 작물 재배에서 운송까지 많은 영향을 미친다.

기상국은 1854년 '크림반도 폭풍'을 계기로 만들어졌다. 폭풍은 흑해를 휩쓸었고 발라크라바의 많은 배를 침몰시켰다. 한 배는 세바스토폴에 혹독한 겨울 동안 상주하는 군인들을 위한 필수용품과 음식을 싣고 있었다. 이 재난 속에서 프랑스 전함 헨리 4세호도 침몰당했다. 파리의 국립 기상관측소의 책임자이자 기상학자였던 레버리어는 유럽의 서쪽과 동쪽을 가로지르던 태풍의 진로를 추측했다. 이 연구로 프랑스 정부에 의해 기상 보고 시스템이 처음으로 도입되었다. 그 궁극적인 시스템의 발전으로 전 세계에서 폭풍 경보와 기상 예측이 가능해졌다.

그 이후로도 응용 기상학은 꾸준하게 발전해 왔다. -응용 기상학을 연구하는 사람들에게 비행에서의 기후 변화는 해결해야 할 새로운 문제이다. 명백하게 이루어지고 있는 기상학의 발전 속에서 나는 여성도 기상학자가 되는 것에 흥미를 느낄 수 있다고 생각했다. 기상학 그 자체의 매력을 느끼면서 비행과도 익숙해질 기회가 있으니 여성도 충분히 원할 것이다. 하지만 내가 아는 바로는 과학적인 것에 참여할 준비를 하는 여성은 정말 극소수에 불과했다.

"여성이 날씨학자가 될 수 없는 이유가 있을까요?"

얼마 전에 대형 기상청장에게 질문했다.

"글쎄요, 없는 것 같은데요. 다만 나쁜 날씨에 가끔 사다리를 타고 데이터를 수집하고 관찰하는 것만 빼면 말이죠."

그가 대답했다.

내가 공무원 시험에 대해 몰랐다면, 기상학에 몸담는 여성들이 작업복을 착용하는 것이 필수 조건이라는 인상을 받았을지도 모른다. 하지만 남녀 모두에게 동등한 합격 기회가 제공되는지 알기 위해 시험에 대해 다시 물었다.

"네 그렇습니다. 남성 여성 모두 지원할 수 있습니다. 동점자가 나온다면 저희 부서장님의 권한으로 둘 중 한 명을 채용하죠."

"기상국에서 일하는 여성이 있나요?"

그에게 다른 질문을 했다.

"조금 있어요. 대부분 워싱턴 D.C.에 있죠. 대개 속기술사나 사무직이 많아요. 간접적인 관찰자라고 할 수 있죠. 물론 1군에는 훨씬 더 많습니다."

기상청에서 일하는 여성들이 대부분 워싱턴에 있었지만 나는 정기 항공로에 배치된 한 여성 관측자를 알고 있었다. 그녀는 항공로 바로 옆에 사는 여성이었다.

허드슨 수로가 있는 피크스킬에는 세인트 마리 사립학교가 있다. 그 지역에서 안개는 빠르게 깔렸고 오래 남았다.

뉴욕 앨버니 조종사들은 중요한 장소의 날씨를 알 수 있었는데 학교의 마리 앤서니 수녀님이 특정한 시간에 완전한 기상 보고 서를 보낸 덕분이었다.

10

다시 실험하다

EXPERIMENTING AGAIN

항공사가 조직되고 수월하게 경영된 이
후 내게 색다른 비행을 경험할 기회와
동시에 비행을 실험할 기회가 왔다.

나는 자연스럽게 당시 가장 최신 기술이었던 오토자이로 비행기에 이끌렸다.

추측하건대 근래 있었던 오토자이로 항공 발전만큼 기술자와 비전문가 사이에서 이렇게까지 큰 관심을 불러일으킨 적이 없을 것이다. 이와 관련된 수많은 이야기들이 신문과 잡지에 실렸다. 사실은 이것에 관련하여 너무 많이 다루어졌기 때문에 어떻게 그리고 어디에서부터 새롭게 다루어야 할지 모르겠다. 하지만 아주 처음부터 시작해 본다면 세간에 많이 알려진 이야기 이외에 시선을 끌 만한 새로운 정보를 찾을 수 있을지도 모른다.

어쩌면 이것에 대한 대중들의 유별난 관심은 경험이 많지 않은 비행사도 안전하게 조종할 수 있기 때문이거나 혹은 오토자이로의 외관 디자인이 매우 기묘하기 때문에 어디에 등장하든 대중으로서는 큰 관심을 가질 수 밖에 없을 것이다.

흥미롭게도 오토자이로에 대한 역사는 책으로부터 시작된다. 하나의 비행기 모델이 만들어지기 전에는 두꺼운 책으로 먼저 모델에 대해 쓰인다. 『자동회전 이론The Theory of Autorotation』이라는 제목의 책에서 젊은 스페인 수학자는 지금까지 존재하지 않았던 패들형 날개 비행기의 특징과 특성에 대해서 말한다.

저자의 이름은 정확히 후안 데 라 시에르바Juan de la

Cierva이다. 그는 사려 깊었으며 모험심이 강하고 창조적인 사람이었다. 또한 비행기와 비행에 변치 않은 사랑과 흥미를 느끼고 있었다. 그는 한 비행 사고를 목격한 이후로 오토자이로 비행기를 발명하고자 열망했다. 그는 착륙하면서 서로 충돌할 뻔한 두 비행기를 보았다. 물론 아무도 다치지는 않았지만, 그 이후 비행기의 위험 요소를 제거하겠노라 마음먹었다. 그가 생각하기에 빠른 속도로 이루어지는 착륙은 아무래도 꽤 큰 위험 요소로 다가왔다. 하지만 비행기가 착륙하기 위해서는 고속열차만큼 빠른 속도가 필요했다. 그에게는 이와 같은 착륙이 비행기의 미래 발전을 막는 심각한 장벽요소로 보였다. 그는 침착하게 다른 사람이 하지 못한 일을 하기 시작했다. -상공에서는 빠른 속도로 비행하고 착륙할 때는 저속으로 제어가 가능한 장치를 생각해 보자.

　　나는 그가 그 이론을 어떻게 발전시켜 나갔는지, 그리고 실행에 옮기는 데 얼마나 많은 시간이 걸렸는지 모른다. 다만 그가 조용히 일을 끝냈을 때 발명에 관한 소식이 들려왔을 뿐이다. 그는 난해한 계산으로 가득한 종이를 모아서 기술자 친구에게 건네주고는 '이것 좀 만들어 주게나' 하고 말했다.

　　우리 세뇨르 시에르바가 다른 사람들에게 전반적인 제작 문제를 그냥 넘겨 맡겼다는 걸 말하는 것이 아니다. 알다시피 그는 12년간 오토자이로를 고군분투하며 만들었고 세부적인 사항들을 적극적으로 연구하고 있다. 나는 그가 앞으로도 그의 이론에 부합하는 완벽한 비행기가 발명될 때까지 계속해서 적극적으로 참여하고 연구할 것이라 기대한다.

오토자이로는 아직은 실험용 비행기이다. 다른 상업용 비행기와 견줄 수 있으려면 운항 속도를 지금보다 시속 80마일 정도 더 늘려야 하고 지금보다 더 적은 마력으로도 더 많은 짐을 운반할 수 있어야 한다. 또한 2시간 이상 사용할 수 있는 연료를 운반할 수도 있어야 한다. 자동차를 소유하듯 비행기를 개인적으로 소유하고 싶어 하는 구매자들에게 매력적으로 다가가기 위해서는 유지비용과 가격을 낮춰야 한다.

하지만 이러한 단점들은 오토자이로가 성장함에 따라 극복되리라 믿어 의심하지 않는다. 그리고 이미 발명자가 원했던 거의 모든 점이 실현되기도 했다. 오토자이로는 기존에 바퀴로 활주해서 착륙하는 다른 비행기와 달리 땅에 사뿐히 내려앉는 새와 같았다. 내가 모신 한 승객은 내리면서 이와 같은 특징을 아주 적절하게 묘사했다.

"음. 비행기가 마치 독수리처럼 착지하는 것 같군요." 여기서 '독수리'처럼 착지한다는 말은 평범한 비행기가 활주하기 위해 길게 뻗은 길이 필요한 것과 다르게 작은 공간에서 가능하다는 말이다. 오토자이로는 착륙뿐만 아니라 이륙에서도 그리 많은 공간이 필요하지 않다. 다만 일반적인 직선 날개형 비행기보다 더 가파르게 올라갈 뿐이다.

적은 공간에서 그림 같은 착륙 시범은 작년에 짐 레이 씨가 백악관 서쪽 잔디밭에서 시연하며 공개되었다. 그가 참여한 행사는 미국 제조사가 콜리어 트로피[1]를 받는 자리였다. 이상하게도 그것은 대부분의 사람이 알고 있는 것보다 더 역사적인 사건이었다. 사실 20년 전에도 그 자리에 정확히 다른 비행기가 착륙한 적이 있는데 내가 알기론 그때는 언론에 나오지도 않았다. 그때는 해리 앤 엣우드가 시속 30마일로 비행했을 때로 그는 버지스 라이트 복엽 비행기를 타고 1911년 7월 14일에 백악관 땅에 착륙했다. 그는 태프트 대통령으로부터 워싱턴 에어로 클럽 메달을 받았다.

대형 공항을 사용할 수 없을 때는 스포츠맨 조종사 비행기인 자이로 비행기를 사용하는 것이 좋다. 평탄한 목초지나 충분한 크기의 뒷마당이면 이착륙을 용이하게 할 수 있다. 또한 비행기 터미널과 멀리 떨어진 도시 지역을 방문할 경우에도 수송기로 사용할 수 있다. 승객들은 아마 택시 자이로를 기다릴 것이다. 그리고 어떤 교통수단보다 목적지에 가까운 곳에 격납이 가능하다. 일단은 도심지의 빌딩 옥상에 착륙하는 것에 대해 논의 중이다. 어쨌거나 격납할 만한 충분한 장소를 찾

---

1 항공우주 분야에서 한 해간 최고의 업적을 남긴 조직에 수여하는 권위 있는 상.

지 않아도 된다는 것은 아주 흥미로운 이점이다. 대부분 대도시에서는 충분히 찾을 수 있을 것이다. 다만 진짜 어려운 문제는 착륙을 어렵게 하는 빌딩과 빌딩 사이의 협곡 속에서 불어오는 회오리바람이다.

　　나는 오토자이로와 동시에 일반적인 비행기에 대한 이야기를 다루어 보았다. 오토자이로가 날개 모양이 다르다고 해서 비행기가 아니라는 인상을 받지 않길 바란다. 모두가 알다시피 우리 시에르바 씨의 발명품은 4개의 블레이드를 가지고 있으며 조종사의 머리 위에서 뱅글뱅글 돈다. 비행하기 충분하게 날개가 회전하면 (분당 백 회전하거나 또는 그보다 더 빠를 수 있다) 날개는 둥근 원을 만든다. 그래서 비행기의 날개처럼 직사각형 표면으로 들어 올리는 대신 오토자이로의 날개는 마치 커다란 파이 접시 모양의 날개를 가지고 기체를 들어 올린다. 로터 블레이드[2] 아래에 끝이 뒤집힌 작은 날개는 비행기의 무게를 감당할 만큼 충분한 도움을 주지 않는다. 그 작은 날개는 에일러론을 안정적으로 잡아주기 위해 존재한다. 오토자이로와 같이 회전하는 날개를 지닌 비행기들은 아마 이 설명만큼 그리 간단하지 않을 것이다. 하지만 이러한 방식을 이해하면 보이는 것보다는 덜 이상하게 느껴질 것이다.

2　회전 날개식 비행기의 날개.

189

내가 처음으로 오토자이로를 탔던 경험에 대해 말해 보겠다. 아주 맑고 화창한 날씨에 나는 필라델피아 근처에서 오토자이로를 타고 이륙했다.

짐 레이(시범 조종 담당자였고 오토자이로 회사 중 하나의 부사장이었다)는 나를 데리고 15분에서 20분 정도 필드를 돌았다. 그는 몇 차례의 착륙을 시도한 끝에 자이로를 멈췄다.

"자 이제 당신이 해 봐요."

그가 밖으로 나오면서 말했다.

"제게 이중 훈련법으로 가르쳐 주실 예정이 아니었나요?"

내가 당황해서 멍하니 물었다.

"저는 고작 몇 분 동안 오토자이로를 타 본 것뿐이에요. 그것도 아시다시피 승객으로서요!"

"괜찮을 거예요."

그가 마음 편히 웃어 보였다.

"당신은 잘 해낼 거예요. 그냥 내가 가르친 것들을 기억하면서 해 봐요."

나는 그가 내게 가르쳤던 것들을 전부! 최대한! 기억하려고 노력했다. 나는 그리 애쓰지 않아도 이착륙을 손쉽게 할 수 있다는 것을 깨달았다.

내 머리 위로 회전하는 로터 블레이드와 낯선 기계들을 보았는데 마치 11년 전 처음으로 단독 비행을 했을 때와 비슷한 기분이 들었다. 레이는 오토자이로 옆에 서서 낙하산을 풀며 말했다.

"저기서 기다리고 있을게요."

그가 착륙장의 작은 언덕을 가리키며 말했다.

나는 머릿속으로 '선생님이 말씀하신 대로만 하자'를 되뇌며 지금 이 상황에서 어떻게 해야 할지 생각했다. 다시 나는 초보자가 된 것이다. 모든 것들이 낯설게 느껴지는.

짐 레이는 그 어떤 조종사보다 많은 시간을 오토자이로를 타고 비행했다. 그는 발명가를 제외하고 그 누구보다 비행기의 특성에 대해 잘 알고 있었다. 그는 비행기에 대한 자부심이 남달랐다!

오토자이로 비행에 성공했을 때 나는 내가 운행했는지 아니면 그것이 나를 운행했는지 긴가민가했다. 정신을 차려 보니 어느새 나무 꼭대기가 보였고 시골길 위를 보고 있었다. 심지어 내가 이륙했다는 것을 깨닫기도 전에 말이다.

만약 일반적인 비행기와 작동법이 같다면 오토자이로를 다루는 데 그리 오랜 시간이 걸리지 않을 것이다. 나는 첫 번째 이륙으로 알게 된 점이 있다. 오토자이로를 조종이 완전히 숙달되기 위해 배워야 할 많은 요령이 있다는 것을 말이다. 전문가들은 겉보기에는 쉬워 보이지만 초보자들은 결코 따라 할 수 없는 곡예비행도 쉽사리 할 것이다. 어떤 일에도 연습과 기술은 필요한 법이라는 것은 모두가 잘 아는 상식이다.

이후로도 나는 오토자이로를 타고 종종 시간을 보냈다. 어느 날은 내게 오토자이로를 타고 고도를 비행할 기회가 주어졌다. 그때는 오토자이로가 얼마나 높이 날 수 있는지 아무도 정확히 모르고 있었다. 나는 하늘로 올라가서는 더 높이 올라갈 수 없을 때까지 비행해 보는 것이 어떻겠냐는 제안을 받았다. 비행기가 얼마나 높이 올라갈지에 대한 것은 스피드만큼이나 중요한 데이터이다. 자동차, 모터보트, 비행기 등의 제조업자들은 모두 그러한 데이터를 이론적으로 계산해 보는 동시에 실제 시연으로 증명했다.

시연 자체는 아주 간단하게 들릴지 모르겠지만 이런 공식적인 테스트에서는 예상하는 것보다 더 많은 준비를 요구한다. 기압기록계를 설치하기 위해서 워싱턴의 미국 항공협회의 대표가 무조건 참가해야 한다. 기압기록계는 비행기의 회전 드럼에 기록된 소비 시간과 고도를 보여준다. 이 장치는 무조건 밀봉된 상태에서 조종석 안의 고무 충격 코드에 조심스레 걸어져야 한다. 비행이 끝나면 미국 표준국에 의해 매겨진 눈금이 기록되고 실제로 도달한 높이가 결정되는 것이다.

이 공식테스트에서 나는 기압기록계 말고도 산소통 하나를 더 들고 갔다. 16,000피트 이상의 고도에서 조종사가 오래 머물거나 더 높이 올라가야 할 경우에는 산소통을 들고 가는 것이 좋다. 나중에 나는 18,415피트에 도달했는데 내 폐는 다행히 산소통의 도움이 필요하지 않은 것 같았다. 아마 그 고도에서 내부 온도는 대략 화씨 0도가량 되었을 것이다. 하지만 나는 두꺼운 비행복과 부츠, 벙어리장갑을 착용한 덕에 그리 추위에 떨지 않고 편안하게 비행했다.

맑고 화창한 날에는 높이 비행할수록 더 넓은 세상을 볼 수 있었다. 올라갈수록 지상은 줄어들고 도시와 마을 사이의 거리는 고작 깡촌의 노면 전차 한 정거장 차이의 거리로 보였다. 어쩌면 미래에는 지역으로 이동하는 일반적인 투어 외에 고공 투어도 생길지도 모른다.

주 의회 의사당 관광 (25개 도시 구경 가능)
10,000피트 높이 25센트

주 의회 의사당 관광 (100개 도시 구경 가능)
20,000피트 높이 50센트

내가 비행하면서 그랬던 것처럼 승객들도 그 경치를 즐겼으면 좋겠다.

오토자이로를 타고 비행한 지 얼마 지나지 않아 나는 도시를 가로지르기 시작했다. 나는 비치넛패킹 회사에서 나온

광고판을 비행기에 매단 채 비행했는데 그야말로 광고용 비행
이라 할 수 있었다. 지금까지 오토자이로는 다양한 제품을 광
고하며 실용적으로 사용되어 왔다. 석탄에서 가솔린까지 다양
한 물건들이 비행기의 광고를 통해 팔렸다. 비행기에 광고하
는 것은 사람들이 지나다니는 길에 광고를 설치하는 것만큼 큰
효과가 있었다.

　　나는 오토자이로가 과연 모든 날씨에서 긴 여정을 견딜
수 있는지 궁금해서 그 여행길에 올랐다. 나는 비행 중 오토자
이로가 무엇이 가능한지 또 앞으로 어떤 미래의 가능성이 있을
지 알고 싶었다.

　　나는 어떤 오토자이로도 이전에 비행해 본 적 없는 북쪽
우편 항로의 해안가를 따라갔다. 그렇게 나는 캘리포니아의
오클랜드에 착륙했는데 서쪽으로 두 번째로 멀리 간 오토자이
로였다. 이후 다시 로스앤젤레스로 향하는 여정을 계속했지만
안타깝게도 성공하지 못했다. 이번 비행은 텍사스에서 좌절되
고 말았다. 그곳에서 내 충실한 비행기가 상당히 손상되는 사
고를 당했기 때문이었다.

　　다행히도 나는 이틀 뒤에 중서부의 한 도시에 도착해서
할 공연이 있었다. 나는 오토자이로에 박차를 가해 무리하게
몰아붙여 비행했다. 필라델피아에서 다른 조종사가 나를 위해
오토자이로를 몰고 왔고 덕분에 나는 제시간에 예정된 공연을

할 수 있었다. 나는 그가 몰고 온 오토자이로를 타고 동쪽으로 향해서 갔고, 그 조종사는 만신창이가 된 내 오토자이로를 상자에 담아 수리를 위해 공장으로 보냈다.

어떤 종류의 사고라도 항상 일어나지 않았으면 좋으리라 생각하지만 때때로 어떤 사고는 오히려 일어나서 내게 유익한 영향을 주었던 것 같다. 이번 오토자이로 사고가 그에 해당했다. 나는 이 새로운 비행기와 함께한 귀중한 시행착오 속에서 많은 것을 배울 수 있었다.

비행기 사고에 대해 말한 김에 생각난 것이 있다. 보통 여성이 저지르는 모든 종류의 크고 작은 사고는 대중의 관심을 받는데 이는 여성에게 상당히 불리하게 작용한다. 여성이 무언가를 성취했을 때 대중들은 여성에게 많은 관심을 가진다. 하지만 여성이 저지른 사고가 났을 때도 신문의 헤드라인을 차지한다. 이런 주목과 관심이 결국에는 여성이 일자리를 가질 기회에 직접적인 영향을 미치게 되는 것이다. 내가 아는 한 제조업체는 여성 조종사를 고용하는 위험을 감수할 수 없다고 말했다. 그 아무리 사소한 사고라도 매스컴을 피해갈 수 없기 때문이었다.

"남자는 비행기 사고를 당해도 그런 일은 사람들 입에 오르내리지 않습니다."

그가 계속해서 설명했다.

"하지만 여자가 실수로 발가락이라도 찧으면 상황은 달라집니다. 나는 우리 제품이 뒤집어져서 사고가 났다느니 불시착했다느니 그런 게 매스컴을 타면서 알려지는 건 원하지 않습니다. 그러니 혹시라도 오해하지 않았으면 좋겠군요."

그가 서둘러서 덧붙였다.

"절대로 여자가 남자보다 사고를 더 많이 낸다는 말이 아닙니다."

이것이 바로 인식에 대한 전말이다.

여성과 사고에 대해 말할 게 한 가지 더 있다. 앞으로 분명 여성으로 인한 사고가 증가할 텐데, 여러분은 그 사실을 알아야 한다는 것이다. 조종사 수 대비 사고 비율이 늘어난다는 말이 아니다. 즉 항공에 진출하는 여성이 많아질수록 사고 건수도 함께 증가할 것으로 예상된다는 말이다.

여성 조종사와 남성 조종사의 사고율이 어떠한지 또 앞으로는 어떻게 될지 잘 모른다. 여성들은 비행 기회가 부족하기 때문에 상대적으로 사고를 많이 낼 수밖에 없다. 따라서 여성들이 더 많은 비행 기회를 가져야 한다고 사람들이 이야기하는 데에는 이유가 있는 것이다. 바로 몇 년 전에는 비행업계가 지금 같지 않았다. 지금의 베테랑 조종사들이 비행하는 법을 배웠을 때 그들이 비행할 수 있는 비행기는 거의 손에 꼽았다. 게다가 당시 비행기들은 모두 느린 데다가 마력이 제한된 모터를 가지고 있었다. 이후 비행기가 개량되고 속도가 빨라지면서 지금의 조종사들도 함께 발전해 나갔다. 하나씩 하나씩 다른 종류의 비행을 배워가면서 말이다.

지금까지 상당한 변화가 있었다. 지금은 누구든 돈만 있다면 원하는 훌륭한 경주용 비행기를 사서 비행할 수 있다. 비행 경험을 쌓기 위한 오랜 기간의 절차는 사라지고 지금은 양식적인 기본 절차만이 안전장치로 남았다. 남성들보다 충분한 비행 경험과 비행 가치에 대한 밑바탕이 없는 상태인 여성들은 사실 해낼 수 있는 것보다 더 많은 것을 성취하기 위해 무리하기 쉽다. (이는 항공 이외의 분야에도 적용되는 말이다)

자동차 운전을 예시로 들어 보겠다. 도로에 차가 많을수록 사고 확률이 높아진다. 그러나 반드시 비례하는 것은 아니다. 여성 운전자가 증가할수록 여성이 일으키는 사고는 높아질 수 있다. 하지만 이 역시 반드시 비례하는 것은 아니니 참고하시길.

내가 좀 더 말하고 싶은 게 하나 더 있다. 여성 조종사에게 일어나는 치명적인 사망사고는 사실 남자 조종사의 사망사고보다 더 큰 참사는 아니다. 여성 비행사들이 자신의 목숨에 대해서 특별한 감성적 가치를 부여한다는 사회적 인식에는 절대 동의할 수 없다. 단언컨대 여성들은 어떠한 불행이든 간에 남성들만큼이나 조용히 견뎌낼 수 있다.

오토자이로에 대해 마지막으로 덧붙이겠다. 나는 다른 종류의 오토자이로가 만들어질 수 있는지 궁금했다. 결론은 가능하다. 거대한 운송수단부터 한 사람이 탈 수 있는 빠르고 작은 기종까지 말이다. 모두에게 좋은 이야기지 않은가.

오토자이로가 일반적으로 보급된다면 호버링[3]으로 특별한 작업에 활용할 수 있을 것이다. 오토자이로는 특히 항공 사진을 찍을 때 유용하게 사용될 수 있다. 그 외에도 특별한 용도는 셀 수 없을 정도로 많다. 사실 오토자이로는 앞으로 새롭게 발전할 가능성이 매우 크기 때문에 할 수만 있다면 200년 후의 지구로 가서 오토자이로의 미래를 확인해 보고 싶다.

---

3   특정한 조건에서 공중을 맴돌 수 있는 놀라운 능력.

11

여성과 비행

WOMEN AND AVIATION

얼마 전 한 여성 모임에 초대받은 나는 항공 산업 분야의 여성 취업에 대해 말해 달라는 부탁을 받았다. 내가 할 수 있는 만큼 멋지게 청사진을 보여 줬을 때 의장이 말했다.

"글쎄요, 환상이 완전히 무너진 것 같아요. 저는 그냥 하고 싶다고 요청하는 것만으로도 어떤 일이든지 할 수 있을 거로 생각했거든요."

이 주제에 대해 말하려면 먼저 실제 비행하는 일과 특수 직위를 분리해서 생각해야 한다. 예를 들면 정밀 기기 제조 같은 다양한 제휴 산업이 항공 산업에 포함된다는 것이다. 사실 이렇게 항공 산업이 폭넓게 다양해졌음에도 불구하고 여성 취업자 수는 매우 적다. 노동국 조사에 의하면 여성 취업자는 대략 44명 중 겨우 1명 정도의 비율을 차지한다고 한다. 항공 특정 산업장에서는 여성들을 아예 고용하지 않거나 고용하더라도 남성이 받는 임금의 절반에 해당하는 임금을 받는 경우가 많다.

대다수의 여성 노동자들은 비행기 날개 부서에서 일하는데 주로 날개 덮는 천을 바느질한다. 몇 여성은 비행기의 엔진을 살피는 용접일과 검사관 일을 하기도 했다. 필라델피아에 위치한 해군 항공기 공장에도 여성 직원들이 있다. 셰난도아와 아크로에 있는 비행기 동에서 일하는 여성들은 비행기의 가스주머니 설치와 금박 입히는 일에 종사한다. 하나 더 있는 공장직 역시 아마도 여성 개인의 특이 능력 때문에 존재하거나 남성들의 고용에 큰 지장을 주지 않기 때문에 있는 것이다.

내가 앞서 말했던 것처럼 비행 산업은 여러 갈래로 나누어져 있다. 그중 고무, 석유, 장치 설비 산업에서는 여성을 여러 가지 면에서 고용하여 활용하고 있다. 항공 산업과 간접적으로 연관된 산업은 바로 낙하산 제조업이다. 여기서 여성 노동자들이 독점적으로 천을 자르고 바느질을 한다. 남성들은 그저 완제품을 포장하는 역할에 그친다.

공장 일 외에 사무직도 있다. 비행 산업 외에도 모든 업종 속에서 상당 부분이 '여성의 업무'로 확실히 할당되어 있다. 서류 정리, 속기 등과 같은 일들은 여성들이 담당하는 것을 어디에서나 볼 수 있다. 그들이 일하는 사무실이 항상 시내에 있는 것은 아니다. 종종 실제 비행 활동을 볼 수 있는 공항이나 비행기 시험장에 근접해 있기도 하다.

아직도 여전히 많은 사람은 항공 산업이 조종사만으로 구성되어 있다고 생각하고 있다. 비행기 제조에 필요한 노동자 집단을 간과하고 있으면서 그들의 노동력에 의지하고 있다. 항공 여행의 대중화에 따라 비행기 조종사 이외에도 교통공무원, 항공권 판매자, 회계사, 정비사들로 이루어진 군단이 항공사의 조직망을 훌륭하게 운영하기 위해 필요하다. 공장뿐만 아니라 중역사무실에서도 여성이 고용되어 있지만, 아직도 사무직에서 여성들이 하는 일은 거의 예외 없이 사무원이나 비서 같은 일로 정해져 있다.

여객 비행기 조종석에 앉아 일하는 여성은 눈을 씻고 봐도 찾을 수 없을 것이다. 그러나 비행을 통해 생계를 유지하는 여성들이 있긴 하다. 그들은 비행기를 팔고, 운송하고, 승객을 태우며, 비행 지시를 내린다. 또한 광고를 위해서나 경영진 전용으로 비행기를 사용하는 몇몇 회사의 홍보 부서에서 조종사로 있기도 한다.

이외에도 언급할 만한 가치가 있는 특별한 직책들이 상당히 많다. 다음은 비행 산업에 종사하는 여성들의 특별한 직책이다. 공항 소유 및 관리자, 비행 학교 경영(남편과 함께 운영하는 여성도 있다), 다양한 중요 교통 업무 종사자, 여객기 인테리어 디자이너 등이 있다. 미국 상무부 항공지부의 의료 스텝에 2명의 여성 검사관이 있다. 그리고 무역 잡지에 관련된 여성들도 꽤 많다. 그들 중 한 사람은 특집 담당자고 다른 한 사람은 보조 편집장이며 나머지는 비행의 안팎을 다루는 기사 담당이다. 광고업에 종사하면서 비행을 접하기도 한다. 광고용 항공기 도면 제작에 가장 능력 있고 정확한 예술가 중 한 명은 여성이다. 어느 두 회사는 대형 객실 비행기의 승무원을 여성으로만 채우기도 한다. 전국의 여행사에서 종사하는 여성의 수는 누구나 잘 알고 있을 것이다. 대부분의 여행사에서 항공권을 취급하고 있으며, 항공권 예약 등 여행객을 응대하는 여성 오너가 있는 곳도 있다.

직책이 다양해졌음에도 불구하고 특정 부서에서는 여성

에 대한 편견이 아직도 분명히 존재한다는 것을 인정해야 한다. 이는 비행 산업 이외의 다른 직종에서도 마찬가지일 것이다. 어쨌든 나는 그에 관해 더 상세하게 다루지는 않겠다. 앞으로 이어질 설명은 훈련, 연습, 전통과 관련되어 있기 때문에 흥미롭게 들릴지도 모르겠다.

비행이 처음 성행했을 때 남성만큼 적절하게 훈련을 받은 여성은 그리 많지 않았다. 또한 여러 면에서 보았을 때 당시 육군과 해군이 훌륭한 학교로 평가되었는데 여성에게는 지원할 기회가 거의 닫혀 있다시피 했다. 최근의 상업 기관들 역시 여학생들을 특별히 환영하지 않았는데 그러한 사항에도 별로 양심의 가책을 느끼지 않는다.

어려서부터 나는 항상 여성과 남성은 서로 매우 다른 교육을 받고 있다고 생각했다. 심지어 저학년 때부터 서로 다른 과목을 듣는다. 남학생들은 대개 목공 수업을 듣는 반면 여학생들은 바느질이나 요리 수업을 수강한다. 나는 파이를 만드는 데 재능 있는 소년과 가정학보다는 기술 훈련에 더 적합한 소녀들이 있다는 것을 안다. 우리는 각자 가진 재능에 관심을 기울이기보다는 성별에 따라 나누어 교육하고 여성적 남성적이라는 프레임으로 해야 할 일을 나누어 버리고 있다.

학교가 아닌 곳에서도 남녀의 일에 대한 차이는 눈에 띈다. 가정에서 소년과 소녀들은 각자 사람들의 고정관념에 따라 주어지는 추구사항을 교육받는다. 여성과 남성은 서로 해야 하는 일도 달랐고 일을 해결하는 방식도 달랐다. 어린 소녀들은 지나치게 보호받고 도움받으면서 자립성을 잃어버리며 '여성이 하면 안 되는 것'과 '여성으로서 할 수 없는 것'에 대한 교육을 받고 미래를 결정한다. 버트런드 러셀은 여성이 소심함 속에서 자라난다는 사실을 매우 강력하게 강조했다.

따라서 남학생과 여학생이 점차 성장하면서 각자의 배경이 점점 다르게 변할 수밖에 없는 것이다. 결국 이후 같은 과목을 듣게 된다면 다른 교육 방법으로 접근해야 한다. 예를 들어 기술과 관련된 과정을 소녀가 학습하기 위해서 선생님은 다소 다른 방법으로 가르쳐야 한다. 소녀들이 기계치로 타고나는 것이 아니라 일반적 교육 과정에서 그러한 것들을 거의 배우지 않기 때문이다.

역으로 생각해 보자. 나는 한때 요리를 배우는 소년들의 수업을 참관한 적이 있다. 선생님은 여학생들에게 가르쳤던 것과 같은 방식으로 수업을 이끌었는데 어떤 참사가 일어났는지 여러분도 예상이 갈 것이다. 남자아이들은 너무나도 멍청하게 행동해서 선생님은 달걀을 삶는 기본적인 방법도 이해하지 못하는 것은 그들이 사내 기질을 타고났기 때문이라고 거의 믿을 뻔했다. 하지만 그녀는 똑똑한 강사였기 때문에 무엇을 바로잡아야 할지 알아내는 데 그리 오랜 시간이 걸리지 않았다. 소년들은 비눗물로 설거지를 해야 한다는 것을 몰랐다. 비스킷을 만들기 위해서는 오븐이 뜨거워야 한다는 것도 몰랐다. 물론 여학생들이 수업에 참여하기 전 습득했던 다른 기본적인 사항들도 당연히 모를 수밖에 없었다.

그래서 선생님은 일반적으로 소녀들에게는 불필요한 몇 가지 설명을 가르쳤고 소년들은 파이를 빠르게 만들 수 있게 되었다. 이처럼 비행 학교의 선생님이 여학생들에게 맞춰 교육 과정을 수정하거나 조정해 준다면 여학생들은 더 많은 것을 배울 수 있을 것이다.

비행 훈련 과정 중 여학생들에게는 경제적인 문제도 생기는데 이는 여학생에게 부조리한 사회 통념이 생긴 탓이다. 대부분의 여학생은 공항 주변에서 남학생들만큼 많은 돈을 벌 수 없다. 그러나 남학생과 같은 비행 강습료를 지급해야 한다. 아무도 격납고 근처에서 여학생이 기름투성이 원숭이 같은 정비공 꼴을 한 채 어울리지 않는 일을 하며 비행기 강습료를 버는 것을 원하지 않았다. 심지어 비행 면허증을 취득한 후에는 돈을 벌 수 있는 출구는 더욱 줄어들기 때문에 비행을 계속해야 할지 결정하는 데 더욱더 많은 고민이 필요하다.

비행기 설비에도 시정하면 좋을 사항들이 있다. 브레이크나 시동기와 같은 장치들은 명백히 남자의 손과 발을 기준으로 설계되고 위치하기 때문에 체구가 작은 여성 조종사들은 사용하는 데 큰 어려움이 없더라도 불편함을 느낄 수밖에 없다. 가장 작은 여성 중 일부는 조종석에 맞도록 베개를 채워야만 했다.

이제껏 여성은 새로운 것을 배우는 대상에서 제외되고 새로운 모험을 향해 나아갈 때 완전한 노력을 기울일 수 없었다. 남성은 여성의 능력을 알 수 없는 조건에서 살아왔고 여성의 능력을 인정하기를 꺼린다. 결과적으로 여성은 자신의 능력을 증명하기 위해서 무모한 짓을 하거나 어리석은 짓을 해야만 한다고 느낄 수밖에 없다.

현재 미국에는 총 472명의 여성 조종사가 있다. 이 중 약 50명은 수송용 비행기를 몰거나 최고 등급의 자격증을 가지고 있다. 1929년 1월에 자격증을 소지한 여성 조종사가 12명이었다는 것을 고려했을 때 472명은 꽤 많은 수처럼 보일 수 있다. 그러나 1931년 10월 기준 남녀 포함 조종사의 수가 17,226명으로 늘었기 때문에 여성 조종사의 비율은 37:1 꼴로 오히려 감소한다고 볼 수 있다. 상업적 일자리 기회와 관련된 유일한 면허증은 총 50개로 관련 일자리를 찾을 수 있는 여성 취업준비생은 거의 없으며 설사 있다 하더라도 아주 소수에 지나지 않는다.

이렇게 저조한 수치에도 불구하고 미국은 여전히 다른 나라보다 여성 조종사가 많다. 상업 비행 종사자도 훨씬 더 많다. 게다가 상업 비행 종사자와 일반 비행 조종사의 경계가 거의 없기도 하다. 미국의 조종사들은 독점 레이싱 경기에 출전하는 것뿐만 아니라 혼자서도 여러 차례의 비행을 한다. 또한 항공에 관심이 있는 여성들로 구성된 조직 이외에 여성 조종사들을 위한 전문 조직도 있다. 가장 오래된 조직은 '나인티 나인스'로 상무부 면허를 소지한 여성이라면 누구든지 가입할 수 있다. 다른 하나는 '벳시 로즈 단체'로 나라가 필요로 하는 시기에 봉사하기 위해 설립된 것으로 선발된 여성들은 이곳에서 훈련받는다. 캘리포니아 여성 조종사단체는 또 다른 전문 단체다.

여성 항공협회는 비전문 단체로 거의 모든 주에 지부를 두고 있다. 이 단체는 비행을 마친 다른 여성들을 위해 많은 공항에 안락한 숙소를 제공하는 고마운 일을 해 왔다.

상대적으로 봤을 때 여전히 이러한 시설들은 적은 편이라 아직도 비행장에서 여성 편의시설의 필요성이 간과되고 있다. 오하이오주 애크런 공항까지는 거의 100마일이나 떨어져 있지만 내게 이 공항은 비행할 만한 가치가 있는 곳이다. 여성 항공협회는 이곳에 파우더를 바르는 데 사용하는 퍼프부터 샤워기까지 모든 것을 갖춘 조종사 휴게실을 마련해 두었다. 보통 조종사와 승객들이 잘 대우받는 곳은 비행기와 모터를 위한 정비 서비스도 좋다.

여성과 비행 이야기가 나올 때, 어떤 방식으로 면허를 받았는지에 대한 이야기는 빼 놓을 수 없다.

면허를 따는 데는 아주 다양하고 많은 방법이 있었다. 어쩌면 비행 산업 내에서 일했던 여성들이 조종사로 일한 경험이 많을 것이다. 그것은 비행과 관련성이 조금이라도 있으면 장비의 활용을 특별한 격려 차원에서 장려해 주는 가능성을 만들어 줬기 때문이다. 때때로 비행에 대해 이상하게 생각하지 않는 단체에 있는 것만으로도 도움이 된다. 가장 잘 알려진 남부 댈러스 출신 조종사 진 라 르네는 이 이론을 입증해 보였다. 그녀는 비행 학교의 비서였고 단지 비행기 근처에 있는 것만으로도 상당한 비행을 할 수 있었다.

처음에 완전히 다른 직종에서 일하다가 비행을 본업으로 가지게 된 사람들이 있다. 부동산 업자부터 연예인까지 정말 다양한 사람들이 조종사가 되었다. 현재 학교 선생님, 회계장부 담당자, 속기사들도 조종사 리스트에 이름을 올리고 있다. 내가 아는 한 소녀는 조종사 자격증을 위해 식당에서 일했다. 어떤 소녀는 사설 조종사 등급으로 장학금을 탔다. 고향의 사업가에게 비행 자격증을 위해 훈련비 지원을 부탁하기도 한다. 비행 수업료를 지불하기 위해 신문사에서 기자로 일하는 여성도 여럿 있다.

이 흥미로운 여성들 가운데 가장 유명한 조종사는 바로

바이올라 젠트리이다. 그녀는 브루클린에서 카페테리아 종업원으로 일하며 자격증을 따기 위해 돈을 모았다. 자격증을 취득한 후 그녀는 다른 조종사 친구와 함께 급유 비행 홍보와 준비를 위해 애썼지만 비행기 고장으로 인한 사고로 큰 부상을 입고 말았다. 비행에 복귀할 수 있을 만큼 회복하는 데 오랜 시간이 걸렸고 면허증을 다시 찾기 위해서는 아직 더 많은 시간이 필요하다고 한다.

여자 급유 기록 공동 보유자인 바비 트라우트 역시 목적 성취를 위해 노력을 쏟아붓는 조종사 가운데 하나다. 지금 그녀는 캘리포니아에서 비행기 급유소를 소유해 운영하고 있다.

때때로 비행을 사랑한 여성들은 비행기를 조종할 수 있고 그들에게 가르침을 줄 수 있는 조종사와 결혼했다. 물론 수업을 받을 수 있다는 장점이 있지만 비행 수업 하나만을 바라보고 매력이 없는 남성과 결혼하는 것은 그다지 권장하고 싶지는 않다.

그런데 아내가 남편에게 비행기 교육을 했다는 이야기는 들어본 적이 없다. 그러나 버지니아주의 린치버그에 사는 메리 알렉산더는 19살 난 아들에게 비행을 가르쳤다. 얼마 전 그 아들은 아이를 낳았고 메리 알렉산더는 최연소 조종사 할머니가 되어 유명해졌다. 또 다른 조종사 할머니로 메리 베인 부인을 꼽을 수 있겠다. 그녀는 광산 기술자의 아내이기도 했다.

비행을 꿈꾸는 사람들의 모임 중 일부는 여기서 실제 직책을 맡고 있지 않았지만, 일부 수당이나 가계비 등으로 돈을 모아 비행에 투자했다. 아버지가 옷을 사라고 준 돈 대부분을 비행에 쓰는 소녀도 있었다. 그녀의 아버지는 딸이 옷을 예쁘게 잘 차려입는 것을 보고 싶어 했지만 정작 딸이 정장 이외의 다른 옷을 입는 것을 본 적이 없었다.

만약 가족 중 비행을 좋아하는 산타클로스 같은 사람이 없다면 조종을 배우는 것은 어려운 일이다. 또한, 비행 훈련이 모두 끝난 이후에도 비행을 계속하느냐 마느냐가 가장 관건이다. 장비 대여는 비용이 많이 들었고 비행기 주인에게 초보자인 자신이 비행기를 사용할 수 있도록 설득하는 데도 오랜 시간이 걸렸다. (대여하면 비교적 적은 돈으로 비행할 수 있었다) 새로 뽑아 광이 나는 멋진 자동차를 운전을 배운 지 얼마 되지도 않은 사람에게 빌려줄 수 있겠는가. 운전경력이 부족한 사람을 운전기사로 고용하는 일도 없을 것이다. 나뿐만 아니라 항공기 소유자, 항공사 운영자, 제조업자 모두 스스로의 능력치보다 100배 이상 뛰어나다고 자부하고 있다.

하지만 도로시 헤스터는 거의 처음부터 탁월하게 해냈다. 도로시는 포틀랜드의 텍스 랭킨에게 곡예비행을 배웠으며 아주 영민한 학생으로 밝혀졌다. 그녀와 비행 강사는 대회에서 훌륭한 비행을 보여 주고 탁월한 조종사로 발전을 거듭하고 있다.

전문 비행사들 외에도 비행에 에너지와 기술을 쏟아붓는 사람들이 있다. 여성들 가운데 본보기가 되는 최고의 조종사 중 하나는 뉴욕에 사는 베티 휴일러 길리인데 그녀는 비전문가 조종사이다. 베티의 남편은 비행기 공장의 수석 엔지니어로 한때 해군 조종사였는데 부부는 각자 자신만의 비행기를 가지고 있다.

1931년 에롤 트로피 경주 우승자인 모드 타이트는 떠오르는 신예 조종사이지만 확실히 숙련된 실력을 갖추고 있다. 그리고 캘리포니아의 조종사 플로렌스 반스(판초 반스)는 다양한 비행 활동을 보여 주었다. 그녀는 스포츠맨 파일럿 자격증이 있었지만, 때론 특별한 임무도 맡았다. 예를 들어 〈지옥의 천사들Hell's Angels〉이라는 영화에서 약간의 비행 장면에 출연했다.

오늘날 여성 조종사들의 짧은 역사를 들여다보면, 비행에 뜻이 있는 대다수의 사람이 시련을 이겨내고 끝내 비행에 성공하는 것처럼 보인다. 성공에 필요한 것은 끝없는 열정이다. 마치 내가 최근에 만난 젊은 비행 커플을 움직이게 한 것과 같은 열정 말이다. 그 여성 파트너의 가족은 그녀가 비행으로 생계를 유지하는 것이 불가능하다고 생각했기 때문에 강하게 반대한다고 내게 털어놓았다.

"음."

그녀가 근처의 커다란 객실 비행기를 힐끗 쳐다보며 입을 열었다.

"남편이랑 처음 시작했을 때는 정말 아무것도 없었어요. 정말 말 그대로 아무것도 없었죠. 그래도 지금 우리는 이 비행기를 소유하고 있고, 이 비행기로 강습도 할 수 있고, 여행도 할 수 있어요."

"우리가 어떤 사람이든 언제나 어디에라도 갈 수 있죠."

남편이 말했다.

"두 분이 함께 모험하는 건 정말 재미있을 것 같네요."

내가 말했다.

"네, 그렇죠. 대부분의 시간을 함께하죠. 하지만 상황이 항상 좋은 것은 아니에요. 저는 배를 곯는 한이 있더라도 비행을 하겠어요. 돈을 많이 벌 수 있는 다른 일이 있다 해도요."

그녀가 대답했다.

12

우리는 그렇게
상공 속으로

WE TAKE TO THE AIR

1929년 여성을 대상으로 한 대륙 횡단 비행 시합이 있었다. 시합은 캘리포니아 서부 해안가에서 출발해서 8일 후 오하이오 클리블랜드에서 끝났다.

8월 18일 일요일 오후, 프로펠러가 돌아가는 19대의 비행기가 캘리포니아 산타 모니카의 클로버필드에 줄지어 서 있었다. 짐 로저스는 확성기로 익살스레 경기를 중계했다. 그의 멘트에서 힌트를 얻은 기자들은 참가들이 첫 번째 정지선에 왔을 때 그 시합에 재미있는 별명을 붙였다.

일반적으로 '파우더 퍼프 시합'이라고 불렸고 특색 있게 비행하던 몇 여성들은 '무당벌레Ladybirds', '천사Angel', '상공의 귀염둥이Sweethearts of the Air'라 이름 붙여졌다. (그래도 우리는 여전히 자신을 '조종사'라 부르려고 한다)

다른 종목 역시 마찬가지로 경기를 끝내는 것 역시 경기를 시작하는 것만큼이나 중요한데 이번 경기에서는 16명이나 되는 여성이 결승선에 들어왔다. 당시 남녀 모두를 포함하여 가장 많은 선수가 대륙 횡단 시합에서 완주를 한 것이다.

1등은 피츠버그 출신의 루이스 태든이, 2등은 캘리포니아 출신의 글래디스 오도넬이, 3등은 내가 차지했다. 이 경기는 대중들의 관심을 사로잡았고 여성들의 이목을 이끄는 몹시 중요한 행사였다. 노선에 따라 마련된 정지선에서 조종사들을 기다리며 맞이한 인파 중 상당수는 여성이었다. 그들은 '파우더 퍼프 시합'과 조종사들이 탑승한 비행기가 어떤 것인지 두 눈으로 직접 보기 위해 기다리고 있었다. 어떤 여성은 비행기 날개의 구조가 신기해서 우산으로 찔러 보기도 했다. 여성은 낯설다는 이유로 비행기를 타고 여행하는 것을 주저한다. 보통 사람은 자신이 잘 모르는 것을 두려워하는 특성이 있다.

시합에는 재밌거나 심각한 상황이 계속해서 발생했다. 블랑쉬 노이스의 비행기 짐칸에 화재가 발생했고 그녀는 불을 끄기 위해 땔감용 나무로 둘러싸인 텍사스 서부로 착륙해야 했다. 그곳에서 어떻게 비행기를 멀쩡하게 착륙시켰고 다시 이륙했는지는 알 수 없다.

이따금 경험이 부족한 조종사들은 길을 잃어 버렸고 가솔린이 떨어지거나 모터 고장으로 착륙을 시도했다. 시합이 진행되는 동안 몇 조종사는 예정에 없는 착륙을 해야 했는데 그때마다 착륙할 장소를 물색해야 했다. 공항에 착륙할 수 없는 상황에는 근처의 착륙하기 좋은 목초지를 찾았다.

어느 날, 조종사 중 한 명은 착륙을 위해 목초지를 찾았고 그곳에는 동물들이 있었다. 안전하게 착륙했을 때 동물들이 진지하고 근엄하게 그녀를 향해 다가왔고 그녀는 후회 가득한 표정을 지었다. 당시에 그녀는 하늘에 대고 기도했다고 한다.

"아, 하느님. 제게 다가오는 동물들이 전부 그냥 소일 뿐이길 기도합니다."

소 이야기가 나오니 떠오른 항공 우편 비행기에 대한 유명한 이야기가 있다. 딘 스미스는 뉴욕에서 클리블랜드로 향하는 우편 항로를 몇 년간 비행해 온 조종사였다. 여느 때와 마찬가지로 비행 중에 모터가 고장이 나서 그는 비상 착륙을 위해 근처의 목초지를 찾았다. 그가 힘들여 착륙했을 때 '동물들'이 성을 내며 그의 비행기 근처에 서 있었다. 그가 말 그대로 소 위로 착륙했기 때문이었다. 그는 회사 담당자에게 전보를 보냈는데 내용은 다음과 같았다.

'모터 고장으로 불시착. 소 중 한 마리를 치는 바람에 소가 죽었다. 지금 다른 소가 위협 중이다.'

다시 시합 이야기로 돌아가자. 우선 나는 이 대회의 공을 '내셔널 익스체인지 클럽'에 돌려 감사를 표하고 싶다. 이 단체는 미국 내에서 어떤 비전문 단체보다 앞서 항공계에 이바지한 바가 많고 이번 시합도 이곳의 자금 지원을 받아 마련되었다.

1929년. 여성 조종사의 지위와 오늘날의 여성 조종사 지위를 비교하는 것은 흥미로운 일이다. 1929년 당시 시합 참가 자격을 얻기 위해서는 면허증과 최소 100시간 이상의 단독 비행이 필요했다. 나는 과연 30명 이상의 여성 조종사들이 자격을 갖출 수 있을지 의문이었다. 내가 예상했던 대로 20명의 조종사가 나타났다.

1929년. 오직 7명의 여성만이 상무부 면허를 취득했고, 이 중에서 6명이 경주에 참가했다. 오늘날 조종사들은 앞서 말한 것처럼 7배가 넘는다. 450 L.C 면허증과 개인 면허증 이외에도 12명의 여성이 글라이더 면허를, 그리고 5명의 여성이 글라이더 면허를 소지하고 있다.

1931년 클리블랜드에서 전국 비행 시합이 열렸다. 이 시합의 여성 점유율은 선구적인 1921년 첫 비행 시합과 크게 차이가 난다. 1931년 열린 그 대륙 횡단 시합에서는 처음으로 남녀가 함께 참여한다. 여기서 최고 속력을 기준으로 보았을 때 불리한 조건의 비행기를 가진 출전자는 대략 50명 정도가 있었다.

영국과 달리 미국인들은 혼합 경주를 포함하여 핸디캡이 붙는 그 어떤 시합도 선호하지 않았다. 보편적으로 비행기 크기에 따라 등급이 정해졌다. 따라서 6명의 승객을 수용할 수 있는 비행기와 1명의 조종사를 위한 비행기가 같은 모터를 가지고 있다는 이유로 같은 등급에 배치될 수 있다.

반면 영국에서는 속도가 느린 비행기에 기회를 제공하고자 빠른 비행기에 늦게 출발하는 핸디캡을 주었다. -영국에서는 모터의 종류나 크기를 등급 조건으로 고려하지 않았다. 따라서 사고만 일어나지 않는다면 이기고 지는 것은 조종사의 실력에 달려 있는 것이다. 킹스 컵 레이스는 가장 잘 알려진 연례 대륙 횡단 시합으로 이와 같은 방식으로 운영되고 있으며 남녀 구분하지 않고 조종사 누구나 참가 가능하다. 위니프레드 브라운 양은 1930년 이 대회에서 우승한 유일한 여성이다.

1931년 시합에 참여한 미국 조종사들은 같은 코스, 같은 정지선, 같은 심사위원에 의해 심사받았다. 상은 남자와 여자 부문으로 나뉘어 수여했다. 그러나 가장 높은 기록을 세운 우승자는 성별과 상관없이 상금이 주어졌다. 상금은 총 2,500달러와 신형 차였는데 테네시주 멤피스 출신의 여성 조종사 피비 오밀리에가 주인공이 되었다. 오플리에 부인은 다른 한정 참가자 경주에서도 이미 수천 달러의 상금을 탄 바가 있었고 여성 경쟁자들 가운데 가장 쟁쟁한 여성이었다. 다른 수상자로는 메이 헤이즐립, 모드 테이트, 글레디스 오도넬, 플로렌스 클링겐스미스 등이 있다.

톰슨 트로피 시합은 손에 꼽히는 최고의 남성 조종사 육상 비행 대회다. 또한 슈나우더컵은 수상 비행기 시합이다. 이 경기는 가장 빠른 조종사를 가리는 중요한 연례행사다.

에어 롤 트로피 시합은 정해진 코스에서 최대의 속력을 내는 여성 조종사 비행 경주이다. 1931년에 치러진 경기는 10마일 5개의 코스로 총 50마일로 이루어진 항로를 비행하며 총 4개의 지점을 지나야 했다. 여기서 말하는 첫 번째 지점은 주탑이며 관람석 바로 앞에 세워져 있고 나머지 3개의 지점은 각 코스의 경계를 의미했다.

이 경주에서 모드 테이트가 그녀의 지비 Gee Bee 스포츠 비행기로 시속 187마일의 최고 기록을 냈는데 흥미롭게도 톰슨 트로피 경주에서 남자들이 세운 최고 기록보다 고작 시속

15마일 더 부족할 뿐이었다. 이는 여성 비행자가 남성 경쟁자들과 겨룰 기회가 머지않았다는 사실을 보여 준다.

1931년 전국 항공 시합에서는 항상 그렇듯 남녀 별도의 시합을 가졌다. 하지만 한 해 동안 전국적으로 두 성별이 참가하는 대회가 많아졌다. 서서히 여성 조종사에 대한 편견이 줄어들고 있어 남성과 동등한 조건의 스피드 시합에서 경쟁할 날이 머지않은 것으로 보인다.

여성들이 전통, 교육, 다양한 경험 속에서 불리함을 경험해 왔지만, 상무부 면허를 딸 때만큼은 이와 같은 차별을 받지 않는다. 미국의 여성들은 해외의 여성보다 운이 좋은 편이다. 내가 아는 바에 따르면 일부 국가는 여성에게 제한적인 면허를 발급하거나 여성에게 면허 발급의 기회를 전혀 주지 않는다. 하지만 영국은 예외적인 나라로 미국과 동일한 규칙을 따른다. 영국에서는 여성도 신체검사와 비행 시험을 통과하면 성별과 관계없이 자격에 따라 면허가 발급된다.

국제항공연맹FAI은 국내 외 항공 스포츠 행사를 주관하며 모든 종류의 비행기 기록을 담당한다. 국제항공연맹의 미국 분신이 바로 전미비행협회이다. 어떤 조종사도 국제항공연맹의 허가 없이는 고도, 속도, 거리 등 공식적인 기록에 오를 수 없다. 따라서 연맹의 대표는 기록 측정이 필요한 자리에 감독원으로 함께한다.

25년 전 국제항공연맹이 설립되었을 때는 기록하는 종목이 단 하나뿐이었다. 속도, 지구력, 고도 등 비행기가 어떤 한계에 도달할지 아무도 예측할 수 없었기 때문이었다. 1905년 당시에는 조종사 수가 너무 적었기 때문에 그러한 기록을 분류한다는 자체가 말이 안 되는 일이었다.

　　그러나 전쟁을 겪으며, 조종사와 비행기의 수가 엄청나게 증가했고 믿기 어려운 기록들이 생겨나기 시작했다. 하지만 앞서 말했듯이 1929년 이전에는 여성 조종사들이 그리 활동적이지 않았다. 확실히 그들은 어떠한 기록에도 남지 않을 만큼 그다지 발전하지 않았다. 또한 그들은 어떠한 분류에서도 세계적으로 인정받을 만한 경력도 장비도 없었다.

　　따라서 국제항공연맹처럼 세심하게 심사하고 표로 정리했음에도 불구하고 여성 조종사가 어떤 성과를 내든지 간에 비공식적이라는 꼬리표가 따라다녔다.

　　"대체 왜죠? 메리 스미스의 몇천 피트나 되는 고도 기록이 공식적이지 않다고요? 그 어떤 여성 조종사보다 높은 기록인데 말이죠. 아닌가요?"

　　일반 대중이 물었다.

　　"그렇기는 합니다만 그건 남성이 세운 기록보다 낮은 기록입니다. 여성 항목을 따로 기록하지 않기 때문에 아마 남성의 기록을 넘겨야 기록에 남을 것입니다."

다양한 여성들의 간곡한 요청 끝에 여성 비행 종목이 만들어졌다. 따라서 여성들이 가능한 만큼 높이, 빠르게 멀리 비행할 수 있게 되었다. 다른 여성이 세운 기록을 공식적으로 깰 수 있는 권리도 생긴 것이다. 또한 성별과 상관없이 다른 비행사의 점수를 갱신하게 된다면 세계 기록자라는 타이틀도 거머쥘 수 있게 되었다.

현재 세계 신기록을 보유하고 있는 여성은 없지만 공식 기록으로 37시간 55분 동안 단독 비행으로 상공에 머무른 프랑스 출신의 마리즈 베스티라는 이름의 조종사는 있다. 단독 비행으로 최장 시간을 기록한 여성 조종사지만 세계 기록은 깨지 못했다. 동료 비행사와 함께하는 비행과 단독 비행에 별다른 경계를 두지 않았기 때문이다. 동료 조종사가 있다면 장기간의 비행을 서로 나누어서 할 수 있기 때문에 단독 비행보다 당연히 성과가 더 좋을 수밖에 없다. 여담으로 미국은 장기간 비행 부문에서 총 84시간 32분의 국제 기록을 가지고 있다.

이제 세계 기록이 무엇인지 설명하겠다. 최대 고도, 3킬로미터의 직진 코스에서의 최대 속도, 직선으로 측정했을 때 최대 거리, 정해진 항로를 얼마나 오랫동안 순회 비행하는지, 상공에서 얼마나 정확하게 착륙했는지, 총 5개로 구성된 종목으로 이루어져 있다.

각 분야에서 어떤 비행기를 사용했든 누가 조종했든

지 상관없이 성공적인 성과를 낸다면 세계 기록에 오를 수 있는 것이다. 그러나 세계 기록 이외에도 많은 공식 기록들이 존재한다. 그 다양하게 세분화된 범주의 기록들은 국제 기록으로 명시한다. 여기서는 소형과 대형 비행기의 고도 및 속도 기록을 나누어서 구분한다. 조종사가 속력 기록을 내고자 하면, 그들은 비행기의 하중과 거리를 설정하여 설정값에 따른 기존 비행기의 기록을 깰 수 있다. 메이 헤이즐립은 경비행기로 18,097피트의 고도를 비행함으로써 여성 조종사 기록 보유자 명단에 올랐다. 즉 메이 헤이즐립은 경비행기로 그 어떤 여성보다도 높은 기록을 세워 국제 기록에 올랐다는 것을 의미한다. 그녀의 작은 비행기 불 퍼프가 모터 2개 달린 강력한 비행기와 경쟁하는 것은 공정하지 않다. 이것이 바로 국제 기록이라는 것을 만들어 기록을 세분화시킨 이유다.

| 여성 국제 기록 |

〔육상기〕

운항 지속 시간 (프랑스) 마리스 바스티; 37시간 55분
클램 비행기, 샐솜 40마력 엔진
1930년 9월 2일, 3일, 4일, 르 부르제

고도 (미국) 루스 니콜스; 28,743피트

록히드 베가 단엽 비행기, 프랫&위트니 와스프 420마력 엔진

1931년 3월 6일 뉴저지시티 공항

최고 속도 (미국) 루스 니콜스; 시속 210.63마일

록히드 베가 단엽 비행기, 프랫&위트니 와스프 420마력 엔진

1931년 4월 13일 미시간주 칼튼

장거리 (미국) 루스 니콜스; 1977.6마일

록히드 베가 단엽 비행기, 프랫&위트니 와스프 420마력 엔진

100㎞당 속력 (미국) 아멜리아 에어하트; 시속 174.8마일

록히드 베가 단엽 비행기, 프랫&위트니 와스프 420마력 엔진

1930년 6월 25일 미시간주 디트로이트

탑재량 500㎏일 때 100㎞당 속력

(미국) 아멜리아 에어하트; 시속 171.48마일

록히드 베가 단엽 비행기, 프랫&위트니 와스프 420마력 엔진

1930년 6월 25일 미시간주 디트로이트

상공 중 재급유를 포함한 운항 지속 시간

(미국) 에블린 트라우트&에드나 메이 쿠퍼; 128시간

커티스 로빈 단엽 비행기, 챌린저 170마력 엔진

1931년 1월 4일~9일 캘리포니아주 로스앤젤레스

〔경비행기〕

장거리 (프랑스) 마리스 바스티; 1849.76마일

클램 비행기, 샐솜 40마력 엔진

1930년 6월 28일~30일 프랑스 르 부르제에서 러시아 유리노
까지

고도 (미국) 메이 헤이즐립; 18,097피트

뷔올 '불 퍼프' 쉬클리 85마력 엔진

1931년 6월 13일 미시간주 세인트 클레어

〔수상기〕

고도 (미국) 마리옹 에디 콘레드; 13,461피트

사보이아 마르케티 비행기, 키너 125마력 엔진

1930년 10월 20일 워싱턴 포트 롱아일랜드

기록은 중요할 수도 아닐 수도 있다. 하지만 여성이 많은 기록을 남기면 남길수록 여성도 비행할 수 있는 가능성과 힘이 있는 것을 강력하게 증명할 수 있다. 직접적이든 간접적이든, 항공계로 발을 내딛고자 하는 많은 사람을 위해 기회의 문이 열려야 한다.

지난 몇 년 동안 12명 이상의 미국 여성 조종사들의 비행 실력이 점차 향상되는 추세다. 그들은 진정한 개척자였고 많은 사람이 전문적으로 활동하며 비행을 통해 생계를 이어나갔다.

여성 조종사는 어떤 사람들인가요? 비행하지 않을 때는 무엇을 하나요? 보통 어떻게 생겼나요? 나는 아직도 이와 같은 질문을 받는데 그중에서 몇 가지를 알려 주도록 하겠다.

당연하게도 그들은 다른 직종인 사람들과 크게 차이가 없다. 날씬하거나 통통하거나 조용하거나 말이 많기도 하다. 그들은 몸집이 크기도 하고 작기도 하며 젊기도 하고 늙기도 했다. 그들 중 절반 이상이 기혼 여성이며 상당수가 아이를 가지고 있다. 한마디로 그들은 그저 비행을 선택한 조종사로서 골프, 수영, 장애물 경마를 하는 극히 평범한 소녀, 여성과 전혀 다를 바가 없다.

루스 니콜스는 여성 비행 기록 조종사 가운데 가장 활발했지만 온종일 비행만 하지 않았다. 그녀는 뉴욕 라이에 살았다. 나는 종종 그녀가 차를 운전하고 수영과 승마를 하는 등 일반적인 현대의 여성이 외출해서 할 법한 일로 시간을 보내는 것을 본다. 그녀는 웰즐리대학에서 성경의 역사와 문학을 전공했다. 그녀는 3학년 때 비행을 허가받기 위해 학장을 찾아갔다.

"블랭크 학장님, 저는 비행을 너무 배우고 싶어요."

"비행? 니콜스 학생, 나는 몇백 명의 다른 문제들을 해결하는 것만으로도 충분히 머리가 아프네. 지금 자동차가 문제인 것을 자네도 알 거라 믿네. 그러니 그런 말썽거리에 비행기 문제까지 추가하고 싶지 않아. 자네가 비행하는 것을 허락할 수 없어."

논쟁에도 불구하고 그녀는 규칙을 바꿀 수 없었다. 그래서 루스는 1년간 웰즐리를 떠나 교외에서 해리 로저스의 가르침 아래 비행을 배웠다. 해리 로저스는 짧은 시간에 롱아일랜드 포트 워싱턴 해상에서 단독으로 비행할 수 있도록 이끌어 주었다. 그 뒤 그녀는 선생님과 함께 뉴욕에서 마이애미까지 12시간에 걸친 첫 번째 직항 비행에 성공했다.

이후 그녀는 학위를 따기 위해 학교에 복학했고 졸업 후에는 뉴욕 내셔널 시티은행 여성 부서의 부장이 되어 직업 경력을 쌓기 시작했다. 그다음에 그녀는 대형 항공 회사의 첫 여성 이사가 되었다.

1928년 루스 니콜스는 비행 컨트리클럽에서 중요한 직책을 맡는다. 그 모임은 컨트리클럽에 비행을 결합하고자 마음먹은 스포츠맨 조종사 집단에 의해 결성된 것이다. 첫 번째 모임은 롱아일랜드의 힉스빌에서 열렸다. 그들의 이익을 위해서 루스는 호위 비행기와 함께 12,000마일의 단독 비행을 했다. 이 긴 여정에서 그녀는 총 96개의 도시와 48개 주에 불시착 없이 비행에 성공한다.

그녀는 1929년 대륙 횡단 비행 대회의 유력한 우승 후보 가운데 하나였다. 그 경기 이후에도 뛰어난 기량의 비행을 해냈다. 단독 비행에 있어서 공식적으로 그 어떤 여성보다 더 빠르고 높고 멀리 비행하는 조종사였다. 1931년 3월 6일, 27,740피트의 고도에 도달하면서 엘리너 스미스가 보유했던 기록을 깼다. 1931년 4월에는 와스프 엔진을 단 록히드기로 미시간주 칼튼에서 시속 210마일의 속도 기록을 세웠다. 사실 그녀는 내가 작년에 세운 시속 181마일의 기록을 깬 것이다. 그리고 1931년 10월, 캘리포니아에서 뉴욕으로 가는 논스톱 비행에 성공하면서 새로운 여성 장거리 비행 기록을 세웠다. 그녀는 1,977마일을 논스톱으로 켄터키주 루이빌에 착륙했다. 이는 프랑스의 마리스 바스티가 세운 기록보다 568마일이나 더 멀리 간 것이다.

니콜스는 또한 16시간 59분 30초의 동서 대륙 횡단 기록과 13시간 21분의 여성 동부 대륙 횡단 기록도 가지고 있었다. 이 두 가지 기록 모두 경과 시간을 제외한 실제 비행시간 기준으로 측정되었다. 즉 모터 점검과 연료 공급을 위해 잠시 비행을 멈추고 위치타에서 밤을 새운 시간은 제외했다. 아직까지는 논스톱 대륙 횡단 비행 기록을 세운 여성은 없다. 그러나 당신이 이 책을 읽을 때쯤에는 누군가 이미 성공했을지도 모른다.

1927년 레바인을 데리고 대서양을 횡단한 유명한 조종사 클라렌스 챔벌린은 루스 니콜스의 조력자가 되었다. 그녀의 대서양 횡단 단독 비행 계획을 도운 사람이 바로 그였다. 그녀가 계획을 위해 얻은 첫 번째 비행기는 세인트존스 뉴브런즈윅의 작은 들판에서 파손되었다. 하지만 그녀가 다시 그 계획을 시도하는 것은 시간문제일 것이다.

루스 니콜스는 비행기로 오빠를 육군 항공 훈련소에 데려다준 유일한 여자로 관심을 끌었다. 최근 그녀는 다른 오빠를 데리고 그가 훈련을 마치는 켈리 필드로 비행했다. 그녀의 또 다른 오빠는 롱아일랜드 공항에서 일하면서 면허를 취득했다. 여동생은 조종사의 비서로 집안의 젊은 식구들을 비행업으로 이끌었다. 나머지 식구들은 탑승의 기회를 얻었다.

루스 니콜스는 항상 특색 있고 매력적인 옷을 입었다. 심지어 비행 중에도 가장 좋아하는 자주색으로 특수 제작된 비행복과 헬멧을 착용했다.

잘 알려진 다른 조종사는 엘리너 스미스이다. 루스 니콜스가 기록을 깨기 전까지 엘리너가 비행한 27,418피트가 최고 기록이었다. 엘리너는 빼앗긴 기록 보유자 자리를 되찾기 위해 다시 비행했다. 그러나 25,000피트에서 산소 튜브의 고장으로 기절했고 4마일 아래로 하강해서 지상 2,000피트 정도 떨어진 고도에서 의식을 회복했다. 낮은 고도에서 침착하게 조종하여 공터에 무사히 착륙할 수 있었다. 그 이후로도 엘리너는 용기를 잃지 않았다는 것을 보여 주기 위해 다시 기록 비행에 도전했다.

엘리너 스미스는 거의 걸음마를 떼자마자 비행을 배웠다고 봐도 상관없다. 그녀는 8살 때 첫 공식 비행에 성공했다. 당시 스미스 가족은 롱아일랜드의 오래된 커티스 필드 근처에 살았고 엘리너의 아버지는 비행의 매력에 흠뻑 빠져 있었다. 당시 10살이었던 엘리너는 아버지가 비행 수업을 받을 때 근처에서 놀곤 했다. 여러 조종사는 항상 그녀를 태우고 다녔고 공중에서 가끔 조종하는 것을 허락해 주었다.

그녀의 아버지가 비행기를 샀을 때 엘리너는 15살이었다. 18살이 되어서야 단독 비행을 할 수 있었는데 단독 비행을 기다리는 일은 엘리너에게 정말 참기 어려운 일이었다. 그녀는 자신의 적은 용돈을 모아 비행 수업을 들었다. 매일같이 아침 5시에 일어나 몰래 비행 수업을 들으러 다녔고 등교하라며 누군가 자신을 깨우러 들어오기 전에 방으로 돌아왔다. 나중에 엘리너 스스로 꽤 훌륭한 조종사라고 자부할 수 있을 때쯤 부모님은 엘리너가 무슨 일을 벌였는지 깨달았다.

엘리너 스미스는 겨우 18살의 나이로 비행 기록을 세우기 시작했다. 1928년 10월. 그녀는 사람들의 관심을 받기 위해 무모한 짓을 했다. 어느 일요일 오후 이스트강 다리 아래를 비행했는데 이 장난스러운 비행으로 상무부는 그녀의 면허를 일정 기간 정지시켰다. 3개월 후, 엘리너는 바비 트라우트가 세운 여성 단독 운항 지속 시간 기록을 깼다. 아마 1월 말이었을 것이다. 그녀는 오픈형 조종석 비행기 안에서 13시간 동안 롱아일랜드 비행장을 돌았다. 하지만 지상에서 문제를 알리는 듯한 신호의 불빛을 보았고 반쯤 얼어붙은 채로 착륙하고 말았다. 알고 보니 그 불빛은 누군가 세워 놓은 기록보다 1시간 더 갱신했다는 뜻이었다. 이후 바비 트라우트는 기록을 다시 세웠고 그 후 루이스 세이든이 그 기록을 깨고 한동안 차지했다. 나중에 엘리너 스미스는 다시 상공에서 26시간 이상 비행함으로써 기록자가 되었다. 아직 그 기록은 미국에서 유효하다.

1929년 바비 트라우트와 엘리너 스미스는 함께 급유 비행을 했다. 적합하지 않은 기종의 비행기 속에서 그들은 무려 42시간 동안이나 애써 머물렀다. 안타깝게도 급유 파트너 비행기의 모터에 문제가 생겨 더 오래 공급을 할 수 없었기 때문에 지상으로 내려오는 수밖에 없었다.

엘리너 스미스는 많은 종류의 비행기를 탔고 조종을 잘

해냈다. 그녀는 특히 큰 비행기에 탑승하는 것을 좋아했는데 나는 그녀가 그러는 이유가 그녀만의 진정한 철학 때문이라고 생각한다. 그녀는 '경비행기를 타고 다니면 아무도 당신에게 관심을 기울이지 않을 거예요'라고 말했다. 나 역시 매우 동의하는 바다.

현대 사회에서 일반적으로 추구하는 것과 마찬가지로 비행에서도 어느 정도의 쇼맨십은 도움이 된다. 특히 직업 조종사로서 가지는 애로 사항과 비행 업계의 치열한 경쟁을 극복할 때 말이다.

엘리너 스미스가 개발한 항공 산업 관련 직업 중에는 주간 항공 뉴스 라디오 토크 방송이 있었다. 엘리너는 유창하고 재치 있는 입담을 가지고 있었으며 그 바닥에서 대부분의 사람을 알았기 때문에 상공의 라디오 아나운서로서 매우 적합했으며 결과도 성공적이었다.

엘리너는 항상 깜짝 놀랄 만한 스타일을 고수했다. 그녀는 화려한 옷에서 편안한 옷까지 상황에 맞춰 옷을 고루 갖춰 입었다. 나는 전통적인 승마용 바지를 입거나 선홍색 해변용 멜빵이나 반바지 등 다양한 의상을 입은 그녀를 본 바 있다.

사실 옷이 조종사에게 미치는 영향은 거의 없다. 남자든 여자든 조종사는 원한다면 어떤 옷을 입고 비행해도 괜찮다.

잠시 강조하고 넘어가야 할 부분이 있다. 대중들이 비행이 일반적인 활동과 완전히 다른 독특한 활동이 아니라는 것을 깨닫기 시작한 것은 최근의 일이다. 따라서 조종사들은 대중의 시선을 신경 쓰지 않고 일상복을 착용하고 비행할 수 있게 되었다. 한 때 '조종사' 복장을 하지 않으면 사람들이 의심하던 시절이 있었다. 나는 비행이 최대한 일상적인 활동처럼 보이도록 특수 복장을 버리고 공항 주변을 비행하는 동안 일반적인 스포츠 의류와 치마를 입었다. 때론 헬멧을 벗어 버리고 고글을 모자 위로 걸쳐 쓰기도 했다. 마치 차에 탑승하는 것처럼 비행기에 올랐을 때 구경꾼들은 내 모습을 보고 놀라곤 했다.

이제는 시대가 달라졌다. 사람들은 비행과 여객기를 친숙하게 여긴다. 따라서 나와 같은 조종사들이 극복해야 했던 다소 부정적인 요소들이 줄어들었다. 이제 우리 조종사들은 원한다면 어떤 옷이든 입을 수 있다. 실용성과 가격에 따른 각양각색의 옷을 선택해서 입을 수 있게 된 것이다. 물론 근무 중에 유니폼을 입어야 하는 항공사 조종사는 예외다. 한 여성 조종사는 비행기에서 일상복[1]을 입고 있으면 착륙 후에도 공항에서 서비스를 제공하지 않는다고 주장했다. 비행기 내부에서는 전혀 바지를 입을 필요가 없는데 말이다. 그래서 그녀는 치마를 입은 날에는 헬멧을 옆자리에 두고 비행하다가 착륙 후엔

---

1 당시 여성 일상복이란 대개 치마를 착용한 복장이다.

헬멧을 쓰고 직원을 부른다.

옷과 항공에는 서로 밀접한 관계가 있다. 나는 옷이 개인을 특징지을 뿐만 아니라 산업 전반의 발전에 한 줄기 빛이 될 수 있다고 생각했기 때문에 이 책에서 누누이 말해 왔다.

다시 엘리너 스미스 이야기로 돌아가 보자. 그녀는 요즘 루스 니콜스와 같은 빠른 비행기인 록히드기를 조종하는데 아무도 엘리너의 다음 계획을 예측할 수 없다.

13

몇몇
여성 조종사들

SOME FEMINE FLYERS

아마 앤 린드버그만큼 흥미로운 여성 조종사는 없을 것이다. 앤의 성격, 남편의 명성, 비행에 임해 온 방식이 그녀가 그렇게 보이도록 동조하는 것이다.

앤 린드버그는 겸손하고 조용함을 타고난 여성으로 매너리즘에 빠지지 않았고 가식적이지도 거만하지도 않은 사람이었다. 비록 체구는 작지만 품위 있고 매력적인 사람이었기 때문에 늘 사람들에게 둘러싸여 있었다. 그녀는 긴 속눈썹에 둘러싸인 크고 아름다운 파란 눈동자를 가지고 있었고 종종 놀란 듯 반짝이는 시선으로 모든 사람을 있는 그대로 바라보았다. 신문 사진사들을 제외하고! 그녀의 살짝 굽이친 갈색 단발머리는 넓은 이마로부터 자연스럽게 뒤로 넘겨 빗겨져 있었다. 피부는 맑고 깨끗했고 입가에는 항상 미소를 머금고 있었다.

옷은 항상 그녀의 성격처럼 간소했다. 조종사로서 때론 승객으로서도 전혀 꾸미지 않았다. 추운 겨울 오픈형 비행기를 조종하기 위해 비행복을 갖춰 입을 때를 빼고는 평범한 거리 패션이나 운동복으로 충분했다. 그런데 그녀가 작은 몸매가 부각되어 보이는 옷에 감싸여서는 키가 6피트나 되는 남편 옆에 있을 때면 마치 작은 곰 인형처럼 보였다.

앤 린드버그는 롱아일랜드 힉스빌의 항공 컨트리클럽에서 처음 단독으로 비행했으며 1931년에 개인 자격증을 취득했다.

"그런데 혹시 린드버그 부인은 어떤 사람이죠? 어떤 활동을 하고 어떤 말을 하는 사람인가요? 세간에서 사람들은 그녀를 미스테리한 여인이라 부른다고요."

한 기자가 내게 물었다. 난 그 상황 속에서 할 수 있는 말이 딱히 없었다. 그녀는 비밀이 딱히 없었고 타고나길 조용한 성격이었다. 앤 린드버그는 물론 특이한 사람이긴 했지만 그렇다고 해서 신비로운 타입은 아니었다. 그녀는 평소 자신이 하고 싶은 대로 행동했다. 차를 운전하거나 책을 읽고 쓰거나 말이다. 가끔 내키면 외출해서는 가고 싶었던 곳을 갔다. 하지만 나는 그녀가 어떤 게임을 좋아하는지 어떤 스포츠를 좋아하는지까지는 몰랐다.

'정말 비행하는 것을 좋아하나요?'

'실제 비행할 때 어떤 느낌을 받아요?'

앤 린드버그는 다른 여성들로부터 다음과 같은 두 질문을 많이 받았다. 물론 두 번째 질문은 비행과 관련된 사람이라면 누구든 받는 흔한 질문이다. 첫 번째 질문에 대한 답은 이렇다. 앤 린드버그가 남편인 린드버그 대령을 만나기 전부터 그러니까 '앤 모로'[1]였을 때부터 비행을 배우기로 결심한 이야기를 하면 많은 사람이 놀랄 것으로 생각한다.

앤 린드버그는 내게 여러 번 이와 같은 말을 한 적이 있다. 그녀는 말이 많이 없는 편이었고 가끔 그녀처럼 하늘을 비행하는 조종사와 대화할 뿐이었다. 그녀의 비행에 관해 말이 나오니 생각난 것이 있다. 그녀는 다른 이들에게 비행에 대한

---

1 앤의 결혼하기 전 성은 모로이다.

그녀의 생각을 확고하게 밝히기 위해 표현에 유의했다. 물론 그녀가 딱히 상관할 일은 아니었지만, 어느 여성이든지 간에 비행을 전문적으로 하게 되면 충분히 즐거움과 흥미를 느끼며 일할 수 있다고 말했다.

그녀는 이어서 미국에서 가장 잘 알려진 여성의 관점에서 '비행의 철학'이 무엇인지 토론했다. 이는 간단하게 항공업계에 종사하는 것이 오늘날 가장 진보적인 일이라는 것을 의미한다. 비행기는 새로운 종류의 교통수단이었고 생활의 중요한 부분이 되었다. 물론 인간의 기본적인 의식주를 해결하는 것만큼 중요하지는 않지만 인간에게 만족성과 편의성을 제공한다.

내가 앤 린드버그를 처음 만난 것은 트랜스콘티넨털 항공사가 48시간 전국 비행 서비스를 개시했을 때 서쪽으로 향하는 비행기에서였다. 린드버그 대령은 로스앤젤레스로부터 동쪽으로 향하는 비행기를 조종하고 애리조나에서 내려 내가 탄 비행기로 갈아탄 것이었다. 비행기는 서쪽 해안으로 향했다. 그때 대령은 부인인 앤과 함께 있었다. 나중에 우리는 로스앤젤레스의 쾌적한 집에서 손님으로 만나게 되었다. 집주인은 롱아일랜드에서 비행해 온 손님들과의 만남에 딱히 놀라지 않았다. 오히려 20마일 떨어진 롱비치에서 손님이 온다면 놀랄 것이다. 대륙을 횡단하는 데 꽤 많은 시간이 절약되었다. 빠른 비행으로 12시간이 걸렸고 정기 여객기로는 36시간이 걸렸다.

사실 비행기를 타면 몇 마일을 금방 이동할 수 있다. 종종 비행하는 사람들은 비행하지 않는 친구들을 깜짝 놀라게 한다. 그래서 나는 비행을 하기 몇 시간 전에는 내가 제시간에 나타날 수 있을까 사람들을 걱정시키지 않기 위해 내 위치를 비밀로 한다.

비슷한 경험을 예로 들어 보겠다. 하루는 중서부 도시의 만찬 연설에 초대받은 적이 있다. 로스앤젤레스에서 대략 1,300마일가량 떨어져 있는 곳이었다. 물론 나는 비행으로 갈 예정이었다. 맛있는 치킨이 준비된 만찬 연설회가 열리는 당일 아침 나는 연설회로부터 기차로 36시간이나 걸리는 곳에 있었다. 혹여나 나를 초대해 주신 분께 불참이나 지각으로 걱정을 끼치지 않도록 내 위치를 알려 주지 않았다. 나는 약속 시각 2시간 전에 도착할 수 있을 것이라 예상했다.

린드버그 부부의 중요한 특징 중 하나는 모든 것을 서로 함께하는 습관인 것 같다. 주황과 검정이 섞인 새 비행기를 비행하게 되었을 때 린드버그 부인도 탑승했다. 그녀는 장거리 비행에 의욕적이고 유능한 조종사였다. 나는 대령이 부인 없이 혼자 비행하는 날이면 특정한 일에 어려움을 느낀다고 들었다. 그는 점점 부인과 함께하는 비행에 의지했다. 그녀의 임무 중 하나는 사진 촬영이었고 또 남편이 위도를 측정하기 위해 태양으로 고도를 가늠하고 있을 때 조종을 돕는 것이었다. 실제로 14시간 45분의 대륙 횡단 기록을 세웠을 때, 린드버그 부인은 육분의六分儀[2]를 사용하며 남편을 도왔다. 또한 동양 여행에서는 무전을 담당했다.

이 두 사람이 함께 비행하는 것은 이제 일상적인 일이다. 대륙 횡단을 시작할 때면 부부는 하나의 여행 가방을 챙긴다. 따로 챙기는 것은 낙하산뿐이었다. 린드버그 부인은 낙하산이 필요 없었지만, 대령은 비상 점프를 네 번 했을 때 주어지는 신화적 '애벌레 클럽Caterpillar Club'[3]의 회원이 될 자격을 이미 얻었다.

수하물과 관련된 이야기도 있다. 내가 캘리포니아로 비행기를 타고 갔을 때 비서와 함께 있었다. (그 이후로도 많은 대륙 횡단 비행이 잡혀 있었다) 우리는 함께 많은 일을 했고, 가는 곳마다 순회 사무실을 세울 계획을 했다.

겨울의 동쪽에서부터 이후 여름의 캘리포니아에 이르기까지 6주간 비행했고 당연히 많은 짐을 가지고 있을 수밖에 없

2   각도와 거리를 정확하게 재는 데 쓰이는 광학 기계.

3   당시 비행기에서 뛰어내려 낙하선을 이용하여 안전하게 땅에 착륙한다는 개념을 사람들이 믿지 못했기 때문에 해당 클럽을 신화적이라고 묘사하였다. 또한 낙하산이 비단으로 만들어졌고 낙하산을 펴고 내려오는 과정이 애벌레가 나비가 되는 현상처럼 보였기 때문에 애벌레 그룹이라는 이름을 짓게 된 것이다. 낙하산을 이용해서 살아 돌아온 비행 조종사라면 이 클럽에 들어갈 수 있었다.

었다. 사실 낙하산이나 긴급 식량이 담긴 짐이 13개나 되었던 것 같다. 우리가 다시 복귀하려 할 때 린드버그 대령은 우리의 산더미 같은 짐이 차에 높이 쌓여 있는 것을 보고는 눈살을 찌푸리며 물었다.

"이게 다 뭔가요?"

우리가 설명하는 동안 그는 린드버그식 여행에서 챙기는 수하물을 떠올리며 비교하고 있었던 것 같다. 그는 빙그레 웃으며 아내를 보았다.

"이 짐을 보고 혹시라도 이상한 생각은 하지 말아요."

그가 가볍게 꾸짖었다.

하지만 내 비행기는 0.5톤이나 되는 수하물을 거뜬히 실을 수 있었기 때문에 딱히 비행 전통을 따르지 않는 것에 대해 큰 죄책감은 들지 않았다. 잠깐 린드버그 부인의 성격에 대해 언급할까 한다. 린드버그 부인의 성격을 이루는 가장 큰 특징 중 하나는 바로 용기이다. 그녀의 원대한 용기 아래에는 육체적, 정신적 위험 모두를 이해와 관용으로 수용할 수 있는 온화한 인품이 있었다. 부부는 사업상 떠나는 비행 이외에도 바다와 정글을 넘나드는 모험적인 비행도 했으며 서부 사막지대에 캠프를 만들고 앉아 일상적인 즐거움을 나누었다.

린드버그 부부에게 비행은 단순한 대의가 아니었다. 사람들이 비행을 자선이나 애국처럼 당연한 의무로 여기며 비행을 위한다는 명목으로 많은 일을 하도록 부부에게 요청하는 것은 이제 옛이야기이다. 그들의 삶에서 비행은 몹시 중요했기 때문에 비행을 단지 자선이나 애국적인 의무라 바라볼 수 없었다. 비행은 그들에게 있어서 직업이었고 현실이었으며 20세기 발전사만큼이나 중요한 문제였다.

가장 처음 비행 교통면허증을 발급받은 여성은 피비 오밀리에이다. 그녀는 1920년부터 낙하산 점퍼와 윙 워커[4]로 비행 경력을 시작했으며 1921년 7월 10일 여성 비행 고도 기록을 깼다. 그녀는 11년의 비행 경력을 가지고 세계대전에 참여했던 남편 오밀리에 대위와 함께 테네시주 멤피스 남부에서 가장 큰 비행 학교인 미드 사우스 에어웨이를 설립했다.

학교 설립 초창기에 피비 오밀리에는 많은 비행 수업을 지도했다. 그러나 어느 날 한 학생이 조종 중에 공포로 얼어붙었고 그녀는 공포로 경직된 상태를 풀 수 없었다.

어떤 유형의 사람들은 두려움이 닥치면 그대로 경직돼서 근처의 물체를 꽉 붙드는 습관을 지니고 있다. 그들의 손을 푸는 방법은 의식을 잃게 하는 방법밖에 없다. 공황 상태로 근육이 경직되어 움직일 수 없는 상태에 있는 운전자는 핸들을

---

4 밀집된 지역에서 항공기가 지상 활주를 하는 동안에 항공기끼리 충돌을 피하고자 항공기의 날개 위를 걸으며 유도하는 사람.

꽉 잡고 있느라 차를 벼랑 끝으로 몰고 가기도 한다. 또는 물에 빠져 당황한 사람이 구조하러 온 사람을 쇠고랑처럼 잡고 늘어져서 두 사람 모두 물에서 벗어날 수 없게 하기도 한다.

그래서 신체검사를 시행하기 전에는 조종을 배우는 학생들이 이와 비슷한 반응을 보이기도 했다. 그들은 조종 장치를 아주 단단히 잡기 때문에 강사들은 손에 닿는 도구로 그들을 때릴 수밖에 없었다. 오늘날에는 필요에 따라 강사와 연결된 학생의 조종 장치를 분리하는 해제 장치가 생겼다. 그리고 비상시에 사용할 수 있는 밧줄 걸이를 가지게 되었다.

피비 오밀리에는 앞 조종석에 앉아 있는 학생에게 닿기에 너무 작았고, 결국 그녀는 비행기가 추락할 때까지 무기력하게 있을 수밖에 없었다. 그녀는 그 사고로 흉터가 남았고, 사고 이후로는 기본적인 수업도 거의 하지 않았다.

수년간 피비 오밀리에는 일리노이주 몰린에서 제조하는 모노쿠프 비행기를 사용했다. 그녀는 미국에서 모노쿠프 비행기와 같은 기종을 가장 잘 조종하는 비행사 중 한 명이었고 시합에서 우승하고 비행 기록을 세우곤 했다. 시합이나 기록을 세우기 위해 여름이면 몇 달간 멤피스에 있는 남편을 떠나 혼자 북쪽을 향해 비행했다.

오밀리에 가족은 상업적으로 항공 방제 작업을 했다. 당시 항공 작업이 농업에 있어서 점점 더 중요해지던 시기였다.

특히 남부 지방의 목화 농장은 목화 바구미와의 전쟁으로 비행기는 공중에서 살충제를 뿌리는 데 이용되었다.

피비 오밀리에는 멤피스 주변 지역에 막대한 피해를 준 미시시피 홍수에서 훌륭한 비행 기술과 사심 없는 용기를 보여 주었다. 피해 지역에는 의약품과 적십자 간호사가 필요했지만 다리가 무너지고 도로는 침수된 상태였다. 위급한 상황에서 피비는 비행기로 수많은 환자에게 의약품과 식량을 배급했다. 오늘날 오밀리에 가족은 멤피스의 학교를 계속 운영하며 견실하고 유망한 사업을 하고 있다.

우연히 알게 된 또 다른 조종사 부부는 윌리엄 마살리스와 프란시스 마살리스이다. 그들은 뉴욕 시립 공항에서 학교를 운영하고 있었다. 프란시스 마살리스는 헤렐이라는 이름으로 잘 알려져 있었는데 그녀는 오늘날 다른 여성 조종사 못지않게 많은 비행을 했다. 그녀는 여성 교사를 원하는 학생들에게 비행 강습을 했다. 그녀는 경험이 풍부한 믿을 만한 조종사였다.

다른 조종사 커플은 루이스 세이든과 허브 세이든이다. 허브는 전쟁 중 비행사로 활동했고 이후에는 피츠버그 그룹에서 전부 메탈로 이루어진 비행기를 디자인했다. 이후에 포커의 지분을 인수한 제너럴 모터스의 자회사인 제너럴에어비전에서 기술직을 제안받고 그곳에서 일하고 있다. 루이스 세이든은 남편의 비행기를 시연하고 회사 임원들을 안내했다. 이전에 내가 언급한 바 있듯이 루이스는 한때 운항 지속 시간 기록 보유자였다. 그녀는 첫 번째 비행 대회에서 우승 경력도 보유했었다. 그녀는 1899년부터 국무장관을 2년간 역임한 바 있으며 가장 유능한 여성 비행사 중 한 명으로 평가받고 있다.

그녀와 나는 교통수단으로서 비행이 얼마나 가치 있는지 보여 주는 흥미로운 실험을 한 적이 있다. 그녀의 아들이 태어나고 몇 주 후에 시카고에서 전국 비행 시합이 열렸다. 물론 모든 지역의 조종사들은 하루만이라도 행사에 참여하고 싶어 했다. 루이스 세이든도 그중 하나였는데 의사는 그녀의 참석을 말렸다.

"왜죠?"

그가 대답했다.

"11시간 동안 기차 타고 그곳까지 가서는 기진맥진해져서 돌아오는 걸 제가 의사로서 허락해 줄 수 있다고 생각하십니까?"

"그럼 항공편으로 다녀와도 되나요?"

그의 환자였던 루이스가 물었다.

"얼마나 걸립니까?"

"아마, 서너 시간 걸릴 것 같아요."

"음. 다른 사람이 조종하고 그동안 부인은 편히 쉬신다면요. 그리고 이틀 안에 돌아올 수 있다면 괜찮을 것 같군요."

루이스 세이든은 내가 뉴욕에서 출발하는 것을 알고 전화를 걸어 자신이 있는 피츠버그에 들러 같이 갈 수 있냐고 물었다. 물론 나는 그녀의 부탁을 들어 주었고 우리는 3시간 만에 시카고에 도착했다. 의사는 그녀가 여행에서 돌아왔을 때 그 여행이 아무런 해가 되지 않았음을 인정했다. 아직 2살이 채 안 된 그녀의 아들도 꽤 많은 비행을 경험했다. 조종사 가족의 아이들 대부분이 마찬가지일 것이다.

오늘날 가장 아름다운 조종사 중 하나는 아담한 체구의 로라 잉글스이다. 그녀는 정말 그림처럼 아름다웠다. 그녀는 동부 필드에서 처음으로 비행하는 법을 배웠는데 그곳의 강사들은 그녀를 실망시켰다. 어쨌거나 그 강사들은 그녀를 가르치려고 애쓰긴 했다. 로라 잉글스는 오래 낙담하지 않았다. 그녀는 다른 학교로 옮겨 비행을 배웠고 그곳에서 비행 과정을 마치고 자격증을 땄다.

그녀의 항공 곡예 능력은 주목할 만했다. 그녀는 980번의 연속 루프로 여성 기록을 세웠고, 박람회에서 그 기술을 선보였는데 한 루프 당 1달러씩 받았다. 나중에 그녀는 714번의 배럴 롤에 성공한다. 이것은 남녀 통틀어 최고 기록이다.

일부 비평가들은 그러한 비행 쇼에 대해 비판했다. 사실 나로서는 그런 곡예비행이 무슨 해를 끼쳤다는 건지 전혀 이해가 가지 않았다. 확실히 그런 기술을 행하기 위해서는 튼튼한 장비와 조종사의 기술, 결단력이 필요하다. 곡예비행이 꼭 항공 진보를 위한 길은 아니지만 발전 가능성을 보여 준다. 이전의 법은 여성이 무능하다고 명시되어 있어서 여성이 곡예비행을 하는 것은 정말 필요한 일이다. 곡예비행을 여성이 해냄으로써 무능한 존재가 아니라는 것을 증명할 수 있었다.

14

20세기 개척자들

TWENTIETH CENTURY
PIONEERS

현대 여성 조종사의 존재 뒤에는 진정한 선구자 그룹이 존재한다. 비교적 적은 수의 사람들이지만 우리 할머니께서 '얼'이라 부르는 것을 가졌을 것이다. 이 시기는 대략 1910년에서 1919년 사이라 볼 수 있다. 선구자 조종사들 가운데 상무부 면허를 소유하고 아직까지 비행하는 현직 여성 조종사는 한 명을 제외하고 아무도 없다.

이야기는 이제 과거 속 역사로 흘러간다. 내가 개척자라고 부르는 현대 여성 조종사들이 활동했던 10년 전보다 훨씬 더 전부터 비행에 뛰어든 여성들이 있다는 것을 기억하고 있다. (다음 장에서 이 최초의 '여성 조종사들'이 있던 100년 전 혹은 그보다 더 오래전으로 돌아가 살펴볼 예정이다)

개척자 중 한 명은 바로 오빌 라이트와 윌버 라이트의 남매인 캐서린 라이트다. 비록 그녀는 비행하지 않았지만, 그 여성의 업적과 필적할 만한 미국 여성 조종사는 없을 것이다.

1903년 12월 17일 노스캐롤라이나주의 킬 데빌 힐스에서 지금의 비행기보다 훨씬 무거운 비행기의 원형이 날았다. 그 작은 기계는 무게가 750파운드였고 12마력의 동력 엔진을 가지고 1분에 852피트를 날았다. 윌버 라이트는 조종사였고 오빌 라이트는 지상에서 윌버를 대신하는 분신이라 할 수 있었다.

세계에서 그들의 성과에 대한 극찬이 쏟아지자 오빌은 이렇게 말했다.

"세상이 우리 라이트 형제를 말할 때는 우리 누이를 포함해야 합니다. 우리의 쾌거는 그녀에게서 영감을 받아 이룰 수 있었습니다."

라이트 형제는 대학 교육을 받지 않았지만 장관의 아들로 어느 정도 교육을 받았다. 형제가 인쇄소와 자전거 가게를 운영하며 취미로 비행기를 연구하는 동안 캐서린 라이트는 라

틴어와 그리스어를 배웠다. 캐서린은 라틴어와 그리스어를 가르치는 교사가 되었고 번 돈으로 그녀의 형제들을 재정적으로 지원해 주었다. 덕분에 형제는 생계유지 걱정 없이 비행 실험을 계속할 수 있었다. 캐서린 라이트는 사비를 투자하여 비행기 제작도 지원했다.

조종사 면허를 발급받은 첫 번째 여성은 프랑스의 베허니스 데 라 허쉬Baroness de la Roche로 때는 1910년이다. 그녀는 조종사가 되기 전에는 자동차 경주 선수였고 그 바닥에서 잘 알려진 인물이었다. 1913년, 그녀는 약 160마일을 비행해 유명한 쿠페 페미나를 수상했다. 그녀는 160마일 정도의 거리를 약 4시간 만에 완주했는데 이는 하루에 얼마나 비행할 수 있는지 당시 비행기의 성능을 잘 보여 준다.

1911년 해리엇 큄비는 여성 최초로 면허증을 획득한 미국인이다. 그녀는 보스턴의 언론인이었으며 한때 잘나가는 잡지인 〈레슬리 위클리〉의 인상적인 편집자였다. 그녀는 롱아일랜드의 모이센트 학교에서 비행을 배웠다. 기록에 따르면 총 33번의 수업을 받고 4시간 반이 조금 넘는 비행 실습을 했다. 모이센트 학교의 비행사들은 멕시코와 미국을 순회했지만 그녀는 다른 세계 무대를 단독 비행으로 정복하고자 했다.

1909년 블레리오는 처음으로 영국 해협을 비행했다. 해리엇 큄비는 그의 소식이 마치 도전장처럼 들렸다. 결국 1912년

4월 12일 그녀는 블레리오 단엽 비행기를 타고 영국 딜에서부터 영국 해협을 건너 프랑스의 에피헨까지 비행하는 데 성공했다.[1] 그녀의 영국 해협 횡단은 여성 최초였으며 동시에 당시 어떤 비행보다 위험했다.

해리엇은 안개 속에서 비행해야 했다. 그녀가 이륙할 당시 지상은 안개로 잘 보이지 않았고 결국 안전을 위해 높이 날아야 했다. 그녀는 안개를 헤치고 6,000피트 구름의 꼭대기 층에 햇빛을 향해 나아갔다. 다행히 그녀에게는 나침반이 있었고 구름층의 꼭대기에서도 바른 방향을 따라가면서 반대편 해안에 도착할 수 있었다.

당시 낙하산도 없었으며 오늘날 애용하는 그 어떤 기구도 없는 환경에서 비행했다는 것을 고려하여 그녀의 여성적 위업을 평가해야 한다. 앞서 언급한 부족함 외에도 그녀가 탄 비행기와 엔진은 오늘날보다 훨씬 성능이 떨어졌다.

해리엇 큄비가 비행 당일 입고 있었던 옷을 사진으로 본 적이 있다. 정말이지 멋졌다! 그 시대의 비행기가 지금과 다른 것처럼 그녀의 옷도 오늘날과 큰 대조를 이뤘다. 그녀가 착용한 옷은 보라색 새틴 재질이었다. 무릎 아래까지 오는 블루머를 입고 있었다. 그녀가 입은 블라우스는 소매가 길었고 목 주

1 앞의 블레리오는 Louis Blériot로 사람 이름이며, 뒤의 블레리오는 비행기 이름이다.

위를 단추로 빡빡하게 채운 하이칼라 옷이었다. 옛날 사진에 찍힌 그녀가 머리에 쓰고 있는 것은 수도승이 착용하던 카울[2] 이다. 착용한 액세서리는 고글과 장갑 그리고 추운 날씨를 대비한 긴 가죽 코트였다.

우리는 과거보다 착용할 수 있는 옷에 대해 운이 좋다. 조종석이 노출되어 있는 비행기는 계절에 따라 알맞은 운동용 상의를 입는 것이 합리적이다. 그러나 지금 타는 비행기는 노출되어 있지 않기 때문에 거리에서 입는 자유로운 복장이면 충분하다.

해리엇 큄비는 1912년 7월 1일 보스턴 항공 경기에서 사망했다. 그녀는 그날 최고의 비행기 중 하나인 블레리오 단엽기에 타고 있었는데 비행기가 극도로 불안정한 상태였다. 비행기에서 가장 중요한 것은 균형을 유지하는 것이다. 그래서 보통 승객이 없을 때면 비행기의 특정 지점에 모래주머니를 놓고 균형을 맞췄다. 승객이 탑승한다면 최대한 움직이지 않고 앉아 있어야 한다. 모래주머니든 사람이든 움직임 때문에 무게 중심이 흐트러진다면 그것은 곧 재앙으로 이어진다.

보스턴에서 그런 일이 일어났다. 당시 대회 책임자인 윌러드가 해리엇 큄비와 함께 비행기에 탑승했다. 2천 피트의 고

---

2   중세의 수도승이 착용했던 후드 달린 망토.

도에서 비행이 거의 끝날 무렵에 윌러드가 무리하게 움직인 탓에 그 단엽기는 급강하했고 통제 불능 상태가 되어 버린 것이다. 윌러드의 몸은 공중으로 날아가 버렸고, 몇 초 지나지 않아 그 여성 조종사도 그렇게 되어 버렸다.

존 모이센트는 초기 미국인 조종사 중 한 명이다. 그는 영국 해협을 비행했고 1911년 모이센트 국제 비행기 주식회사를 설립해서 미국에 비행 장비를 들여왔다. 이전에 말했듯이 해리엇 큄비는 그의 학교 학생이었다.

1911년 존 모이센트는 뉴올리언스에서 비행 중 사망했다. 그의 죽음 직후 여동생 마틸드는 비행을 배웠고 기존에 있던 모이센트 비행 순회단의 생존자들과 함께 비행을 떠났다. 1911년 그녀와 순회단은 비행 전시회에 참여하기 위해 멕시코로 비행했는데 멕시코의 혁명가들에게 장비를 빼앗길 뻔한 것을 가까스로 모면했고 정말 말 그대로 목숨을 건 비행을 해야 했다. 그녀의 오빠가 세상을 떠난 지 1년 만에 마틸드는 뉴올리언스로 비행했고 그곳에서 오빠에게 수여될 예정이었던 상을 받았다.

몇 달간 동안 정말 많은 사고가 있었다. 1912년 말에 마틸드는 그녀를 기다렸던 군중을 실망시키지 않기 위해 나쁜 날씨에 텍사스 위치타 폭포에서 비행을 감행했다. 강한 바람 속에서 착륙 시도를 했지만 다시 공중으로 튕겨 올라갔다. 그녀에게 몰려온 사람들이 다치는 것을 막기 위해 그녀는 조절판을 열고 다시 이륙을 시도했다. 그러나 완벽히 성공하지 못했고 다시 이륙을 시도하면서 비행기가 나가떨어지고 말았다. 부서진 프로펠러의 파편이 비행기 연료 탱크에 구멍을 내는 바람에 비행기에 불이 붙었고 점점 번져 조종사에게까지 붙었다. 마틸드가 구조되었을 때는 이미 머리와 다리에 화상을 입은 뒤였다.

그녀의 사고 이후 모이센트 가족은 본격적으로 그녀를 말렸다. 이전에도 딸에게 비행을 관두라고 종용했는데 사고가 나고 나서야 가족은 그녀를 말리는 데 성공했다. 부모님은 그녀에게 비행을 그만둔 보상으로 산살바도르의 농장을 주었다. 5개월 동안 이 모든 사건이 일어났고 그녀는 고군분투 끝에 비행을 멈췄다.

초기 여성 조종자 중에서 가장 눈에 띄는 행보를 보인 것은 루스 로다. 그녀는 매사추세츠의 린 출신으로 미국 여성으로는 세 번째로 면허증 취득에 성공했다. 나는 루스가 했던 비행보다 더 예술적인 비행을 하는 사람이 있으리라 믿지 않는다. 그녀는 비행을 굳게 결심했던 여성이다. 그녀는 비행 훈련을 받고 장비를 구비하기 위해 고군분투했던 소수의 여성이었다. 여성에 비해 비교적 편하게 훈련을 하는 남성들과 경쟁해서 권리를 쟁취하는 것이 그녀에게는 여성으로서 진정한 싸움처럼 느껴졌다.

다음은 루스 로가 하고 싶었던 일과 그녀가 그 일을 어떻게 해냈는지 보여 주는 이야기이다.

1916년 11월 초, 빅터 칼스트롬은 신기록을 달성하기 위해 비행을 시작했다. 그는 무정지 비행거리 기록을 세우기 위해 비행기를 타고 시카고에서 뉴욕으로 향했다. 그때까지만 해도 그 거리만큼 비행한 사람은 아무도 없었다. 칼스트롬은 군용기 가운데 가장 최신형으로 꼽히는 제니호에 206갤런의 가솔린을 싣고 다녔다.

하지만 그가 452마일 정도 비행했을 때 연료관이 끊어지는 바람에 결국 펜실베이니아 에리에 비상 착륙하고 말았다.

칼스트롬이 비행하고 2주 후, 루스는 시카고를 떠났다. 그날은 바람이 꽤 많이 불었고 그랜드파크에서 벗어나는 데 어려움이 뒤따랐다. 비행기에 여분의 가솔린이 없었음에도 불구하고 이륙이 어려웠다. 이륙에 성공했지만 난항은 계속됐다. 그녀는 널찍이 펼쳐진 곳에 가기 전까지는 200피트의 높이에서 도시 속 건물들 사이를 조심해서 비행해야 했다.

칼스트롬의 불행 속에서 교훈을 얻은 루스는 고무호스를 연료관으로 썼는데. 덕분에 파손에 대한 걱정을 덜게 되었다. 오늘날과 대조적으로 루스가 사용했던 장치들은 고작 나침반과 시계가 전부였다! 그녀는 비행 여정 중 착륙하지 않았다는 사실을 증명하기 위해 기압기록계도 가지고 다녔다. 그녀는 비행 중 '양털 두 겹'과 '가죽 두 겹'으로 된 옷을 입었다. 그녀는 당시 유행했던 니커스와 울 하키 모자도 착용하고 있었는데 이런 따뜻한 옷차림에도 바람이 숭숭 들어오는 그 작은 기계 위에 앉아 비행하는 것은 몹시 추웠을 것이다.

그런데도 마지막 한 방울의 가솔린이 다할 때까지 루스는 5시간 45분간 비행했다. 그녀는 시카고에서 590마일, 에리로부터 128마일 떨어져 있는 뉴욕 호넬에 착륙했다.

근처에 공항이 없어서 그녀는 인근 농장에 착륙했다. 그녀의 비행기 주위로 많은 사람이 모여 있었고 그녀가 조종석에서 뻣뻣하게 벗어날 때 군중 중 한 사람이 그녀에게 아침 이후로 식사를 했는지 물었다. 그녀는 고개를 저었다.

"식사보다 제 비행기부터 먼저 수리해야 해요."

그녀가 말했다. 그리고 혹시라도 비행기가 바람에 의해 문제가 생길까 봐 곧바로 비행기를 나무에 단단하게 묶었다. 마침내 그녀가 만족스럽게 일을 끝냈을 때, 사람들은 그녀를 마을로 데려가 스크램블드에그를 먹이고 몸을 녹이도록 해 주었다.

원래 그녀의 계획은 빙엄턴에 첫 착륙을 하는 것이었다. 그녀는 빙엄턴에 연료를 주문해 두었고 해먼즈 포트에서 온 커티스 정비사들은 비행기 수리를 준비하며 대기하고 있었다. 결국 루스는 그곳에 가기 위해 필요한 양보다 조금 더 많은 가솔린을 싣고 떠났다. 빙엄턴에 도착한 루스는 처음에는 그날 밤 비행을 강행하겠노라 고집했다. 그러나 어둠이 닥친 데다 전혀 좋지 못한 날씨 상태에 그녀는 마지못해 다음 날 아침까지 머무르는 데 동의했다.

지금에야 뉴욕까지 그 짧은 거리를 비행하는 것은 간단한 일이라 여긴다. 루스가 겪었던 어려움은 현재 사이드 라이트로 해결이 되었다. 그녀가 할렘 운하까지 비행했을 때쯤 모터가 가스 부족으로 펑펑거리기 시작했다. 그녀는 빙엄턴에서 출발하면서 여유롭게 가스를 싣지 않았고 결국 그녀는 목표했던 지점까지 도달하지 못했다.

연료 탱크는 비행기 안에 있어서 만약 연료를 완전히 빼내려면 비행기를 앞뒤로 흔들어야 했고 연료를 카뷰레터 안에 넣어야만 했다. 그녀가 23번가 근처까지 왔을 때 비행기가 어느 때보다 많이 흔들렸고 문제를 일으키기 시작했다. 그녀는 고도를 높이는 데 마지막으로 남은 연료를 사용했다. 프로펠러는 더는 회전하지 않았고 그녀는 미리 정해 둔 거버너즈섬의 착륙지점을 향해 활공했다.

사람들은 그녀를 열렬하게 반겼다! 레너드 우드 장군은 그녀를 맞이했고 밴드가 연주하는 가운데 깃발이 휘날렸다. 그녀는 에어로 클러브이 메리트 훈장과 2,500달러의 상금을 받았다. 그 자리에서 위대한 탐험가로 꼽히는 아문센과 피어리뿐만 아니라 그녀의 라이벌로 격파한 빅터 칼스트롬도 그녀를 극찬했다.

루스 로는 그녀의 다음 해를 반스토밍[3]을 포함한 여러 종류의 활동으로 가득 채웠다. 1916년에 자유의 여신상이 들고 있는 횃불에 전구를 달아 불이 켜졌다. 〈뉴욕월드〉는 여신상의 전구 조명을 성공적으로 밝히기 위한 캠페인을 벌였다. 새로운 불빛으로 횃불이 밝혀지는 첫날 윌슨 대통령과 루스 로가 주요 명사로 초대되었다. 윌슨 대통령이 전원 버튼을 눌러 불을 환하게 밝히자 그녀는 어둠 속에서 비행기 날개 끝에 마그네슘 조명탄을, 아래에는 전구로 '자유'라는 글자를 새긴 비행기를 타고 나타나는 퍼포먼스를 보여 주었다.

그녀는 몇 년간 반스토밍에서 곡예비행을 선보였고 은퇴하여 현재 캘리포니아에서 남편과 함께 살고 있다.

항공계의 유명인사를 꼽을 때면 스틴슨을 빼놓을 수 없다. 비행 역사에서 저명인사의 반열에 든 스틴슨 형제도 있지만 나는 또 다른 저명인사로서 스틴슨 자매인 마주리와 캐서린을 꼽겠다. 이 둘이 관계된 모든 사건을 하나하나 전부 열거할 수는 없어서 몇 가지 이야기를 꼽아 보겠다.

---

3   비행 박람회와 곡예비행은 대개 시골 헛간 barn에서 이루어졌기 때문에 이와 같은 이름이 붙었다.

캐서린 스틴슨에 대해 먼저 이야기해 보자. 그녀는 1912년 비행 면허를 취득했고 몇 년간 국내외 비행 박람회에 전념했다. 내가 알 수 있는 것은 그녀가 성취한 위업으로 여러 훈장 메달과 표창을 받았다는 것이다. 그녀의 가장 흥미로운 비행은 1917년에 이루어졌다. 루스 로와 캐서린 스틴슨 모두 정부 소속 조종사가 되고 싶어 했지만 실패하고 만다. 그러나 그녀는 적십자를 위한 특별 임무에 배정되어 군대로부터 비행기를 빌릴 수 있었다. 그 비행기는 제니호로 처음 접해 보는 기종이라 익숙하게 비행하지 못했다. 하지만 그녀는 겨우 몇 분 동안의 이중 비행을 통해 혼자서도 비행이 가능해졌다.

버펄로에 지원자 수가 모집 인원 이상으로 많다는 것을 매카두McAdoo 장관에게 공식적으로 통보하고, 어느 오후에 워싱턴 D.C.로 향했다. 그녀의 첫 번째 목적지는 시러큐스였고 다음 목적지는 알바니였다. 알바니에서 그녀는 허드슨강에 있는 반렌셀라르섬에 착륙했다. 그녀는 알바니에서 밤새 머무른 다음 아침에 다시 여정을 떠났다.

그녀가 비행에 사용한 보조기구는 주목할 만하다. 그녀는 버펄로에서 알바니까지 향하는 지도를 가지고 있었지만, 다음 정거장인 뉴욕에 도착하기 위해 뉴욕 중앙철도를 따라갔다. 그녀는 필라델피아나 워싱턴을 비행할 때도 단순히 펜실베이니아 철도를 가이드 삼아 비행했다! 그녀는 다양한 도시를 지나가면서 적십자 팸플릿을 뿌리며 빙글빙글 선회했다. 그녀가 워싱턴의 폴로 그라운드에 착륙한 것은 비행 둘째 날의 늦은 저녁이었다.

사진 속의 캐서린 스틴슨은 어깨까지 내려오는 곱슬머리에 리본이 달려 있고 기성복처럼 보이는 정장을 입고 있었다. 곱슬머리에 리본을 단 채로 하루 동안 373마일이나 되는 거리를 비행하는 것은 상당히 어려운 일이었을 것이다. 그 당시 그녀는 몸무게가 105파운드밖에 되지 않았고 그녀를 보기 위해 몰려온 청중들을 위해 조종석에서 일어서야만 했다.

기억할 만한 그녀의 또 다른 비행은 루스 로의 거리 기록을 깨뜨렸을 때이다. 그녀는 루스 로와 다르게 시카고에서 출발했다. 비행 기록을 세우기 전에 그녀는 61개의 특별 우편물을 배달하는 우편 사원이었다. 그녀는 그랜트 파크를 떠나 그녀의 여성 라이벌이 향한 동일한 항로를 따라갔다. 그러나 그녀는 에리를 훨씬 넘어 호넬 호를 거쳐 빙엄턴에 착륙하면서 783마일이라는 거리 신기록과 10시간의 지속 시간 기록을 세웠다.

우정호 비행에서 나는 동료들이 녹여 먹는 고체형 우유를 공급받았다고 말한 바 있다. 내가 그것을 가져갈 당시에는 캐서린 스틴슨이 이미 선례를 남겼다는 사실을 전혀 모르고 있었다. 그녀는 당시 비행에 대해 이렇게 말했다.

"나는 총 세 주먹의 고체형 우유를 챙겨 가서 한 끼에 한 주먹씩 먹었답니다."

루스 로와는 달리 캐서린 스틴슨은 착륙에 어려움을 겪었다. 그녀의 비행기는 진흙 속에 코를 박고 뒤집혔으며 프로펠러는 부서져 버렸다. 그녀는 열악한 활주로 때문에 이륙에 어려움을 겪었고 결국 성공할 때까지 두 번 더 시도해야만 했다. 다행히 그녀는 뉴욕 비행에 성공했고 쉽스헤드 베이에 무사히 착륙했다.

지금에야 가장 단순한 비행 중 하나로 손꼽히는 대륙 횡단 비행은 1920년대에는 흔치 않고 위험한 비행이었다. 따라서 여러 지역에서 열리는 박람회에 참여하기 위해서 비행기를 기차로 운송하는 것이 당시의 관행이었다. 비행기가 교통수단으로 생각되지 않았다는 당시 상황을 떠올린다면 캐서린 스틴슨이 해낸 비행이 얼마나 대단한 것인지 가늠해 볼 수 있다.

캐서린이 솔로 비행을 시작하고 2년 후, 그녀의 자매 마주리도 비행을 결심한다. 그녀는 1914년 6월 데이튼에서 라이트 형제 학교에 등록했는데 그때 나이가 18살도 되지 않았다.

라이트 형제 중 한 사람이 희망을 품은 젊은 야심가를 쓱 훑어 보곤 말했다.

"부모님 동의서를 가져오지 않으면 우리 학교는 당신을 받아 줄 수 없네요. 유감입니다."

당시 마주리 스틴슨의 이야기를 들어 보면 우리는 몹시 앙증맞은 얼굴에 화가 난 표정으로 라이트 씨를 마주 보고 있는 어린 소녀를 머릿속에 그려 볼 수 있을 것이다. 그녀는 당시 기장이 긴 치마를 입었고 라이트 씨는 비행 수강료를 거부하며 그녀를 어린 꼬마 취급을 했다고 털어놓았다.

강력한 항의 끝에 그녀는 샌 안토니오에 계시던 부모님에게 허락받을 수 있도록 전보를 치는 데 동의했다. 결국 그녀는 학생으로 등록하는 것을 허가받을 수 있었다. 그녀와 함께 4명의 학생이 더 등록했는데 당연히 모두 남자들이었다.

학생들이 사용한 비행기는 30마력의 모터가 달려 있었는데 당시 일반적인 비행기와는 여러 면에서 달랐다. 그러나 그 비행기는 다소 섬세한 기계라 최적의 조건 속에서 비행이 가능하다는 점에서 당시 비행기들과 같다고 할 수 있었다. 결과적으로 비행 수업은 기상 조건이 가장 좋은 새벽에 이루어졌다. 마주리 스틴슨은 비행 수업을 받던 나날에 대해 이렇게 썼다. 가끔 아침에 5분 정도 비행할 수 있었고 운이 좋으면 저녁에 다시 5분 정도 비행할 수 있었다고 말이다.

그 속도로 그녀는 단독 비행을 충분하게 해내는 데 총 6주가 걸렸다. 그 6주간 그녀는 다양한 모험을 했다. 학생들은 전부 인근의 초원으로 나와서 말들을 잡았다. 학생들은 다시 비행할 기회를 위해 몇 시간 동안 낚시를 하거나 연을 날리며 필드 주위를 배회했다.

캐서린 스틴슨은 동생의 비행이 어느 정도 진척됐는지 확인하기 위해 여러 번 동생을 방문했다. 그녀의 첫 단독 비행 전날 특별 방문을 하기도 했다.

비행을 가르치거나 비행 박람회를 다니며 수입이 생긴 당시 조종사들이 그랬던 것처럼 마주리 스틴슨 역시 돈을 벌고 몇 년간 여러 곳을 비행하며 다녔다.

1917년 마주리 스틴슨은 4명의 캐나다인으로부터 캐나다 공군이 될 수 있도록 비행 훈련을 시켜 달라는 요청이 담긴 전보를 받는다. 처음 그녀는 항상 가르치던 방식으로 그 4명을 가르쳤다. 그녀는 민간인을 제외하고 사람을 훈련한 적이 꽤 많았다. 이 치열한 나날을 보내는 가운데 그녀가 마주한 첫 번째 어려움은 캐나다인들이 '쓰리 인 원(3:1)' 방식으로 가르쳐 달라는 요구였다. 그 말인즉슨 그녀가 뒤틀림 날개wing warping형 비행기가 아닌 에일러론이 부착된 비행기로 바꿔야 한다는 말이었다. 따라서 그녀는 3개의 레버가 장착된 비행기를 사용하는 대신 핸들형 조종 장치가 장착된 비행기의 작동 방법을 알아야만 했다. 제자들이 노력하고 기술공과 그녀가 합심한 덕분에 그 비행기를 조종하는 데 성공한다.

단, 만약 그녀가 신호를 내린다면 학생들은 그녀에게 조종을 전적으로 맡기는 사항에 동의해야만 했다. 이는 그녀의 작은 체구에서 오는 단점을 극복하기 위해서 비롯되었다. 그녀가 가르치는 학생들보다 훨씬 작았기 때문에 그렇게 하지 않으면 학생들의 엄청난 힘 때문에 비상시에 비행기 조종을 못할 수도 있기 때문이었다.

오늘날 마주리 스틴슨은 당시 상무부 면허를 가지고 있는 유일한 여성으로 이름을 남겼다.

15

최초의
여성 조종사

THE FIRST WOMEN
AERONAUTS

20세기 개척자들보다 100년도 더 전에 다른 여성 조종사들이 있었다는 사실을 모르는 사람들이 많다. 그들은 풍선을 타고 비행했다.

1783년, 몽골피에 형제는 뜨거운 공기로 가득 채운 주머니로 하늘 높이 비행하는 장치를 발명했고 인류 최초로 비행이 가능해졌다. 1년 후 프랑스 리옹에서 한 여성이 첫 번째 비행길에 올랐다. 그때부터 다양한 여성 승객들이 용감하게 탑승했고 마침내 1799년 한 여성이 최초로 단독 비행에 성공한다. 그녀의 이름은 젠 제니브 가네르랑으로 그 시대 최고의 열기구 비행사 중 하나인 앙드레 제키 가네르랑의 부인이었다. 부부는 이후에도 수많은 비행을 함께하며 명성을 키워 나갔다.

그들은 나폴레옹을 위해 공식적으로 특별 비행을 완수했다. 하지만 당시 우연찮게 불행이라 할 수 있는 일이 일어났다. 이날 이후 그들은 비행이 주요 테마가 되는 파티에서 일하게 되었다. 수년간 열기구를 파티에 부르는 것은 꽤 인기 있는 오락 가운데 하나였다.

1804년 12월 5일 나폴레옹의 대관식에서 있었던 불행한 일은 다음과 같이 일어났다. 가네르랑 가족은 이 위대한 대관 축하식을 비행 전시물로 장식했다.

가지각색의 아름다운 풍선들이 날아올라 갔고 식의 마지막에는 부부의 걸작품이라 볼 수 있는 열기구가 피날레를 장식했다. 금색으로 빛나는 커다란 왕관은 제국을 상징했고 그 위에는 랜턴과 함께 거대하고 둥근 풍선이 부착된 열기구였다.

이 특별한 기물이 공중에 떠올랐을 때 어디선가 엄청난

바람이 불어와서는 열기구를 프랑스에서 로마의 네로 황제 무덤까지 곧바로 날려 보냈다. 참 아이러니한 일이었다. 원래 현존하는 황제에게 경의를 표하는 목적으로 만들어진 왕관은 열기구와 분리되어서 이미 오래전에 죽은 이의 기념비에 누구의 관심도 받지 못한 채 걸려 있었다. 바람의 짓궂은 장난으로 풍선 부분은 브레치아노 호수 위를 떠다니다가 온전히 회수되었다.

이 사건은 이탈리아 신문사에 예상치 못한 기회를 만들어 주었다. 결과적으로 신문은 나폴레옹과 네로의 몇 가지 사항을 모욕적으로 비교해 발간함으로써 프랑스의 비위를 건드렸다. 이 상황에서 가네르랑 부부는 왕실 비행 활동에서 공식적으로 제명당할 수밖에 없었다.

우는 사람이 있으면 웃는 사람이 있는 법. 가네르랑 부부의 제명으로 공석이 된 자리를 밟고 기회를 얻은 계승자는 그 자리에 누구보다 어울리는 사람이었다. 바로 아름답고 천재적인 여성이었던 마담 블랑샤르가 그 후임자였다. 그녀는 1810년 성대한 기념식에서 나폴레옹의 비행부 총괄 책임자로 취임했다. 그녀는 3년 전 사고로 세상을 떠난 열기구 조종사인 장 피에르 블랑샤르의 부인이었다. 그의 사망 이후 그녀는 그가 그랬던 것처럼 주변 국가에서 활동하며 명성을 얻을 때까지 계속해서 비행했다.

그녀는 시대가 요구했던 우아하고 섬세한 여성의 외관

을 가졌지만 동시에 강인한 성격을 가진 보기 드문 사람이었다. 사람들은 그녀가 행한 다양한 비행을 보며 쇼맨십과 감각적인 비행술에 감탄했고 독창성에 깊은 인상을 받았다. 그녀는 용기 있는 여성이었다. 부서질지도 모르는 비행선에서 밤새 하늘 높이 지새우다 아침이 그녀에게 한 줌의 빛을 건넬 때 다시 내려왔다.

물론 당시 비행부 총괄 책임자와 오늘날 사무실에서 일하는 항공부 책임자는 다르다. 비행부 책임자는 어떤 풍선을 만드느냐가 관건이었다. 또한 비행이 교통수단으로서는 전혀 생각되지 못했다. 그저 사교 행사나 상업적 구경거리로 하늘 높이 띄워 올리는 것이 전부일 뿐이었다. 마담 블랑샤르는 프랑스 왕실 주관 행사에 참여했고 행사가 없을 때면 그녀 혼자 위업을 쌓았다.

나폴레옹이 추방되었을 때, 마담 블랑샤르는 루이 16세를 위해 왕가의 열기구 조종사로서 활동했다. 그녀의 직위는 두 통치자 아래 1819년 그녀의 사망까지 유지되었다.

사망일 당시 마담 블랑샤르는 그녀의 경력 가운데 가장 화려한 열기구를 타고 비행할 계획을 세웠다. 열기구 역사상 초기를 제외하면 사람들은 열기구를 날리기 위해 수소를 사용해 왔다. 수소가스가 인화성이 매우 높다는 것은 잘 알려진 사실임에도 불구하고, 지상에서나 야간 비행 때나 점점 사용이 빈번해졌다. 마담 블랑샤르는 바구니 바깥에 자신의 물건을 담을 틀을 걸어 두었다. 바구니 안에는 특별 촛불과 폭죽이 들어 있었는데 이는 일정 고도에 도달했을 때 터트리기 위해 준비된 것이었다.

그녀의 머리 위 가스주머니가 새고 있었을 것이다. 그녀가 촛불을 집어 들자 풍선의 주변으로 불꽃이 튀었기 때문이다. 잠시 후 그녀의 비행선이 이글이글 타오르며 지상으로 하강하기 시작했다. 그날 있었던 사건 후 그녀는 집으로 돌아갈 수는 있었지만 화상 때문인지 아니면 지붕 위 낙상 때문인지는 알 수 없으나 결국 사망하고 말았다.

마담 블랑샤르는 종종 '공기보다 가벼운' 비행을 했던 순교자로 일컬어진다. 그녀의 죽음으로 인해 프랑스의 비행부는 폐지되었지만 이후 1871년 파리 포위 작전에 열기구가 다시 사용되면서 부활한다.

그녀 다음으로 중요한 19세기 여성 열기구 조종사는 이전에 내가 다룬 바 있는 가족의 일원이라 그리 새로운 등장으로 느껴지지는 않을 것이다. 그녀는 가네르랑 가족의 일원으로 이름은 엘리사이다. 그녀는 앙드레 제키 가네르랑의 조카이다. 그녀는 이 시대의 다른 조종사들과 달리 착륙을 위해 낙하산을 사용했는데 이 때문에 몹시 돋보였다. 그녀는 열기구 풍선 아래 부착된 낙하산이 달린 작은 바구니 속에서 상공을 비행했다. 열기구 풍선을 잘라 내야 할 때가 오면 그녀는 밧줄을 풀었고 그녀가 계획한 지상의 지점을 향해 낙하했다.

그녀는 엄청난 포부를 가지고 특별 박람회를 열면서 유럽을 널리 여행했다. 결혼식, 저녁 파티, 공연, 그리고 왕의 대관식에서 그녀를 필요로 했다. 그뿐만 아니라 도시든 시골에서든 그녀의 퍼포먼스를 보기 위해 사람들이 몰렸고 수익성 있는 제안을 받곤 했다. 그녀는 마치 현대의 반스토밍과 유사하게 당대 가장 개성적인 방식으로 공연을 했다. 엘리사 가네르랑이 수많은 비행과 점프를 해냈고, 오래오래 살다가 침대에서 평화롭게 삶을 마감했다는 기록은 참으로 나를 즐겁게 했다.

영국은 그다음으로 잘 알려진 열기구 조종사를 배출해 냈다. 그녀의 이름은 마거릿 그레헴으로 마담 블랑샤르나 가네르랑과는 몹시 달랐다. 그녀는 현대적인 방식으로 가정과 직업을 한데 묶었다. 그녀는 일곱 아이의 어머니였고 영국 전역에서 박람회를 해냄과 동시에 런던의 집도 돌보아야 했다.

엘리사 가네르랑이 그랬던 것처럼 그녀 역시 현대의 반스토밍과 유사한 방식의 공연 아이디어를 가지고 있었다. 그녀들은 승객들을 자신의 열기구에 태우고 열기구 체험의 대가로 높은 요금을 책정했다. 남편은 그녀의 사업을 관리해 왔고 그녀가 공연할 때면 언제나 함께 있어 주었다. 이따금 남편은 그녀와 함께 비행하기도 했다.

마거릿은 마케팅 감각이 탁월했다. 그녀는 퍼포먼스로 생계를 유지했기 때문에, 당시 신문에 그녀의 비행에 대한 기사를 써서 보냈다. 사실 신문에는 때때로 목격자들이 주장하는 광경과 다르게 기술되는 일도 있었다. 특히 사고가 발생했을 때 말이다. 마거릿에게는 작은 사고가 난 적이 있었다.

한번은 강한 바람이 그녀를 해안으로부터 멀리 떨어지게 하는 바람에 플리머스의 바다에 착륙한 적이 있다. 또 한번은 갈고리가 여러 개인 닻에 대롱거리고 있던 작은 돌 하나가 길거리에 떨어져서 보행자를 죽게 했다. 가스 팽창의 법칙에 대해 무지했던 그녀는 결국 너무 빠르게 하강하는 바람에 6일 동안이나 의식을 잃었다. 천천히 회복을 마친 그녀는 굳은 결심과 에너지로 무장한 다음 다시 열기구를 타고 비행했다.

마거릿은 뜰이나 찻집이 있는 공원처럼 다른 사람들이 접근하지 못하는 곳에서 열기구 전시회를 하는 것을 선호했다. 종종 열기구가 하늘로 비행하기 전에 가까이에서 보고 싶어 하는 호기심 많은 사람에게서 약간의 이득을 챙겼다. 모든 쇼맨도 알다시피 개방된 곳에서는 이와 같은 일을 하기엔 어렵다.

이 시기에는 이전과 마찬가지로 매번 비행 전에 흥미로운 준비 과정을 많이 거친다. 열기구 풍선에 들어가는 수소가스는 그 자리에서 만들어졌다. 산酸이 들어 있는 통과 오래된 쇠는 거품을 내며 준비되어 있었고 대중들은 이를 보고 신기해서 입을 딱 벌리고 바라보았다. 귀한 가스가 생성되면 축 늘어져 있는 풍선에 이어진 파이프로 들어가는 것이 눈에 보였다.

풍선이 가스로 채워지고 서서히 모양을 잡아감에 따라 사람들은 더욱 신이 났다.

마거릿은 처음으로 열기구에 조명 가스를 사용한 사람 중 하나였다. 그녀는 지역 가스공장에서 그것을 샀는데 가스의 압력이 낮을 때면 열기구 풍선을 채우는 데 몇 시간이나 걸리곤 했다. 이를 방지하기 위해 대비를 했지만 그녀의 비행은 그 때문에 상당히 지연되는 일이 종종 발생하기도 했다.

'다시 출현하기'는 마거릿의 장기 중 하나였다. 그녀는 이륙했다가 다시 같은 지점에 돌아오는 것을 보여 주는 신비한 공연을 선보였다. 같은 지점으로 돌아올 때 열기구를 타고 돌아온 게 아니다. 세상에 믿기는가. 그녀는 할 수 있는 한 모든 곳에서 비행 공연을 했고 떠나 있는 동안 다른 누군가의 도움을 받았다. 그리고 조금 전 그녀가 떠나는 것을 본 군중들 앞에 다시 나타났는데 그것을 본 군중들은 엄청난 박수를 보내 왔다.

그녀의 공연은 정말 구성이 잘 되어 있었다. 그녀는 아래로 내려와 다시 군중들에게 될 수 있는 한 빨리 돌아오려고 했고 동시에 그녀의 착륙을 다른 이에게 들키지 않도록 조심했다. 밤에는 감싸 오는 어둠이 그녀를 관중으로부터 숨겨 줄 때까지 기다렸다. 낮에는 그녀가 높이 비행하거나 낮게 비행하면서 그들의 시야를 벗어날 때까지 기다렸다. 그녀는 안전하다고 판단하면 가능한 한 빠르게 기구에서 내려 나무 꼭대기 위에 있었다.

그 사이에 그녀의 남편이 우편 사륜마차를 준비해서는 그녀의 비행 진로를 최대한 따라갔다. 그는 보통 차도에서 20~30피트 정도 떨어진 곳에서 위아래로 둥둥 떠 있는 열기구를 발견했다. 그는 그녀가 나무 꼭대기에서 내려오도록 도와주고는 다시 대중들이 있는 곳으로 그녀를 에스코트했다.

그녀는 다른 열기구 조종사보다도 더 긴 시간 활동할 수 있었는데 그것은 그녀의 영광 중 하나였다. 그녀는 40년 동안이나 계속해서 비행할 수 있었고, 열기구의 전성기와 쇠퇴기를 모두 경험했다.

마거릿 그레이엄은 자칭 빅토리아 시대의 '유일무이한 여성 조종사'였는데 생각해 보니 그녀가 입었던 의상에 대해서는 내가 거의 언급을 하지 않은 것 같다. 열기구 비행을 하면서 그녀와 자매들은 모든 종류의 화려한 장식이 달린 옷을 제한 없이 입을 수 있었다. 조종사뿐만 아니라 열기구도 장식할 수 있었는데 깃털과 리본으로 장식된 열기구는 화려한 옷을 입은 조종사를 더욱 돋보이게 함으로써 서로 조화를 이루었다. 당시에 유행하던 실크와 새틴들은 곧바로 열풍선 조종사들에게 팔렸다. 열기구 축제가 성황리에 이루어지던 이 시대야말로 사람들이 비행을 구경하는 즐거움과 진가를 알아주던 화려한 전성기라 할 수 있겠다.

16

미래의 비행

AIR TRAILS
OF THE FUTURE

1800년대 열기구와 오늘날의 비행기는 큰 차이가 있다. 디자인과 조종법은 100년 전과 몹시 다르기 때문에 당시 조종사가 부활해서 지금의 비행기를 본다면 굉장히 낯설어할 것이다. 그렇다면 앞으로 100년 후에 인류는 어떤 비행을 하게 될까? 100년 전과 지금의 비행이 많이 다른 것처럼 현재와 100년 후의 미래도 큰 차이가 날까?

어떤 일이든 이렇게 될 것이라 확신해서 예측하는 것만큼 헛된 일도 없을 것이다. 특히 비행에 대해서는 더. 저명한 학자들이 오래전 경고했던 부정적인 예측을 생각해 보면 된다. 과학자는 수학적으로 아주 정확하게 계산해 본 결과라는 말을 들먹이며 지상으로부터 기계 자체의 무게를 감당하며 날아오를 수 있는 기계는 절대 만들어질 수 없다고 선언한 바 있다.

1924년에는 시속 60마일 이상의 속력을 낼 수 있는 공랭식 레이디얼 모터는 절대 나올 수 없다는 말을 들었던 것이 생각난다. 그러나 지금의 상용 항공기를 보자. 상용 항공기의 경우 대다수가 공랭식 레이디얼 모터를 쓰는데 시속 600마일 이상의 속력으로 비행할 수 있다. 심지어 밤중에 상용 비행기를 조종하는 것은 불가능하다는 예측 또한 들어본 바 있다. 미국에는 17,500마일의 조명으로 밝혀진 항공로가 있다. 동이 틀 무렵부터 해가 질 무렵까지 이 밝은 항공로로 비행기들은 하루에 63,000마일 이상을 비행한다.

그러나 예측에는 양면성이 있다.

지난날 내가 들었던 대화를 회상해 보면 몇 가지 예측은 아주 빠르게 이루어졌다. 한 여성 리포터와 세계대전 때 조종사였던 한 남자는 교통수단으로서 비행 산업에 대해 논하고 있었다. 조종사였던 그는 대형 여객기에서 내려서 마시는 차를 어떻게 비행기 안에서 서비스받았는지를 설명하느라 신이 나 있었다.

　"식탁보에 컵과 숟가락이라니. 1918년대에 비행기에서 차분히 앉아서 차를 마신다는 이야기가 누군가의 입에서 나왔더라면 아마 나는 그냥 웃어넘겼을 것 같네요."

　그의 동료는 몹시 즐거워했다.

　"그렇다면 앞으로 10년 안에 비행 산업은 어떻게 발전할 것 같으세요?"

　그녀가 물었다.

　"아, 아마 우리가 지금 이용하는 비행기에서 조금 더 개선될 것 같아요. 비행기 타고 가는 게 기차 타고 가는 것만큼 별거 아닌 일이 될 겁니다. 옛날엔 비행이 어땠는지 기억하는 늙은이들을 빼고는 아무도 비행의 놀라움과 즐거움을 느끼지 못할 거예요."

　그가 말했다.

　"지금 하시는 예측은 별로 재미가 없는데요. 좀 더 신나는 이야기는 없을까요?"

　"음. 지금 하시는 말이 이해가 잘 안 되는데요."

　"그러니까 설명하자면 이런 거예요. 아마 미래의 비행기는 오늘날 우리가 타고 다니는 것과 그리 다르게 보이지 않겠죠. 아마도 디자인이나 모터와 같은 것들이 많은 발전을 거치며 완벽을 향해 나아갈 테지요. 수많은 훌륭한 항공계 리더들이 당연히 이렇게 생각할 거라는 것을 전 알아요. 하지만 호기심 가득한 누군가가 완전히 새로운 원칙을 발견할 것이고, 그것을 적용함으로써 우리가 꽤 괜찮다고 생각하는 방식을 구식으로 만들어 버릴 테지요. 그러한 것들이야말로 바로 제가 듣고 싶은 신나는 이야기랍니다."

나는 대부분의 사람이 이 리포터와 같은 생각을 하고 있으리라 생각한다. 그들은 세상을 깜짝 놀라게 할 이야기를 원한다. 게다가 사람들은 거의 불가능에 가까운 일이 일어날 것이라 쉽게 믿는 경향이 있다.

나는 꽤 보수적인 여성들에게 2년 안에 대다수 사람이 비행기를 타 볼 것이라 이야기한 적이 있다. 여행하는 사람들이라면 말이다. 꽤 많은 사람이 부정적으로 고개를 저었다. 그러나 높은 고도에서 시속 500~1,000마일 사이의 속력으로 비행기가 밀폐 상태를 잘 유지함으로써 승객들을 외부로부터 잘 보호할 수 있다는 미래의 가능성에 대해 말했을 때 그들은 완전히 수긍했다.

나는 우리가 하늘의 성층권을 따라 비행하기 전에도 오늘날 잘 알려진 비행기 산업이 그렇듯이 비행기가 우리 삶의 일상적 교통수단이 될 것이라 그대로 예측하였다.

어떻게 보면 어느 한 장소에서 다른 장소로 날아간다는 단순한 발상이 어느 순간 세상을 놀라게 한 기원이 되는 것이다. 초창기 열기구 조종사들은 어떻게 생각했을까? 그들은 박수갈채와 찬사를 받을 수 있는 단순한 스포츠로 생각하고 하늘로 올라갔다가 내려왔는데 그들에게는 착륙 지점이 그다지 중요한 요건도 아니었다. 열기구를 통해 정해진 목적지까지 가는 일은 결코 없었다.

하지만 오늘날은 비행이 교통수단의 하나로 점차 입지를 굳혀 가는 걸 볼 수 있다. 심지어 스포츠 비행이라는 말도 생겨났는데 자동차로 30마일 떨어진 곳에 가서 골프를 치는 대신 비행기를 타고 몇백 마일 건너 골프를 즐기러 가는 것을 뜻한다.

따라서 내 생각에 예측은 이 선례를 따라야 한다. 왜냐하면 그것이야말로 실질적인 발전이기 때문이다. 만약 그렇게 된다면 속도를 높이는 것이 다른 무엇보다 중요해진다. 비행의 가치는 바로 속력에 있다. 오늘날 세계 기록은 시속 400마일이 넘는데, 이는 특수 전문 조종사가 만든 기록이다. 그러나 미국의 상용 비행기 중에 시속 200마일이 넘는 속도로 운행하는 비행기가 꽤 있는 편이다. 분명 머지않아 이 속력이 일반적인 것이 될 것이고 스포츠용 비행 기록은 점점 더 높아질 것이다.

한 의사가 최근에 한 실험을 마쳤다. 그 실험에서는 사람이 시속 700마일의 속력에서 별다른 나쁜 영향을 받지 않는다는 것이 증명되었다. 이 행성에 사는 우리 인류가 시간이 지나면 지날수록 더 높은 속도를 얻길 바랄 것이라는 내 예상이 맞는다면 나는 정말 기쁠 것이다.

이미 몇몇 연구자들은 수용 방안과 방법을 생각해내기 위해 노력하고 있다. 나는 그들이 비행기에 발사체를 도입하는 것을 검토하고 있다는 것을 알았다. 비행기 날개가 특정 속도를 넘게 되면 앞으로 나아가려는 비행기 운동에 방해가 될 수 있다. 그들은 비행기 날개를 사각형으로 디자인하고 조종사가 작동시킬 수 있도록 할 작정이었다. 만약 더 빠른 속도로 비행하게 된다면 비행기 날개는 당겨질 것이다. 착륙할 때, 이륙할 때, 순항할 때, 날개는 필요한 만큼만 펼쳐질 것이다. 물론 이것은 현재 착륙 기어에 들어갈 뿐만 아니라 비슷한 타입에도 적용이 되어 있는 상황이다.

다른 발명가들은 전 세계 각지에서 로켓 비행기를 연구하고 있다. 이들 중 몇 명은 일반적으로 사용되는 동력원을 대체하기 위해 연구하고 있다. 그리고 달과 같은 미지의 우주를 비행할 열정적인 여행자가 그 뒤에 있다.

물론 그러한 프로젝트들은 비행기가 더 빠른 속도를 낼 방법을 고안하는 것 이상의 문제를 해결해야 한다. 성층권을 통과하는 비행선은 승객의 생명을 보호하기 위해서 강력하게 밀폐된 상태를 유지해야만 한다. 사람이 숨쉬기 어려워지는 고도 '7마일'에서 승객이 쉽게 호흡할 수 있도록 산소 공급이 원활해야 한다. 지금까지 성층권을 뚫고 비행한 적은 단 한 번뿐이다. 그것은 어거스트 피칼드와 폴 킷슨의 비행이었는데 작년에 51,755피트의 높이에 도달하는 데 성공했다. 그들의 비행선은 풍선이 부착된 특별 금속 구였다.

비행기의 빠른 속도만큼 특별히 관심을 끄는 것은 비행기의 거대한 크기다. DO-X는 162명의 승객을 태울 수 있도록 고안된 비행기인데 출시되자마자 이 두 배에 달하는 비행기 제작에 대한 계획이 발표되었다. 나는 이 엄청난 괴물들의 물리적인 한계가 무엇인지 아직 잘 모르겠다. 물리적 한계가 없다면 유용성에 대한 기준을 척도로 크기 비율이 정해질 것이다. 지금까지 거대한 대형 비행기는 수익성을 입증하지 못했고 이제껏 항상 그 어떤 발전보다 얼마나 돈이 되는지가 우선시되어 왔다.

매주 사람들은 꼬리 없는 비행기, 날개 없는 비행기, 모터 없는 비행기, 심지어 만들어진 로봇이 조종사 대신 조종하는 비행기에 이르기까지 많은 것을 상상한다. 그림에서 보이는 비행기의 외형적 형태는 빙판이든 눈 위, 물 위, 땅 위 가릴 것 없이 수월하게 착륙할 수 있도록 고안돼 있다. 비행기란 모름지기 나무나 집 위에 착륙할 수 있어야 한다고 생각하는 조종사들에게는 안전하게 착륙할 수 있도록 낙하 장치가 포함되어 있는 비행기를 추천한다.

증기 엔진, 가솔린 엔진, 연료 오일 엔진이 앞으로 어떻게 발전할지에 대한 다양한 예측은 관심의 대상이다. 하지만 비행기 계기나 라디오 무선 전파가 개발 보편화되어 어떠한 날씨에도 비행기가 바다 한가운데 있는 섬이나 도시 근처에 원활하게 착륙하게 하는 것에 사람들은 더 많은 관심을 가질지도 모르겠다.

대서양 횡단 비행은 어떤가요? 에 대한 질문의 답은 다음과 같다. 당연히 보편화가 가능해질 것이다. 그리고 긍정적인 보고에 따르면 사람들이 생각한 것보다 더 빨리 이루어질지도 모르겠다. 그래서 남극에서 북극까지 이어진 광활한 창공을 가로지르며 세계 일주가 가능해질 것이다. 우리에게 가장 잘 알려진 광고에 나와 있는 문구인 'airplane will pretty well cover the earth'처럼 비행기로 갈 수 없는 곳은 없을 것이다.

그리고 아마도 당연하게 여겨졌던 것과 달리 반대의 상황이 일어날 수 있다. 예를 들자면 더 빨라진 속도가 비싼 운임료라는 결과를 초래했지만, 비행기를 타는 것이 언젠가는 가장 경제적인 교통수단 중 하나라는 것을 증명할 수 있을 것이다. 소달구지에서 자동차까지, 속도가 얼마나 빠르냐에 따라 경비가 달라져 왔다. 하지만 빠른 속도에도 비용이 저렴해진다면 사람들에게는 정말 반가운 일일 것이다.

만약에 내 예언이 실현된다면 철도 산업은 위기를 맞을

지도 모른다! 화물 수송 기차에 날개를 달거나 적당한 항공사의 지분을 매수해야 할지도 모르겠다.

　내 예언에 대해 덧붙이고 싶은 말이 있다. 사람들이 좋아하는 놀라운 발전은 다양한 분야의 광범위한 노동력 덕에 가능하다는 것을 상기해야 한다. 전쟁 이전의 조종사도 그에 이바지했다. 심지어 새로운 발견 역시 광범위한 노동력에 의해 이루어졌다. 누군가 이룩한 새로운 발견이 과학사상 이례적으로 큰 조각처럼 보이더라도 과학 발전의 퍼즐로 따지면 그저 다른 한 조각에 지나지 않는다. 새로운 발견이 명확하게 증명되기 위해서 다양한 양상의 아이디어가 필요하다. 학교와 연구실에서 일하는 과학자들뿐만 아니라 1인 연구실의 개인 연구자까지 다양한 사람들은 효율적인 비행과 관련된 이론을 알아내기 위해 노력하고 있다. 그들을 돕는 것은 이론을 실용화하는 사람들이다. 여성들은 과거에 할 수 있었던 것보다 더 많은 기회를 얻어 이러한 노고의 역사에 함께 이름을 올릴 것이고 이것이야말로 진정한 나의 바람이자 예언이라 할 수 있겠다.

17

대서양을
단독 비행으로
가로지르다

ACROSS THE ATLANTIC
—SOLO

1932년 5월 25일 런던.

『펀 오브 잇The fun of it』의 원고를 끝낸 후에 대서양 횡단 비행에 대한 준비가 적극적으로 이루어졌다. 사실 이 책 자체는 내가 뉴욕을 떠날 무렵에 완성됐는데 출판사에서 대서양 비행에 대해 글을 써 달라는 요청으로 이렇게 해외에서 마지막 장을 부가적으로 써 내려가게 되었다.

1932년 5월 20일 오후. 나는 뉴펀들랜드 하버 그레이스에서 출발해 이륙한 지 13시간 30분 만에 다음 날 아침 아일랜드 북부의 런던데리 근처에 착륙할 수 있었다. 대서양 단독 비행에 대해 간략히 요약해 보았고 이번 장에서는 이에 관해 이야기해 볼 셈이다.

1928년 우정호에서 처음 횡단했을 때는 나는 그저 비행기에 탑승한 승객과 같았다. 그래서 나는 단독 비행을 시도해 보고 싶었다. 몇 달 전 나는 단독 비행에 대해 진지한 고민을 거듭하여 마침내 결정을 내렸다. 나는 워싱턴에서 수송용 비행기였던 록히드 베가 비행기를 전세낸 적이 있는데 이번에 그 비행기를 무료로 사용할 기회를 얻었다. 비행기 수리를 맡아 줄 수 있는 사람으로 베런트 발헨을 찾았으며 비행 활동을 항상 든든하게 지지했던 남편도 이번 계획 역시 열렬히 응원할 준비가 된 듯 보였다. 하지만 내 계획이 현실로 이루어지기 전에는 딱히 말해야 할 필요성을 느끼지 못했고 이 계획이 처음부터 틀어질지도 모른다는 마음을 가지고 가볍게 준비를 시작했다.

비행이 쉽지 않은 일인 것을 알지만 감행하는 이유는 내가 비행을 사랑하기 때문이다. 대서양 횡단을 결정한 이유도 바로 내가 원하던 일이었기 때문이다. 약간 자기 정당화 느낌도 있다. 여성도 이런 비행을 할 수 있다는 것을 나뿐만 아니라 다른 사람들에게도 증명해 보이고 싶었다.

그 비행기는 뉴욕 허드슨강을 건너 뉴저지에 있는 티러버로 공항으로 옮겨졌다. 지금 가동되지 않는 포커기 공장이 있었고 근처에는 베런트 발헨이 살고 있었는데 그의 아내는 남편인 퍼트남과 나의 절친한 친구였다. 베런트는 가장 훌륭한 비행사 가운데 한 명이며 엔지니어링 연수까지 받은 훌륭한 기술자기도 했다. 그는 쾌활한 보수주의자였으며 판단을 서두르지 않는 사람이었다. 그가 내게 비행이 불가능하다고 말하거나 계획에 부정적인 평가를 했다면 나는 리스크를 감수하지 않고 포기하겠다고 베런트에게 말했을 것이다. 하지만 베런트는 한 번도 여정을 부정적인 관점으로 보지 않았다. 그의 자신감은 내가 자신을 유지하는 데 헤아릴 수 없을 정도로 매우 큰 도움이 되었다.

먼저 베런트와 그의 조력자들은 내가 3년간 몰면서 고생한 자취가 고스란히 묻어난 록히드기의 기체를 더 강화했다. 그리고 여분의 연료 탱크를 날개에 설치했고 다른 커다란 탱크 하나는 선실에 설치했다. 수용할 수 있는 연료를 420갤런으로 증가시켰으며, 덕분에 비행기는 8,200마일을 비행할 수 있게 되었다. 거기다 추가로 20갤런의 기름 탱크가 있었다. 이를 모두 싣자 비행기의 무게는 대략 5,500파운드가 되었다.

다른 계기들이 추가로 설치되었는데 그 안에는 기류 계측기와 여분의 나침반이 포함되어 있었다. 비진동 나침반, 자석 나침반, 방향 자이로 나침반으로 각자 잘 작동하는지 서로 대조하기 위함이었다.

하트프로드의 프랫&위트니로부터 나는 새로운 '와스프' 모터를 받았다. 내 기존 비행기의 모터는 대서양을 횡단하기에는 오래된 것이었기 때문이었다. 새로운 모터는 500마력이나 되는 강력한 슈퍼 엔진으로 악천후에서도 훌륭하게 작동했다. 연료와 기름은 모터만큼 중요한 요소 중 하나인데 뛰어난 기량의 조종사였던 에드윈 앨드린 소령의 지도로 내 연료 탱크는 티러보로에서 한 번 채워졌고 이후 또 한 번 세인트 존과 하버 그레이스에서 스타나보 가솔린과 기름으로 채워졌다.

준비 기간에 베런트 발헨은 비행기를 빌렸다. 그는 당시 링컨 엘스워스와 함께 남극 비행을 활발하게 준비하고 있었다. 베런트는 태평양 연안에서 만들어진 엘스워스의 비행기와 내 비행기를 이후 남극 여행에 사용하기 위해 함께 테스트했다. 그동안 기회가 주어지는 족족 나는 라이에 있는 내 집에서 차를 몰고 가 오랜 시간 비행을 했다. 나는 비행 중 최대한 조종실 밖을 보지 않고 계기에만 의지해서 비행기를 조종할 수 있다는 확신이 들 때까지 비행 훈련에 노력을 쏟아부으며 전념했다.

5월이 점차 다가오면서 우리는 더욱 흥미를 느끼고 날씨 지도를 연구했다. 모든 비행 프로젝트와 마찬가지로 미국 기상국 뉴욕 사무실에 계신 킴벌 박사님이 매우 큰 도움을 주셨다. 우리는 계획에 대해 절대 말하지 않았고 마지막으로 말씀드리기 전까지 우리가 정확히 무엇을 하고 있었는지 모르셨으리라 확신한다. 그는 우리에게 훌륭한 조력자가 되어 주었고 언제나 그랬듯이 지칠 줄 모르셨다. 5월 18일 오후, 기상일기도에 따른 날씨는 그다지 좋지 않았다. 지속해서 '낮은' 기압이 계속되었고 대서양 동쪽에 불가피한 악천후가 예상되었다. 다시 좋은 날씨가 되기까지는 며칠이나 걸릴 것으로 보였다. 나는 비행 준비를 위해 하버 그레이스로 가고 싶었지만 며칠이나 더 기다려야 한다는 사실에 거의 체념하고 있었다.

5월 20일 금요일, 남편이 마을에 갔고 이후 꽤 늦은 아침이 되어서야 나는 티러보로로 차를 몰고 가서 베런트와 함께 이야기를 나누고 짧은 비행을 했다. 비행기는 떠날 준비가 되어 있었다. 나는 11시 30분쯤에 도착했을 때 격납고에 있던 우리의 수리공 에디 골스키는 내게 전화가 왔다고 말했다. 킴벌 박사님의 사무실에 있던 남편의 전화였다. 그들은 바다의 배,

영국, 그리고 미국의 주요 기상국으로부터 온 아침 기상 예보를 막 훑어 본 직후였다.

"여기서 하버 그레이스까지 기상은 어떤가요?"

내가 물었다.

"완벽해요. 시야가 뚜렷하게 보일 거예요."

드디어 날씨 문제에서 벗어났다.

"그렇다면 오늘 오후에 갈 거예요. 우선 베런트를 보러 갔다가 이륙이 가능한 대로 바로 떠나야겠어요."

남편에게 말했다.

베런트와 나는 이야기를 나누고 10분 후 나는 남편에게 전화를 걸어 3시에 비행을 시작할 예정이라 말했다. 점심 먹을 시간조차 없었다. 그 시간 동안 나는 최대한 빨리 라이의 집으로 돌아갔다. 그곳에서 나는 승마 바지와 재킷으로 갈아입었고, 가죽 비행복과 지도 그리고 몇 가지 자질구레한 물건들을 챙겨서 다시 비행 필드로 차를 몰고 갔다.

내가 비행 필드에 도착한 것은 2시 55분이었다. 그리고 3시 15분이 되어 이륙했다. 3시간 반 이후 우리는 뉴브런즈윅의 세인트루이스에 도착했다. 그리고 다음 날 아침 일찍 나는 하버 그레이스로 날아갔다. 그곳에서는 상세한 기상 정보와 함께 남편이 우리를 기다리고 있었다. 기상이 아주 완벽하지는 않지만 그래도 조짐이 좋은 편이었다. 저녁이 되어 하버 그레이스를 떠날 계획을 하고 있었다. 저녁이 되면 비행기는 다소 가벼워질 것이고 나는 야간 비행을 할 준비가 되어 있을 것이다.

나와 에디 골스키가 여분 탱크 뒤에서 쉬는 동안 베런트는 하버 그레이스로 향했다. 출발은 정해졌고 베런트와 에디가 비행기와 모터를 점검하는 동안 나는 침대에서 편안한 낮잠을 잤다. 나는 적당한 시간에 깨어났다. 나중에 온 전보들이 우리의 결정을 확인했다. 비행장에서 엔진이 예열되었다. 남편에게서 온 마지막 메시지가 내게 전달되었다. 나는 베런트와 에디에게 악수를 청하고 조종실로 들어왔다. 남서풍이 나지막이 활주로에 불어왔다. 7시 12분경 비행기가 활주로를 따라 질주하기 시작했다. 비행기는 점차 속도가 붙었고, 꽤 무거웠던 기체임에도 불구하고 쉽게 날아올랐다.

그리고 몇 분 뒤 나는 바다를 향해 나아가고 있었다.

몇 시간 동안 맑은 날씨 속에서 노을이 서서히 졌다. 어느새 달이 구름덩이 아래 모습을 드러냈다. 12,000피트 정도 비행했을 때쯤이었을까. 내가 12년간 비행하면서 한 번도 경험하지 못한 일이 일어났다. 지상에서 비행기 사이의 고도를 측정하는 지상 고도계가 고장이 난 것이다. 나는 당황했고 고도계의 다이얼 주위로 손길을 어디로 두어야 할지 몰랐다. 나는 남은 비행 동안 고장 나버린 고도계를 사용해야 한다는 것을 깨달았다. 11시 30분 정도 되었을 때 달이 구름 뒤로 사라졌다. 나는 번개가 번쩍이는 극심한 폭풍우 사이를 비행했다. 비행기가 심하게 흔들리는 가운데 나는 진로를 유지하는 데 많은 어려움을 겪었다. 사실 이때 폭풍이 너무나도 심각했기 때문에 항로에서 어느 정도 벗어났을 것이라 예상한다. 폭풍은 1시간 정도 지속했다. 나는 구름 사이를 뚫고 차분한 기상 속을 비행했다. 내가 달을 다시 보게 되었을 때 구름 위로 올라가 30분가량 비행했는데 어느 순간 얼음을 줍고 있는 나 자신을 발견했다.

얼음으로 비행기 무게가 점차 늘어나면서 비행기의 속력이 줄어드는 걸 느꼈다. 나는 창유리에 얼음이 되기 전 맺힌 물들을 보았다. 설상가상으로 내 앞의 항공 속도계도 서서히 얼어가면서 정확한 속도를 기록하지 못하기 시작했다.

이런 상황에서는 얼음을 녹여야 하므로 더 따뜻한 아래로 하강했다. 나는 파도가 부서지는 광경이 보일 때까지 내려왔지만 그것만으로는 높이가 어느 정도인지 정확히 알기 어려웠다. 안개가 너무 낮게 깔리기 시작했고 내 고도를 가늠할 수 없었기 때문에 바다가 보이는 고도에서 계속 비행할 수는 없었다. 내가 가지고 있는 장비만으로는 안전한 계기 비행이 불가능했다.

따라서 중간 지점을 찾는 방법 외에는 방도가 없었다.

즉 바다 위의 충분한 공간을 확보하고 동시에 어느점도 피할 수 있는 그런 지점을 찾아야 했다. 비행기 고도를 알 수 있었다면 이 일은 훨씬 더 쉬웠을 것이다.

나중에 다시 구름 위로 올라가려고 했지만 이전과 같은 결과로 내려오는 수밖에 없었다. 그래서 포기하고 구름을 헤치며 아침이 올 때까지 조종실 밖을 내다보지 않으려고 했다. 나는 비행기가 어디를 날고 있는지 가늠하기 위해 계기에 의존했다. 이런 조건에서는 인간의 감각이 현저히 떨어질 수밖에 없다는 것을 알았기 때문이다. 만약 내가 이 상황에서 최선을 다하지 않았다면 성공하지 못했을 것이다. 다른 기기에 비해 환경 변화에 큰 영향을 받지 않는 방향 자이로를 15분 간격마다 설정해 두었는데 이 계기가 내게 생명의 은인이나 다름없었다.

뉴펀들랜드에서 4시간 정도 떨어진 곳에서 나는 파란 불꽃이 원형 분배기의 부서진 용접부에 일렁이는 것을 발견했다. 저녁이 깊어갈수록 사태가 심각해지는 것을 알고 있었다. 그러나 금속재는 꽤 무게가 나갔고 나는 육지에 착륙하기 전까지 버틸 수 있길 기도했다. 불길은 낮보다 훨씬 더 심하게 보였고 잠깐이라도 멈춰서 보지 않았던 것에 대해 후회했다.

새벽이 밝아 오고 나는 두 층으로 나눠진 구름 사이를 비행하고 있다는 사실을 알았다. 내 위의 구름층은 대략 2만

피트 정도 되는 몹시 높은 고도에 있었고 아래의 구름층은 가까웠고 마치 폭신폭신한 솜털 같아 보였다. 이것이 해가 내리쬐는 가운데 처음으로 본 바다의 모습이었다.

나는 일렁이는 파도를 보고 북서풍이 불어오고 있는 것을 알았다. 조그마하던 구름은 이내 빽빽하게 자라서 넓은 눈밭 같은 구름을 형성했다. 나는 날개 앞부분에 아직 얼어 있던 얼음 조각들을 보았다. 머지않아 나는 더 높이 날아올라 다른 구름 떼를 마주했다. 아마도 1시간 동안 그 속에서 비행했던 것 같다. 시간이 지나 그곳에서 빠져나와 하얀 눈밭 같은 구름 위를 날았다.

내 위에 있던 구름층은 햇빛이 비칠 만큼 얇았고 마치 눈을 보는 것 마냥 눈이 부셨다. 나는 짙은 선글라스를 쓰고 있었지만 여전히 눈이 부셨다. 그래서 나는 그늘에서 날기 위해 아래 구름층으로 내려와 비행했다.

그렇게 10시간이 지났고 나는 내가 배를 지나칠 때를 대비하여 바다를 내려다보고 싶었다. 나는 하버 그레이스를 떠나온 직후 단지 한 척의 배를 보았다. 내비게이션 불빛을 깜박거려 보았지만 아무도 비행하는 나를 보지 못한 것 같다. 이후에 나는 아일랜드 해안에서 한 어선과 유조선을 보았는데 그 이후 해안 근처에서 선단을 보기 전까지 그 배들이 내가 본 유일한 배였다.

나는 햇빛과 함께 낮게 드리운 구름을 만났고 바로 아래에서 비행했다. 그 구름 중 대부분은 바다 바로 위에 떠 있는 듯 수면과 가까웠지만 비행 고도를 유지했다.

음식에 대해 말하자면 나는 먹는 데 그다지 많은 신경을 쓰지 않았다. 내가 정말 중요하게 생각했던 것은 바로 엔진에 필요한 연료였다. 비행을 위해서는 300갤런 이상의 가솔린이 필요했다. 대서양을 횡단하는 가운데 내가 먹었던 것은 토마토 주스로 빨대로 구멍을 내서 마시는 형태였다.

마지막 남은 2시간의 비행이 가장 힘들었다. 배기용 분배기가 너무 심하게 진동했기 때문에 예비 탱크를 가동했는데 연료가 새고 있다는 것을 알았다. 나는 가능하다면 최대한 빠르게 착륙할 수 있는 곳이면 어디든 착륙하기로 결심했다. 밤새 정해 놓았던 나침반이 가리키는 곳을 향해 비행했다. 나는 정동향으로 향로를 바꾸어서 아일랜드를 향해 비행하기로 했다. 날씨가 좋지 않아서 멀리 볼 수는 없었지만 아일랜드의 끝을 비행하는 것을 포기하고 싶지는 않았다. 나는 분명히 항로의 남쪽을 향해 가고 있다고 생각했고 뉴욕의 기상 캐스터로부터 그 방향에 비가 올지도 모른다는 말을 들었기 때문에 확신할 수 있었다. 내가 폭풍우를 만났을 때는 아마 이 폭풍우가 그가 예측한 '비가 오는 날씨'일 가능성이 가장 높다고 생각했다. 북서풍 방향으로 하얀 파도가 부서졌고 나는 이내 내가 남쪽에 있다는 것을 확신했다. 이렇듯 자연현상으로 유추한 덕분에 나는 항로를 확신할 수 있었고 아일랜드까지 반 정도 온 것을 알 수 있었다.

해안가로 내려가기 시작했는데 언덕 아래 천둥과 번개가 치는 것을 발견했다. 고도계가 없었고 내가 어느 나라에 있는지도 모르는 상황에서 산과 부딪히지 않고 갈 수 있을까 두려움이 닥쳐 왔다. 그래서 나는 조금 더 날씨가 좋아 보이는 북쪽을 향해 방향을 틀어 철로를 찾았다. 나는 철로가 나를 공항이 있는 도시로 인도하길 바라며 그 길을 따라 비행했다.

나는 런던데리를 찾았고, 착륙장을 찾아 주변을 빙글빙글 돌아보았다. 착륙장은 찾지 못했지만 착륙할 만한 아름다운 초원을 볼 수 있었다. 나는 길고 비탈진 초원에 착륙하기 전에 몇 번이나 하강을 반복했고 때문에 아래에 있던 소들을 겁주는 데 충분히 성공했다. 그 초원보다 더 좋은 착륙장은 찾기 어려웠으리라.

그렇게 나의 비행과 즐거운 모험은 끝이 났다. 이후 영국, 프랑스, 이탈리아, 벨기에 그리고 미국 각지에 있는 내 친구들의 따뜻한 환대와 친절이 여행의 마지막 장을 장식했다.

옮긴이 후기

사람들은 안전한 미래와 안락한 삶을 위해 진정으로 원하는 일과 열정을 마음 한 켠에 숨겨 두기도 한다. 아멜리아 에어하트는 그녀의 심장을 뛰게 하는 즐거움이 향하는 곳으로 다가갔고 즐거움을 원동력으로 많은 비행에 성공한다. 천재는 노력하는 자를 이길 수 없고, 노력하는 자는 즐기는 자를 이길 수 없다. 이끌리지 않는 일은 과감히 포기하고 새로운 길로 들어설 줄 아는 그녀의 결단력 역시 빛을 발한다.

불교에서는 마땅히 머무는 바 없이 행하라는 말이 있다. 응무소주이생기심應無所住而生其心. 간단히 말해 선입관념에 사로잡히지 말라는 뜻이다. 남성에게만 투표권이 보장되었고 직장에서 중요한 직책은 남성들만 할 수 있다는 고정관념이 만연한 사회 속에서 아멜리아 에어하트는 비행기에 올랐다. 덕분에 그녀는 시대를 앞서 갈 수 있었으며 전 세계에 이름을 떨쳐 여성의 사회적 입지를 끌어올리는 데 큰 영향을 끼친다. 우리가 명심할 것은 그녀가 명성이나 재정적인 이유를 위해서

가 아니라 그저 순수한 열정이 이끄는 대로 살았더니 돈과 명예가 따라오는 행운을 얻었다는 점이다. 어린아이와 같은 순수한 호기심과 열정으로 가득한 그녀의 삶은 니체의 위버멘쉬 Übermensch(가장 이상적인 인간상)와도 근접하다. 이처럼 그녀는 많은 성인들이 제시한 이상적인 삶을 향해 비행한 멋진 여성인 것이다.

100세 시대에는 그 어떤 것을 시작해도 늦지 않은 나이이다. 성공하지 못한다 하더라도 아멜리아 에어하트가 말한 바 있듯 실패는 누군가에게 또는 자신에게 밑거름이 될 것이다. 그러니 넘어지는 것을 두려워할 필요가 없다. 묵묵히 자신의 이상을 향해 나아갔던 아멜리아 에어하트의 도전정신은 꿈이 있는 자라면 누구에게나 큰 울림이 될 것이다.

번역에 도움을 준 Carrie Floth와 Connie Chong 그리고 이 책이 세상에 나올 수 있도록 도와주신 모든 분들께 감사의 인사를 전한다.

Amelia Earhart

"세상 모든 것에 감탄하는 지혜로운 사람들의 공간"
도서출판 호밀밭

펀 오브 잇 The Fun Of It
ⓒ 2021, 아멜리아 에어하트 Amelia Earhart

지은이	아멜리아 에어하트 Amelia Earhart
옮긴이	서유진
초판 1쇄	2021년 06월 19일
편집	임명선 책임편집, 박정오, 허태준
디자인	최효선 책임디자인, 박규비, 전혜정
일러스트	최효선
마케팅	최문섭
종이	세종페이퍼
제작	영신사

펴낸이	장현정
펴낸곳	호밀밭
등록	2008년 11월 12일(제338-2008-6호)
주소	부산 수영구 광안해변로 294번길 24 B1F 생각하는 바다
전화, 팩스	051-751-8001, 0505-510-4675
전자우편	anri@homilbooks.com

Published in Korea by Homilbooks Publishing Co, Busan.
Registration No. 338-2008-6.
First press export edition June, 2021.

Author Amelia Earhart
Translator Seo, Yu Jin
ISBN 979-11-90971-51-5   03840

※ 가격은 겉표지에 표시되어 있습니다.
※ 이 도서에 실린 글과 이미지는 저자와 출판사의 허락 없이 사용할 수 없습니다.